HISTOIRE

D'UNE

CORBEILLE DE NOCES,

SUIVIE DE

LE CHEMIN DU BONHEUR,

LE SECRET DE MA GRAND'MÈRE,

SUR UN ÉCUEIL;

PAR M. ÉTIENNE MARCEL

PARIS

LIBRAIRIE DE FIRMIN DIDOT FRÈRES, FILS ET Cie

IMPRIMEURS DE L'INSTITUT, RUE JACOB, 56

BIBLIOTHÈQUE

DES

MÈRES DE FAMILLE

TYPOGRAPHIE DE H. FIRMIN DIDOT. — MESNIL (EURE).

HISTOIRE

D'UNE

CORBEILLE DE NOCES,

SUIVIE DE

LE CHEMIN DU BONHEUR,

LE SECRET DE MA GRAND'MÈRE,

SUR UN ÉCUEIL;

PAR M. ÉTIENNE MARCEL

PARIS

LIBRAIRIE DE FIRMIN DIDOT FRÈRES, FILS ET Cⁱᵉ

IMPRIMEURS DE L'INSTITUT, RUE JACOB, 56

1866

HISTOIRE

D'UNE

CORBEILLE DE NOCES.

I.

« Monsieur Duval, vous êtes pensif, ce soir!

— Et vous aussi, ma chère; votre tricot ne va pas fort; vous ralentissez vos aiguilles, et vous essuyez vos lunettes de temps en temps.

— Ah! mon ami, on ne marie pas sa fille tous les jours. Un peu de rêverie et d'inquiétude dans ces moments-là est bien permis à une mère..

— Et moi donc, madame Duval, ne puis-je pas aussi être soucieux? N'ai-je pas raison de me chagriner, en pensant qu'elle va nous quit-

1

ter, que nous allons la donner à un autre,
notre fille, notre trésor, notre Emmeline? »

Ici, M. Duval se tut et baissa la tête sur sa
poitrine ; sa femme poussa un long soupir, et,
pendant un moment, les deux époux restèrent
silencieux.

C'était dans un appartement parisien, confortable et bien rangé, qu'avait lieu cet entretien de famille ; dans un petit salon tendu, dé-
coré, frais meublé et capitonné, où tout révélait l'aisance, le repos et le bonheur domestique ; où tout était soigné, propret, agréable
et commode, depuis le cuivre étincelant et le
marbre gris du foyer, jusqu'aux éclatantes
fleurs pourprées des verveines de la jardinière,
depuis la lampe perfectionnée, avec son globe
de cristal et son prudent abat-jour vert, jusqu'à l'épais tapis où Mme Duval enfonçait ses
pieds, en faisant cliqueter ses aiguilles; depuis le grand fauteuil à oreillettes, qui berçait
parfois l'assoupissement de son digne mari;
jusqu'au numéro du *Journal* qui avait tout
doucement provoqué ce somme.

Aussi y avait-il beaucoup de calme, de satisfaction et de bien-être dans la contenance et

sur les traits des deux époux. Mme Duval avait un beau teint frais, une bouche qui souriait toujours, une petite main grassouillette et de vifs yeux bruns, qui semblaient noirs à côté des grosses boucles blanches brillant en reflets d'argent sous les nœuds ponceau de son bonnet de dentelles. Le profil reposé, les yeux tranquilles, le sourire paternel et bon-homme de M. Duval, avaient une expression de bienveillance infinie et de suprême paix intérieure que rien ne pouvait troubler des petites vicissitudes de ce monde, pas même le susdit numéro du *Journal,* malgré la guerre de Schleswig, détaillée dans toutes ses péripé-ties, et le procès de Jacques Latour, raconté avec toutes ses horreurs. Cependant le sourire du vieux père s'était éteint pour un moment, et il avait légèrement incliné sa tête couverte de cheveux gris, lorsqu'il avait parlé du pro-chain mariage et aussi du prochain départ d'Emmeline.

« Que cela paraît singulier, de marier son enfant ! » reprit Mme Duval après un moment de silence. « Il y a si peu de temps qu'elle a quitté la pension et les robes courtes ! Elle

laisse encore traîner ses dés et ses mouchoirs
dans tous les coins, et sa dernière poupée,
Monsieur Duval, n'est pas du tout abîmée.
Pensez que nous la lui avions donnée à la
Noël, il y a quatre ans.

— C'est vrai ; notre Emmeline n'en a que
dix-sept à peine ! Et elle est si enfant, si
rieuse, si gentille ! Je ne puis pas m'habituer
à ces gros bandeaux qui lui haussent le front,
à ces longues queues qui cachent ses petits
pieds, et qui balayent la pelouse. Je la vois
toujours avec ses petits tabliers bleus et sa
jolie frisure blonde, vermeille comme une
fraise, blanche comme une marguerite, vive
comme un pinson, et pas plus haute que cela.

— Et moi donc, Monsieur Duval, je la vois
de bien plus loin encore ! Vous rappelez-vous
le jour de joie, le beau jour du bon Dieu où
notre Emmeline est née ? Vous n'étiez pas à
Paris alors ; vous étiez allé à Mulhouse faire
des commandes dans les fabriques. Le soir
même de sa naissance, vous êtes revenu ; on
lui avait mis, pour votre arrivée, son plus
joli bonnet de dentelle ; ses petits doigts, fins
et potelés, s'agitaient sur son oreiller ; sur ses

lèvres roses il y avait encore quelques gouttes
de lait, parce qu'elle venait de teter sa nourrice; et comme à vos baisers Emmeline avait
entr'ouvert les yeux, vous vous êtes écrié d'un
air tout satisfait : « En vérité, Madame Duval,
notre fille a pris vos beaux yeux noirs. Elle a,
ma foi! bien raison ; ce sont, à mon avis, les
plus jolis yeux du monde. »

— Et vous la rappelez-vous à trois ans de
là, lorsqu'elle a eu le croup? Pauvre petite!
comme j'ai encore tout cela devant les yeux :
la chambre en désordre, les rideaux baissés,
le murmure des pas étouffés dans l'anti-
chambre, la figure soucieuse du docteur, la
vôtre, pâle et fatiguée; la sienne, pauvre cher
ange, toute tirée et bleuie par le mal; et sa
respiration haletante, et ses membres immo-
biles, nos mains entrelacées, notre attente
affreuse, et nos larmes qui, en se mêlant, tombaient larges, lourdes, silencieuses, sur son
petit lit!

— Et ce premier de l'an, Monsieur Duval,
où elle est venue vous apporter sa première
page d'écriture? Comme elle était timide et
glorieuse, confuse et triomphante dans sa

petite robe de cachemire bleu, quand elle est entrée sur la pointe du pied, allant tout droit au lit dans notre chambre, et qu'en se haussant sur ses petits doigts, elle vous a tendu la feuille de papier doré, et vous a dit d'une voix gentille : « Papa, je te souhaite une bonne année, une bonne santé, une longue vie, et je t'apporte un compliment et deux gros baisers pour étrennes ! »

— Et ce jour donc, Madame Duval, où Emmeline était perdue ? Nous étions à la campagne alors, et, depuis le matin, notre espiègle était partie. J'avais cherché dans le jardin, dans les combles de la maison, sur la route du village ; j'avais appelé dans la prairie, et je pensais, avec un frisson, aux bords fleuris de la rivière. Mais voici qu'en traversant le verger, et en appelant Emmeline, la voix troublée et le cœur battant, j'entends soudain une voix qui me répond et qui semble venir du ciel : « Je suis là, papa ; je descends tout de suite. » Je lève la tête, je regarde, et je vois ma fillette dans un cerisier. Les longues touffes de feuilles lui faisaient comme des guirlandes sur sa robe de basin blanc; sa bouche était toute rafraîchie et humide encore du bon jus des fruits sucrés; et, à ses oreilles, elle avait attaché deux cerises qui brillaient dans les papillottes bleues comme des pendeloques de corail. « Et que fais-tu donc là, petite étourdie? » lui dis-je, moitié riant, moitié fâché. « Papa, j'ai été jeter par terre ce vilain homme de paille qui fait peur aux oiseaux; maintenant ils sautillent sur les branches, ils chantent en becquetant, et je mange avec eux. Il faut bien, papa, que tout le monde vive! »

— Elle avait déjà bon cœur, dit Mme Duval en se remettant à l'écharpe commencée. « Et cela n'a pas changé avec l'âge, au contraire. Elle se mettrait au feu pour nous, elle nous fait oublier la vieillesse et l'ennui; elle a toujours mille raisons pour nous réconforter, mille gentillesses pour nous faire rire; et, sur sa petite bourse de chaque mois, elle fait d'abord la part des pauvres : celle de sa toilette ne vient qu'après.

— Heureusement que nous sommes là, Madame Duval, pour parer notre trésor d'une façon convenable. Ah! c'est pour nous un trésor, en vérité; et il faut que nous le cédions à un autre. Pourvu que cet autre comprenne combien il nous doit de reconnaissance, et combien il lui doit d'amour!

— Monsieur Duval, je ne crois pas que, de ce côté-là, il y ait jamais rien à craindre. Raymond Lagrange est un gentil garçon, aussi bon que joli, aussi gai que modeste. Il a tout, à mon avis : du cœur, de la raison, de l'esprit et du bon sens; et, ce qui ne gâte rien, il est riche.

— Encore plus riche que nous, » répliqua M. Duval avec une expression d'admiration secrète.

« Oh! ce n'est pas cela qui m'éblouit, » reprit la mère. « Emmeline le mérite bien d'abord; elle est faite pour être femme du monde et pour briller dans un salon.

— Certainement, » répondit le papa. « Y a-t-il rien de trop beau pour elle? Je suis sûr que, quand on la verra à un balcon des Italiens ou à l'Opéra, dans une loge, en robe de velours ou de tulle, avec des diamants au cou et des diamants dans les cheveux, on se dira, en la lorgnant et en se poussant le coude : « Quelle est donc cette grande dame, cette ambassadrice, cette princesse étrangère? » Et on ne se doutera guère que c'est une simple petite Parisienne, née au-dessus d'un magasin de toiles peintes de la rue des Bourdonnais.

— Eh! tout doux, tout doux; comme vous y allez, Monsieur Duval, avec vos loges à l'Opéra et aux Italiens, vos grandes façons et vos diamants au corsage! Raymond a beau avoir quinze mille livres de rente et une bonne place de sous-chef au ministère de l'intérieur, ce n'est pas avec ces revenus-là qu'on peut faire de pareilles dépenses.

— Dame, pourquoi pas? » reprit l'époux non convaincu. « Je ne vois pas pourquoi mon gendre refuserait quelque chose à ma fille. Il ne le fera pas maintenant du moins, il est trop épris.

— Ce n'est pas tout d'être épris, il faut être raisonnable, » dit la mère avec gravité. « Et si Raymond ne l'était pas, je suis sûre qu'Emmeline le serait pour deux. Elle est si gentille, notre Emmeline!... La voilà, tiens, Monsieur Duval. Ne va pas lui tourner la tête

avec tes projets de toilette et de loge à l'O-
péra. »

A cette recommandation prudente, M. Duval n'ajouta pas un mot ; seulement il se ras-
sit sur son fauteuil, et tourna la tête du côté
où des pas légers se faisaient entendre et où
Emmeline allait entrer.

La jeune fille s'annonçait de deux manières :
d'abord, par le frôlement de sa robe aux fauteuils du premier salon, puis par les éclats
argentins de sa voix fraîche et veloutée. Ce
qu'elle chantait, c'était un des plus jolis thè-
mes de *Rigoletto*, la cavatine du duc de Man-
toue : *Souvent femme varie*, qu'elle répétait,
prolongeait, et reprenait encore, comme un
écho fidèle et joyeux. Soudain la porte du salon s'ouvrit, et l'enfant gâtée entra en sautillant : « Bien fol est qui s'y fie ! » chantait-elle
à plein gosier au moment où elle alla se jeter
au cou de son père. « Et vous, papa, vous y
fiez-vous ? » lui demanda-t-elle en le regardant entre les yeux, et en lui prenant les deux
mains avec une finesse pleine de grâce.

M. Duval avait dit vrai : on ne pouvait guère
se douter, en voyant Emmeline, que cette mi-

gnonne fleur de beauté était éclose, par un
brumeux ciel de novembre, au second étage
d'une maison noire et humide, au-dessus des
rayons poudreux et des antiques comptoirs
d'un vaste magasin de la rue des Bourdonnais.
On eût dit plutôt qu'elle était née auprès des
bois verts, auprès des eaux limpides, au
souffle d'un air embaumé, tant il y avait en
elle de fraîcheur, d'éclat, de rayonnement
et de vie. Du soleil sur ses cheveux blonds
qui se tordaient capricieusement en belles
ondes dorées; du soleil dans ses fins yeux
noirs, qui brillaient et réchauffaient comme
deux rayons; du soleil sur ses lèvres incar-
nates, qui avaient la teinte vive des haies d'é-
glantines; du soleil dans son sourire, qui était
si radieux et si doux. Il n'y avait rien d'étonnant à la *gâterie* du papa, à l'idolâtrie du
vieux ménage. Le visage d'Emmeline était
aussi attrayant que son chant était sympathique, et l'aimable expression de ses traits
achevait vite la conquête commencée par le
charme de sa voix.

« Si je me fie... à qui? aux femmes, me demandes-tu, Liline? » dit M. Duval en caressant des ondes de cheveux d'or.

« Ah! papa, ce n'est pas la peine de me répondre; je sais mieux que vous ce que vous pensez. Pourriez-vous douter de nos vertus, de nos charmes, de nos perfections même, quand vous vivez depuis vingt ans entouré de deux femmes d'élite, paisible, favorisé et heureux comme un cher papa que vous êtes, entre maman, qui est un ange, et moi, qui suis un lutin?

— Un lutin, c'est le mot, » dit Mme Duval en levant la tête, et cessant d'agiter ses aiguilles; « un lutin sautillant, aussi espiègle et aussi joyeux que les airs italiens qu'il chante.

— Ah! maman, j'ai beau chanter, je ne ris pas toujours, » répliqua Emmeline avec un petit air triste, poussant un léger soupir, et jetant un regard de côté sur une lettre qu'elle tenait à la main. « En ce moment, par exemple...

— Tu es triste en ce moment? Ah! je ne m'en doutais guère, » dit M. Duval avec un

air soulagé. « Et voyons, Liline, dis-moi ce
qui t'afflige. Veux-tu une robe neuve ou une
nouvelle partition? Ou bien, as-tu envie
d'une loge pour la première représentation
de *l'Africaine?* Ou serait-ce cette lettre que tu
chiffonnes là dans la poche de ton tablier?

— Une lettre? De qui donc cette lettre? »
interrompit Mme Duval, quittant ses aiguilles
et son tricot pour prendre une position interrogative.

« Oh! maman, c'est d'Emma Vernier. Vous
savez qu'il y a déjà deux mois que je ne l'ai
vue?

— Et tu cesseras sans doute de la voir tout
à fait, Emmeline; je ne vois pas même l'utilité de cette correspondance. Les amitiés de
pension ne sont pas éternelles, et vous vivez,
Emma et toi, dans des cercles si différents!
Tu seras presque une dame du grand monde
après ton mariage, ma fille, tandis que la
pauvre Emma... Je ne nie pas que son père,
monsieur Vernier, ne soit parfaitement honorable; mais enfin, c'est un homme qui a eu
des malheurs...

— Oui, maman, et qui, jusqu'à présent, les

2

a supportés avec beaucoup de résignation et
de courage. Et puis, je ne pourrais pas oublier Emma, quand même je deviendrais tout
à fait grande dame. Est-ce qu'on perd son
cœur parce qu'on prend un mari? Je voudrais
bien voir que Raymond s'avisât de vouloir
usurper toute ma tendresse au détriment de
mes anciens amis... N'est-ce pas, papa, vous
lui diriez bien qu'il n'est pas le premier en
date?

— Qu'elle est drôle et gentille! » répliqua
M. Duval, en caressant la petite main blanche
qu'Emmeline avait passée autour de son cou.

« A propos de Raymond, » reprit Mme Duval en relevant ses lunettes, « sais-tu bien,
Emmeline, qu'il est venu aujourd'hui?

— Il est venu?... Et où donc étais-je?

— Dans le jardin, je suppose, à faire des
boutures de fuchsias.

— Et pourquoi, maman, ne m'avez-vous
pas appelée?

— Parce que, ma chère, Raymond venait
pour moi seule. Il avait une confidence à me
faire; il ne voulait pas te voir.

— Il ne voulait pas me voir! le malhon-

nête! » s'écria Emmeline avec un sourire éclatant et une petite moue de bonne humeur.

« Non , ma bonne Emmeline, parce que ta
présence l'aurait gêné dans ses confidences.
C'est moi qu'il a chargée de sonder le terrain.

— Sonder le terrain... vous, maman ? Ce
doit être alors un sujet grave.... Qu'est-ce
qu'il peut avoir d'important à me révéler ?
Revient-il des fantômes dans les greniers de sa
maison de campagne ? Monsieur Raymond n'a-
t-il pas pu assortir, pour notre boudoir mau-
resque , ce reps bleu et argent qui me plaisait
si fort ? A-t-il une affaire d'honneur avec un
de ses confrères de bureau ; ou, au lieu de
m'emmener à Naples , complote-t-il de faire
notre voyage de noces au Havre ou à En-
ghien ?

— Rien d'aussi tragique que tout cela , ma
fille, » répondit Mme Duval en souriant. « Le
mystère dont il s'agit est important sans doute,
mais il est essentiellement joyeux. M. Raymond venait pour me parler de ta corbeille de
noces.

— Ah ! ce n'est que cela ? » fit Emmeline
d'un petit air négligent.

« Ce n'est que cela? Vraiment, je te trouve
difficile. Attends un peu que je te rapporte le
discours de Raymond, et tu vas voir si cette
corbeille doit être peu de chose. « Ma chère
« madame Duval, » m'a-t-il dit, « je vous
« avouerai, sans avoir l'intention de me flat-
« ter, que j'ai fait quelques économies. Il me
« reste, par exemple, tout mon revenu de
« l'an passé, plus cinq mille francs touchés
« au ministère. Notre logis est trouvé, notre
« ménage complet; je ne sais plus que faire
« de cet argent, et je voudrais l'employer
« à faire plaisir à Emmeline. Je pense donc
« à mettre les vingt mille francs dans sa cor-
« beille; mais je ne connais pas assez ses
« goûts; questionnez-la donc sur le choix des
« objets. »

Quiconque, pendant ce bref récit, eût at-
tentivement considéré le visage d'Emmeline,
eût vu ses lèvres s'entr'ouvrir, son regard étinceler, sa petite main frémir d'hésitation et
d'impatience, et, en un mot, tous ses traits
mobiles exprimer l'étonnement, la crainte et
le désir. Quand sa mère eut fini de parler,
elle releva lentement la tête, qu'elle avait

baissée pour un moment dans l'attitude de la réflexion, et s'écria d'un ton à la fois joyeux et un peu troublé :

« Ainsi, maman, vous dites vingt mille francs... vingt mille francs tout juste ?

— Oui, Emmeline, quinze mille francs du revenu de Raymond et cinq mille francs du ministère.

— C'est superbe, en vérité ! » répéta la jeune fille, retombant dans une sorte de rêverie.

« Oui, vraiment, c'est superbe. Monsieur Duval, tu n'as pas été aussi généreux que cela ; il est vrai que nous n'étions alors que de petits commerçants, nous autres, et qu'on ne faisait pas tant de luxe dans notre temps. Mais ce n'est pas de cela qu'il s'agit, Emmeline... Tu sais comme Raymond est impatient quand il a un projet en tête. Il va venir demain me demander combien tu veux de robes, de parures, de cachemires et de volants de dentelle. Je serai forcée de lui répondre, et il faudra que tu sois décidée d'abord... Il me semble qu'il serait bien temps d'y penser. Il est cinq heures et demie, et ton amie, madame d'Aubel, vient dîner avec nous à six heures... Allons, ma bonne, tâche de tout considérer et de bien réfléchir.

— Oui, maman, » répondit la jeune fille d'un air rêveur, toujours inclinant la tête.

« Ce sera peut-être difficile pour toi, de choisir ; tu n'as pas encore l'habitude de commander tes toilettes..... Je t'aiderai, si tu veux ; j'ai déjà combiné une partie de notre affaire. Ainsi, il faudrait d'abord : 1° deux robes de satin, l'une claire et l'autre foncée ; *item,* deux robes de velours ; quatre robes de poult de soie, de taffetas ou de gros de Naples ; trois en foulard, une pour les soirées, une autre pour les promenades de l'après-midi, et la troisième foncée, pour les courses du matin. Avec cela, il faudrait deux cachemires, un indien, de trois mille francs, et un français de quinze cents francs peut-être ; une pointe de dentelle blanche ; un châle et un bournous de dentelle noire ; un....

— Maman, vous êtes bien bonne, » dit soudain Emmeline en relevant la tête avec un air de décision subite ; « mais vous prenez une peine inutile. Vous m'avez dit tout à l'heure de me décider... Eh bien ! j'ai déjà choisi.

— Ah ! ah ! tu vas vite en besogne... Ce sont des bijoux qui te tentent , j'en suis sûre. Tu auras vu un bel écrin , un collier de perles et de turquoises , ou bien cette étoile de brillants que tu admirais tant hier dans ce grand magasin...

— Non... pas précisément , ma mère... Vous avez dit vingt mille francs ?

— Je parie qu'Emmeline songe à se donner un pavillon à la campagne, » dit M. Duval en riant avec des éclats joyeux. Quelque petit chalet suisse , hein ? quelque chaumière de Trianon , où madame la bergère vous invitera à venir cueillir des noisettes et manger des fromages à la crème , confectionnés par ses blanches mains ?

— Ce n'est pas cela non plus, papa..... Il est bien entendu, maman, que Raymond veut mettre vingt mille francs dans ma corbeille ?

— Mais je te l'ai déjà répété vingt fois ! » s'écria Mme Duval impatientée.

« Et c'est vous, maman, qui devez lui répondre demain ?

— Oui ; il m'avait dit de te questionner adroitement, de bien démêler tes goûts... Tu devrais avoir l'air de ne rien savoir... tu comprends qu'on veut te faire une surprise ?

— Oui, j'entends bien, maman... Mais une surprise qui me soit agréable, n'est-ce pas ?

— Eh ! cela va sans dire ; autrement on ne t'aurait pas consultée.

— Eh bien ! maman, » dit Emmeline, rougissant un peu et parlant vite, comme quelqu'un qui, pour un difficile aveu, a rassemblé tout son courage : « Eh bien ! maman, vous direz ceci à Raymond : Ce que je préfère, ce que je désire, ce que je veux dans ma corbeille, ce sont.... les vingt mille francs en actions de chemins de fer.

— Vingt mille francs... dans une corbeille... en actions de chemins de fer ! » répéta Mme Duval d'un ton de stupéfaction suprême.

« Serait-il Dieu possible ! » s'écria M. Duval, laissant tomber son journal pour lever les bras en l'air.

« Oui ; et, si cela se peut, des actions du chemin de fer du Nord ; ce sont celles-là que je préfère, » reprit Emmeline très-calme, mais d'un petit ton fort décidé.

« Prodigieux! » répéta l'ex-négociant, se redressant à deux mains sur son fauteuil pour mieux considérer sa fille.

« Ah çà! voyons, Emmeline, parlons raison, » reprit la mère. « Tu n'es plus pensionnaire, mon enfant, pour nous faire des niches. Voici que tu prends un mari, ce n'est pas le moment de plaisanter.

— Aussi je ne plaisante pas, ma mère, » répondit Emmeline fort sérieuse et baissant les yeux.

« Mais tu ne me feras jamais croire que tu n'aies plus l'intention de t'amuser. Comment! je te propose des cachemires indiens, des diadèmes de diamants, des parures de dentelles, et tu me répondrais sérieusement que tu préfères des paperasses, des billets de banque, des actions de chemins de fer?

— Il est possible, maman, que mon choix vous semble bizarre; mais il est légitime et spontané. Vous m'avez dit que ces vingt mille francs me sont destinés, que je suis mal-

tresse d'en régler l'emploi; je vous ai crue,
et voici ma réponse.

— Emmeline, ma fille, » reprit alors
Mme Duval d'un air de gravité; « tout ceci est
un jeu de votre part, ou bien la marque d'un
sentiment jusqu'alors inconnu, qui m'étonne
autant qu'il m'afflige. Je vous ai élevée, il est
vrai, dans les principes d'un ordre bien entendu et d'une judicieuse économie, et je
vous en ai donné l'exemple assurément; mais
vous ne m'avez jamais vue lésiner. Je ne serais point surprise de vous voir aimer les
fêtes, la parure et les frivolités; mais aimer l'argent, l'argent tout seul, pour lui-
même!... cela me surprend de votre part.
Nous sommes de simples bourgeois de Paris,
et nous avons dû jadis bien compter pour
mettre les deux bouts ensemble et faire ho-
norablement notre fortune; mais nous ne
sommes pas des ladres; vous êtes notre fille,
et il est tout à fait impossible que vous teniez
si fort à quelques misérables écus.

— Toi qui es riche surtout! » reprit M. Duval, « songe donc que tu as deux cent mille
francs de dot, ma Liline.

— Oh! papa, vous les donnerez à Raymond, et il ne m'en restera pas dans les mains un seul billet de banque.

— Est-ce là ce que tu veux? » s'écria le papa complaisant. « Eh bien ! je te donnerai cinq mille francs d'épingles, ma mignonne. Tu as peut-être quelque vieux compte de toilette, quelque petite dette que tu ne veux pas avouer.

— Des dettes! oh! vraiment non, papa, » répondit Emmeline avec un franc et joyeux éclat de rire. « Ah! pardon, » dit-elle soudain en se ravisant avec malice, « je dois dix sous à la portière, qui m'a monté tout à l'heure du mouron pour mes serins... mais je viendrai bien à bout de m'acquitter avant d'entrer en ménage.

— Mais alors, ma fillette, je ne te comprends plus, » répliqua M. Duval d'un air décontenancé. « Tu n'as pas de dettes, tu ne fais pas de dépenses folles, tu sais calculer et tu as un bon cœur ; je t'ai vue moi-même faire exactement la balance de tes petits comptes de chaque mois, et te passer d'un manteau de

cygne pour envoyer du bois aux pauvres. Que
veux-tu faire de vingt mille francs d'actions,
puisque tu n'es pas avare, j'en mettrais ma
main au feu?

« — Je ne suis pas avare, mais je suis en-
têtée... je suis capricieuse, je suis absolue, »
dit Emmeline, en fronçant ses fins sourcils
noirs et en battant le tapis de la pointe de
son petit pied. « Ce n'est pas avant le mariage
que Raymond doit se permettre d'enfreindre
mes volontés et de questionner mes motifs.
Après, c'est différent, nous changerons de
rôle. Mais pas à présent, ce serait trop tôt; je
maintiens obstinément mon droit. Tant que
je n'ai pas dit *oui*, je commande. »

Emmeline accompagna ces derniers mots
d'un énergique mouvement de tête qui fit
jaillir des reflets d'or de sa belle chevelure
éclairée d'un rayon de soleil. En même temps
un malin sourire vint se jouer sur ses lèvres,
tandis que, d'un regard furtif, elle épiait la
physionomie de chacun des deux époux,
muets et étonnés. En ce moment, on entendit le bruit argentin de la sonnette, agi-

tée par une main jeune et vive. Mme Duval se
redressa sur sa chaise, et replaça ses lunettes
avec un soupir de satisfaction.

« Enfin, c'est Mme d'Aubel; elle nous arrive
à propos; elle réussira sans doute mieux que
nous, et viendra à bout de confesser Emmeline. » Et, disant ceci, la digne mère dirigea
son regard le plus courtois et le plus préve-
nant de ses sourires vers la porte de l'appartement.

II.

Cette porte s'ouvrit bientôt pour donner passage à une jeune femme, toute radieuse, toute
pomponnée, toute sémillante, qui entra le
sourire aux lèvres, l'aumônière-princesse au
côté, l'ombrelle-marquise à la main, épan-
dant tout autour d'elle les ondes chatoyantes
de sa robe, les nuages légers de ses dentelles
et les suaves effluves de son parfum à l'*ess-
bouquet*. En un clin d'œil, et avec la grâce
la plus preste et la prestesse la plus gracieuse,
elle eut serré la main de Mme Duval, fait une
coquette révérence à son mari, et donné un
petit coup d'éventail sur la joue veloutée d'Emmeline, en les saluant tour à tour et tous ensemble de son babil joyeux, continu et un peu
enfantin.

« Bonsoir, chère madame Duval; je vous
salue, Monsieur; comment se porte notre belle
fiancée? ... Je vous trouve toujours solitaires,

toujours en famille comme Philémon et Baucis acclimatés dans un salon parisien....Et ma chère Emmeline, toujours en beauté, en émotions, en doux rêves?.....Mais, à propos, ce futur, pourquoi n'est-il pas présent?..... Il est six heures du soir, et on se marie dans dix jours; il devrait être à son poste..... Sais-tu bien, Emmeline, que voici un trait que je ne pardonnerais pas? Les hommes nous doivent, avant le mariage, les galanteries qu'ils nous refusent après; ce n'est que juste... Mais, j'y pense, mes bons amis, ne serait-il pas arrivé quelque catastrophe?..... Vous avez l'air soucieux, Monsieur Duval, et le journal est à vos pieds sur le tapis, chose que je n'ai jamais vue..... Et vous-même, Madame Duval, vous avez laissé échapper deux mailles dans votre tricot, signe évident d'une préoccupation étrange..... Qu'est-il arrivé, dites?..... Je serais presque effrayée, si je ne voyais qu'Emmeline a conservé ses couleurs roses et son sourire de lutin.

— Oh! rien n'est arrivé, » répondit Mme Duval un peu tristement; seulement, nous discutions la corbeille de mariage d'Emmeline.

— Ah! par exemple! voilà qui est charmant!
Et c'est cela qui vous préoccupe? Je ne m'é-
tonne plus, alors..... Ma chère Emmeline,
j'ai bien fait d'arriver; je vais te donner les
plus excellents conseils, les renseignements
les plus précieux... Figure-toi que je sors des
Magasins du Louvre, et j'y ai vu des moires...
oh! mais des moires d'une beauté!.... riches,
moelleuses, chatoyantes, largement ondées;
une surtout, bleu-ciel avec des reflets d'argent. Il t'en faut absolument une robe dans
ta corbeille; tu la garniras avec des bandes
de peluche et des boucles de chenille argentée,
et tu auras l'air de Vénus sortant de la mer
bleue frangée d'écume.... Et à la *Compagnie
des Indes*, mon enfant! Si tu savais quelles
merveilles! des cachemires comme on n'en
voit que dans les Mille et une Nuits.... Un surtout, fond vert, à grandes palmettes bariolées,
un véritable tapis de gazon, semé de fleurs,
un vrai printemps qui sourira sur tes épaules...
Il coûte quatre mille francs, c'est vrai... c'est
un peu cher, mais on a un cachemire de reine...
Et je suppose qu'il est généreux, ce beau
fiancé?... Puis-je savoir, madame Duval,

combien il veut mettre à l'achat de la corbeille?

« — Vingt mille francs, » répondit la dame
en secouant tristement la tête.

« Vingt mille francs!... mais c'est magnifi-
que... Après l'achat du cachemire, nous pourrons encore disposer de quinze mille francs... Il
te faudra des dentelles, Emmeline, beaucoup
de superbes dentelles. C'est le grand luxe du
jour... Tout le monde peut donner deux cents
francs pour une robe de poult de soie, mais
donner deux cents francs pour un bout de
dentelle, c'est autre chose; ceci rentre dans
le luxe princier.

« — Ma chère Marguerite, je ne suis pas princesse, et je crois que je me passerai de dentelles, » répondit Emmeline en souriant.

« Comment?... que dis-tu? qu'est-ce que
c'est que ce caprice?... Et de cachemire, dis-
moi, t'en passeras-tu aussi?...

« — Je le crains fort, » reprit la jeune fille,
souriant toujours, et secouant la tête.

« Emmeline, je ne te comprends pas bien...
Crois-tu te préparer à entrer au couvent?...
Tu penses à ton fiancé, j'en suis sûre... As-tu

3.

bien entendu que nous parlons de ta corbeille?

— J'ai entendu, et j'ai répondu, » dit Emmeline simplement.

« Madame Duval, pourriez-vous me donner l'explication de ce mystère? » reprit alors la jeune femme en se tournant vers la maman.

« Oh! l'explication est bien courte et bien triste, allez! Je crois vraiment qu'Emmeline est devenue folle..... Je lui demande tout à l'heure ce qu'elle veut avoir dans sa corbeille... et elle me répond... Vous ne vous figureriez jamais ce qu'elle m'a répondu...

— Que veut-elle donc? » répéta Marguerite avec surprise. « Serait-ce le trousseau de Peau-d'Ane, la robe couleur du temps, ou la robe de rayons de soleil, ou bien le Régent, la Montagne de lumière, que sais-je?

— Quelque chose de plus drôle encore que tout ça, » dit à son tour M. Duval, se tournant vers la jolie femme; « elle veut... elle veut... dans sa corbeille... vingt mille francs en actions du chemin de fer du Nord.

— Et pas de diamants, pas de cachemires, Emmeline?... » s'écria Mme d'Aubel d'un ton

d'immense stupéfaction. « Que penses-tu donc
faire après ton mariage, si tu ne comptes pas
t'habiller?... Te proposes-tu de fonder une
banque?

— Pas plus que tu ne penses à fonder un
couvent, Marguerite, » répondit Emmeline avec
bonne humeur. « Mais je n'ai pas de projet,
d'abord; j'ai un caprice.

— Un caprice qui se traduit par une exi-
gence de banquier !.... Je n'ai jamais vu qu'une
jolie femme eût des caprices de cette couleur-là,
ma chère.... Mais, peut-on savoir comment ce
caprice t'est venu?

— Oh !... bien simplement, » dit Emmeline
un peu confuse, parlant vite parfois, et d'autres fois ayant l'air de chercher ses mots...
« Voilà le fait, tiens... Aujourd'hui je n'avais
rien à lire ; j'ai trouvé un numéro de l'*Époque*.
C'est un journal rédigé, dit-on, par un roman-
cier qui est devenu financier, et qui se réjouit
fort d'avoir quitté la plume pour la Bourse...
Papa me laisse lire son journal parce qu'il
n'y met pas de feuilletons... Il en a écrit, lui,
il paraît; il sait bien ce que cela vaut et ce que
cela coûte... Enfin, imagine-toi qu'au lieu de

feuilleton j'y ai trouvé une revue financière
savante et... adorable. On y parlait si éloquem-
ment de la cote de la rente, de la valeur des...
consolidés, du transfert des... coupons (papa,
vous me reprendrez si je patauge), que je me
suis sentie prise d'un subit enthousiasme et
d'un grand zèle pour la prospérité des chemins de fer. Il m'est venu un désir si fiévreux
de participer aux évolutions flottantes de la
fortune publique, de jeter aussi, moi « mon
grain d'or dans ce bouillant océan de métal »
(je suis sûre de cette phrase-là, parce que
je l'ai énormément admirée), que... que... ma
corbeille survenant, j'ai voulu profiter des
générosités de Raymond pour... pour me
donner les émotions du capitaliste... »

Ici, Emmeline cessa son explication, et,
promenant un regard furtif sur les visages
ébahis de ses trois auditeurs qui la regardaient
bras pendants et bouche béante, elle parut
réprimer un joyeux éclat de rire, et chercha
à se donner une contenance en tirant les
oreilles d'un coquet king-charles endormi sur
le canapé.

Quant à Marguerite, elle se leva de son fau-

teuil, et, se tournant vers les deux vieillards,
leur fit une profonde révérence :

« Madame et Monsieur Duval, » dit-elle avec
une gravité comique, « recevez mes très-sin-
cères compliments; vous avez admirablement
élevé votre fille. Vous pouvez désormais être
fort tranquilles sur sa conduite et sur son
avenir; elle ne faillira jamais qu'à la Bourse.
Ce n'est pas elle qui se perdrait pour un collier, ni qui s'attendrirait pour un cachemire!
Tant que les fonds seront en hausse, le
bonheur d'Emmeline sera assuré, et par conséquent celui de son mari, à moins que M. Raymond ne s'avise d'être jaloux du courtier de
sa femme.....· Mais non, Emmeline, cela n'est
pas possible; dis-moi que tu as voulu rire.

— Oh ! je ne ris pas du tout, ma chère. J'ai
été convertie par *l'Époque;* est-ce que cela est
risible? Si tu avais lu ce superbe bulletin
financier, ma chère Marguerite, à l'heure qu'il
est tu penserais comme moi.

— Je te félicite sur ta conversion, ma
chère; elle est vraiment merveilleuse... Je
ne croyais plus aux miracles, j'en ai vu un
aujourd'hui... C'est bon de temps à autre,

cela instruit, et cela édifie... Bonsoir, ma très-
chère; je te souhaite des rêves d'or, c'est le
cas de le dire... Je ne dîne pas ce soir ; j'ai une
loge pour *Lara.* J'aime mieux entendre la
chanson arabe de Kaled qu'une ode à la gloire
de M. de Rothschild... Au revoir, Madame
Duval; ne vous dérangez pas, Monsieur....
Quand j'aurai besoin d'un banquier, je penserai à toi, Emmeline... »

Et sur ce dernier trait, qu'elle décocha en
fuyant à la manière des Parthes, la jeune
femme sortit, balayant le tapis de la traîne de
sa robe de foulard couleur *mode*, et faisant on-
doyer, d'un gracieux mouvement de tête et
d'épaules, les plumes de son chapeau et les
dentelles de son burnous.

« Vois-tu ce que c'est, Emmeline, que d'a-
voir de pareilles fantaisies? Madame d'Aubel
va les publier partout, » dit la mère.

« Si au moins on l'avait priée de garder le
secret! » dit M. Duval avec une mine soucieuse.

« Oh! papa, la précaution eût été inutile, »
répondit Emmeline, souriant finement. Marguerite est aussi heureuse d'avoir une piquante

histoire à conter, que si on lui eût donné une parure de reine ou une aigrette de phénix pour mettre à son chapeau... Et, d'ailleurs, qu'importe que le monde se trompe et babille, et prenne une fausse opinion de moi? Ne puis-je pas bien m'en passer, quand j'ai un heureux avenir qui me sourit, deux excellents parents qui m'aiment, et, bientôt, un bon petit mari qui devra m'obéir?

— Allons, c'est décidé, mon enfant, tu seras toujours un ange, » dit le papa d'un ton caressant. « Seulement, Emmeline, la fortune a ses oscillations; la spéculation ses hasards; si tu veux garder ton repos, prends bien garde à la Bourse!

— Oh! soyez tranquille, père, je ne risquerai ni la vôtre, ni celle de mon mari; c'est pour cela que j'ai voulu avoir la mienne, » dit Emmeline en riant.

Au même instant, le petit domestique vint annoncer que «Madame était servie. » On passa dans la salle à manger, et bientôt un ancien associé de M. Duval, survenant, se trouva au nombre des convives. On ne parla donc plus de la corbeille ce soir-là.

Mais, le lendemain matin, était réservée à Mme Duval une rude corvée. Vers dix heures elle entendit un coup de sonnette bien connu dans la maison des parents d'Emmeline, et, presque au même instant, on vint lui dire que M. Lagrange l'attendait au salon. Elle y descendit le cœur battant, la contenance chagrine et embarrassée, et poussa un soupir presque honteux à la vue du jeune homme joyeux, ému et impatient.

« Est-ce que je ne vous ennuie pas si matin, ma chère madame Duval? » dit Raymond, qui s'avança à sa rencontre avec toute la grâce affectueuse, la vivacité confiante, et l'entrain de ses vingt-cinq ans.

« Mais, non... non... Monsieur Raymond... je suis au contraire... enchantée... d'avoir le plaisir de causer avec vous.

— De causer avec moi, c'est le vrai mot, maman (si vous voulez bien me permettre ce titre). Nous avons en effet un sujet important à traiter ensemble ; et puis vingt-quatre heures seulement pour le mettre à exécution... Avez-vous appris les désirs d'Emmeline relativement à mon petit projet d'hier?

— Oui... assurément... je l'ai.... adroitement... questionnée.

— Par exemple, maman, que lui avez-vous
dit?

— Je lui ai dit que... que... qu'il est d'usage
de donner une corbeille dans les familles riches, et qu'elle pouvait imaginer, en s'amusant, les divers objets qu'elle aimerait trouver
dans la sienne. Je lui ai même donné à entendre qu'elle pouvait désirer jusqu'au chiffre
de vingt mille francs.

— C'est bon, chère maman; et qu'a répondu
Emmeline?

— Elle a répondu... qu'elle serait contente
si... qu'elle ne désire que...

— Eh bien! parlez vite, que désire-t-elle?

— Vous ne vous fâcherez pas, Raymond?
c'est si extravagant!

— Je ne me fâcherai pas, ne craignez rien, »
dit le jeune homme avec un franc sourire.
« Je vous ai dit mon chiffre, et je n'irai pas
au delà, parce que je ne veux pas empiéter
sur les revenus de l'année qui court, ce qui ne
serait pas raisonnable... mais je ne resterai
pas non plus en deçà, et je donnerai à Em-

4

meline ce qu'elle aura demandé, quand bien
même ce serait vingt mille francs de dragées.

— Hélas ! non ; ce n'est pas vingt mille
francs de dragées qu'elle demande ; je l'aurais préféré. Mais c'est vingt mille francs
d'actions.

— D'actions ! » répéta Raymond dans un
étonnement suprême.

« Oui, des actions du Chemin de fer du
Nord. Elle préfère celles-là.

— Voilà qui est surprenant ! » dit le jeune
homme, après une pause, en interrogeant du
regard la figure rouge et soucieuse de Mme Duval.

« Ah ! mon cher monsieur Raymond, cela
me surprend plus que vous, je vous assure.
Je n'aurais jamais cru qu'un désir aussi étrange
ait pu naître dans le cœur de mon enfant.

— C'est étrange, en effet... Et comment
Emmeline vous a-t-elle dit cela ? A-t-elle exprimé ce désir tout d'abord, paraissait-elle
hésitante ou mal décidée ?

— Ah ! pas le moins du monde. Elle s'est
montrée tout d'abord fort attentive, et puis
toute joyeuse et tout émerveillée quand je lui

ai parlé de vingt mille francs. Là-dessus, j'ai
commencé à dresser un petit devis de la
corbeille. C'était très-convenable et très-bien
médité, je vous assure. Mais j'avais à peine
mentionné quelques robes et un ou deux cachemires, qu'Emmeline m'a arrêtée tout net,
en me disant que son choix était fait.... Et, là-
dessus, elle m'a exprimé le souhait que je
viens de vous dire... Son père et moi, nous
n'en croyions pas nos oreilles. Nous pensions
d'abord qu'elle avait perdu l'esprit.

— Mais quels motifs a-t-elle donnés pour
une demande aussi particulière ?

— Oh ! des motifs... des motifs qui n'en sont
pas... Elle n'a pas de motifs, monsieur Raymond, elle n'en peut pas avoir... Pourquoi
aurait-elle besoin d'argent, elle qui ne manque de rien, qui a une belle dot, et qui
ne connaît point les dettes?... C'est une
fantaisie, quoi! une idée folle, un caprice
d'enfant... Elle nous a dit qu'elle venait de
lire *l'Époque*, et qu'elle avait été séduite par
l'éloquence d'un bulletin financier... Avec
cela, elle ne veut pas entendre parler de con-
tradiction : elle s'emporte, elle divague;

elle dit qu'elle vous sera infiniment reconnaissante et très-soumise après son mariage ;
mais qu'elle exige que ce caprice soit satisfait auparavant... Enfin, monsieur Raymond,
je ne sais plus que vous dire... Monsieur Duval
et moi, nous sommes consternés... Quelle impression va produire sur vous une originalité
si excessive? et quelles conséquences pouvez-
vous en tirer, vous qui ne connaissez pas notre
enfant comme nous, qui ne l'aimez pas comme
nous depuis son enfance?... Je ne puis certes
pas vous dire ce que notre Emmeline a dans
le cœur; mais n'allez pas croire qu'elle soit
avide et avare au moins... Elle s'est toujours
montrée bonne, simple, désintéressée, je vous
le jure, monsieur Raymond.

— Ne craignez rien, madame Duval, je le
sais aussi bien que vous, » répondit le jeune
homme avec un confiant sourire... « Je connais Emmeline depuis moins longtemps que
vous, il est vrai; mais, dès le premier jour,
je l'ai tant aimée que les mois ont compté
double... Et comment douterais-je de son cœur
naïf, chaste, confiant et fidèle; de ce cœur
qui parle dans sa voix, qui s'éveille dans son

sourire, qui rayonne dans ses yeux? Mon respect involontaire, mon amour pur, ma sympathie si vite éclose, m'ont dit clairement que
j'aurai en Emmeline une compagne douce,
une femme charmante, la joie et l'orgueil de
ma vie; et je sens bien que ni mon respect,
ni mon amour, ni ma sympathie ne m'ont
trompé... Mon jugement ne change point, ma
confiance ne s'affaiblit pas même en cette circonstance... J'ai cru en Emmeline, et quelque
chose me dit que j'y croirai toujours... Demain,
on lui apportera les vingt mille francs dans la
corbeille. Plus tard, je saurai découvrir les
motifs qui l'ont décidée à les demander, car,
je vous l'avoue, madame Duval, je ne crois
que fort médiocrement à ce qu'elle vous a
dit du lyrisme entraînant du bulletin de *l'É-
poque*. Une jeune fille pleine de cœur, de raison
et de poésie, se laisser séduire par l'éloquence
d'un article financier, c'est cela surtout qui
me paraîtrait étrange!... Enfin, la corbeille
viendra demain, maman; n'en parlons plus.

— Vous êtes un excellent cœur, Raymond,
et je vous souhaite tous les bonheurs de ce
monde.

4.

— Allons, allons, maman, n'ayez pas l'air si consterné. Ce n'est pas une catastrophe, après tout, que cette fantaisie d'Emmeline... Savez-vous même que nous y gagnons, vous et moi? Nos courses vont être, par ce fait, singulièrement abrégées. Je frémissais déjà à l'idée d'aller stationner des heures durant dans les *Magasins du Louvre;* et voici que, délivré de cette crainte, je n'aurai plus qu'à envoyer un ordre à mon banquier.

— Vous avez autant d'esprit que vous avez de cœur, Raymond, et vous m'avez délivrée d'une grande inquiétude... Mon cher garçon, c'est une mère qui vous remercie... Oh! les enfants! les enfants! que de soucis ils vous donnent! Vous verrez cela un jour, mon cher gendre, et vous m'en direz votre avis. »

Ce fut ainsi que la pauvre mère, un peu réconfortée, congédia assez joyeusement le jeune fiancé, qui s'éloigna vivement pour faire exécuter chez son banquier les ordres de sa jolie future.

Tout le long du jour, Emmeline se montra pensive, sérieuse et muette, ce qui arrivait rarement. Elle savait bien que Raymond était

venu, qu'il avait demandé madame Duval et
causé longtemps avec elle; mais elle nesa vait
pas ce qui en était avenu, et elle n'osait pas
interroger sa mère. Raymond vint, comme il
le faisait souvent, passer la soirée en famille;
mais la corbeille devait être une surprise, et,
naturellement, on ne parla de rien. Seulement, Emmeline remarqua que, plusieurs
fois, à la dérobée, les yeux pénétrants de
Raymond s'attachaient sur les siens, et cherchaient à y lire un secret, à y deviner une
pensée. Soucieuse de cet examen, et gênée
par cette muette observation, elle devint in-
volontairement plus timide, plus réservée,
moins expansive et moins joyeuse que les
jours précédents. Lorsque Raymond la quitta,
il avait l'air légèrement désappointé et un peu
triste. Emmeline lui sut gré pourtant de n'a-
voir jeté dans la conversation aucune allusion
délicate, aucune phrase transparente qui eût
exprimé un doute ou sollicité une explication.
Le soir, lorsqu'elle se trouva seule dans sa
petite chambre toute blanche qu'elle allait
quitter bientôt, elle s'assit sur sa causeuse,
et y resta longtemps rêveuse, le front sérieux

et incliné. Puis, avant de s'endormir, elle pria avec ferveur aux pieds de sa Vierge de marbre, et répéta plusieurs fois, avant que le sommeil blottît chaudement sa tête mignonne sur l'oreiller : « Oh ! mon Dieu ! trouverai-je demain les vingt mille francs dans la corbeille ? »

Le jour suivant elle n'attendit pas longtemps du moins avant de connaître le résultat de sa demande. Vers neuf heures elle se trouvait au salon, essayant languissament la partition de *Mireille*, lorsque la femme de chambre entra toute joyeuse, et lui dit :

« Mademoiselle, on apporte une caisse à votre adresse. »

Emmeline bondit sur le tabouret de piano, et, en se retournant, vit entrer dans le salon la caisse portée par deux commissionnaires.

« On nous a dit de nous mettre à deux, parce que c'est délicat; sans cela, ce n'est pas lourd, et un seul aurait pu faire l'affaire, » lui dit un de ces hommes en lui tendant un papier.

Ce n'était pas lourd ! il n'y avait donc pas de robes, de chiffons, de cachemires ? Emmeline

sentit son cœur battre de crainte et d'émotion,
et ordonna de débarrasser promptement la
corbeille de son enveloppe de planches de
sapin.

Bientôt elle parut aux regards dans toute sa
splendeur et son élégance. C'était une sorte
de petit buffet en *boule*, aux incrustations
rouges, noires et or, aux ornements dorés,
délicats et somptueux, aux mignons pieds
tournés, posés sur des roulettes creuses et éva-
sées en arrière, pointues et recourbées en avant,
figurant de petits sabots de fée. La petite clef
d'or ciselée fermait les deux battants du coffre
et semblait inviter la main à l'ouvrir pour en
explorer le contenu. Tous les assistants se ré-
crièrent sur la beauté du meuble; Emmeline
seule n'en dit rien; muette et pensive, elle hésita quelque temps avant d'ouvrir.

« Que tout le monde sorte ! » dit-elle enfin ;
« je veux être seule à admirer mon trésor, si
trésor il y a. »

Les domestiques et les commissionnaires sor-
tirent. Emmeline entendait sa mère marcher
dans sa chambre, à l'étage au-dessus, et elle
savait que son père faisait, en ce moment, sa

promenade ordinaire. Sûre de n'être point troublée, elle porta donc la main sur la clef avec une sorte de terreur. La serrure céda, la porte s'ouvrit... Dans l'intérieur de l'armoire de boule il n'y avait pas d'autre objet qu'un portefeuille en cuir de Russie, doublé de satin bleu... Emmeline le saisit vivement, le déplia, et y vit, contenues dans les poches, les feuilles rougeâtres et satinées des actions du Chemin de fer du Nord... Saisie d'un grand battement de cœur, la jeune fille les compta... Il y en avait quarante, chacune de cinq cents francs. Emmeline joignit les mains et contempla le portefeuille avec un joyeux sourire : « Merci, Raymond, merci ! » se dit-elle au bout d'un instant, « je te rendrai plus tard tout le bonheur que tu m'as donné. » Puis elle referma le coffre, et se retira, emportant le portefeuille.

III.

Dans l'après-midi du même jour, Raymond Lagrange se trouvait seul dans le cabinet de travail de son petit appartement de garçon, à un troisième étage de la rue Hauteville. Il avait envoyé la corbeille à Emmeline le matin, puis il s'était rendu à son bureau, et y avait consciencieusement travaillé jusqu'à quatre heures ; il avait rédigé un projet de bail du coquet appartement où il installait son ménage. Il avait rempli tous ses devoirs envers l'État, la famille et la propriété ; il aurait donc dû se sentir l'esprit satisfait et la conscience légère. Il n'en était rien pourtant : Raymond paraissait inquiet, mécontent et rêveur. En ce moment, il se livrait à une agitation évidente, tantôt passant sa main nerveuse dans les boucles brunes de ses cheveux, tantôt grattant avec une obstination féroce, sur le tapis de moquette qui recouvrait son bureau, une tache

de bougie qui semblait concentrer son attention la plus profonde. En vain son lévrier Fox
était-il venu lui lécher la main; en vain quelques hardis moineaux venaient-ils pépier dans
les branches des jasmins en pot fleurissant à la
croisée; en vain un orgue de Barbarie persis-
tait-il à jouer bruyamment le galop-Sturm sous
les fenêtres : rien n'arrachait Raymond à sa
persistante rêverie et à l'acharnement féroce
avec lequel il grattait encore et regrattait
toujours cette mince tache blanche qui s'écrasait en farine sous la pression de ses doigts.
A la fin pourtant il se leva, et commença à
marcher à grands pas dans la chambre. Au
moment où il passait devant la cheminée, la
pendule sonna; il s'arrêta et jeta un coup
d'œil sur le cadran.

« Déjà cinq heures ! » se dit-il. « Dans une
demi-heure il sera temps de m'habiller. Ce
soir, je dîne chez Emmeline... Emmeline...
elle a sa corbeille depuis ce matin... Elle doit
en être contente... Mais que veut-elle en
faire?... A quoi bon ces vingt mille francs?... »

Ici le front de Raymond se plissa encore,
ses traits redevinrent soucieux, et, s'arrêtant

dans sa promenade, il se laissa tomber sur un
fauteuil avec une vive expression de lassitude.

« C'est égal, » reprit-il au bout d'un instant, « j'ai eu beau rassurer maman Duval, je
ne suis pas aussi tranquille que j'en ai l'air...
C'est une chose étrange que cette demande
qui m'arrive brusque, tranchante, imprévue,
comme le canon d'un pistolet... Vingt mille
francs ou rien! C'est comme qui dirait : « La
bourse ou la vie! » Et c'est Emmeline qui m'a
dit cela... Emmeline tyran, Emmeline cupide!
Non, non, c'est impossible; il y a quelque mystère là-dessous. Pourquoi me demanderait-elle
des actions? Les meilleures, ce sont les siennes :
actions qui sont toutes de paix, d'amour, de
grâce et de charité... Je ne la soupçonnerai
jamais; je l'admire d'abord, et surtout... je
l'aime... Mais pourquoi donc ces vingt mille
francs?... Allons, Raymond, mon ami, si tu
as l'imagination féconde, c'est ici le moment
de te livrer aux conjectures... Voyons, réflé-
chissons bien... Les Duval seraient-ils gênés,
et auraient-ils forcé Emmeline à me demander
cet argent pour subvenir aux frais de la noce?...
Mais, non, le papa Duval me montrait encore

hier les titres qu'il destine à la dot de sa fille ;
il y en avait d'autres avec... Et puis, Emmeline
serait trop fière pour se prêter à un pareil stra-
tagème, elle eût plutôt renoncé à moi que de me
faire ainsi acheter mon bonheur... Ma future
convoite - t-elle quelque diamant précieux,
quelque pierre phénoménale pour l'achat de
laquelle il faut vingt mille francs ?... Mais elle
eût exprimé son désir au lieu de demander la
somme ; et d'ailleurs, en ce cas, pourquoi aurait-elle tenu à des actions de chemin de fer ?...
Puis-je croire enfin ce que sa mère me dit : qu'à
la lecture d'un bulletin de *l'Époque,* elle s'est
sentie prise tout à coup de la fièvre de l'or ?...
Mais, comment les problèmes de la hausse et
de la baisse entreront-ils dans cette petite tête
blonde qui est si délicieusement ignorante des
mystères de la règle d'intérêt simple ? Et ma
mignonne Emmeline pourrait-elle, de sang-
froid, jouer à la Bourse, elle qui, il y a si
peu de temps, jouait à la poupée ?... Mais qui
sait, après tout ? le matérialisme abject a de si
profondes racines dans notre société et dans
notre vie ! L'amour de l'or est si âpre, si ardent et si universel ! On s'en pénètre par les en-

seignements, les conseils et l'exemple ; on l'absorbe dans l'air qu'on respire, dans les livres qu'on accueille, dans les pièces qu'on applaudit, dans les merveilles des arts qu'on admire et qu'on envie... et les bulletins de *l'Époque* pour brocher sur le tout !... Cela peut bien s'appeler *l'Époque ;* cela la peint en vérité : du clinquant et des lettres de change, du style usé monté à neuf et de l'emprunt mexicain... Et faut-il donc toutes ces misères-là pour tourner la tête des jeunes filles ?... Ah ! trompeuse Emmeline ! funeste *Époque*, maudit rédacteur ! »

Ici Raymond se renversa sur son fauteuil, et se frappa le front de la main avec une irritation nullement dissimulée.

« Allons, allons, c'est impossible ! » se dit-il après quelques réflexions. « Une belle jeune fille, tendre et pure, ne prend pas, du jour au lendemain, les sentiments et les convictions d'un agent de change. Il faudrait encore une autre plume que celle de *l'Époque* pour accomplir de ces merveilles-là... Ah ! ah ! j'y suis, peut-être... Emmeline a été longtemps de l'Œuvre de la Sainte-Enfance ; elle s'intéresse beaucoup à la Chine, et me parlait l'autre

jour, avec un certain enthousiasme, des.talents
et des vertus de la célèbre Pan-hoei-pan. Peut-
être destine-t-elle ces vingt mille francs aux mis-
sionnaires qui devraient, d'après ses intentions, baptiser quelques chrétiens de plus, et
propager la race des femmes lettrées... Tout
bien considéré, j'aimerais encore mieux cela...
Mais non ; ce n'est pas encore possible. Elle
m'eût alors demandé des .billets de banque,
et non des actions de chemins de fer. Je me
demande combien les actions du Nord se cote-
raient à la bourse de Pékin? »

Ici Raymond, moitié riant, moitié sérieux,
s'arrêta dans son monologue, et parut vouloir
se livrer de nouveau à des réflexions profondes.
Mais un bruyant coup de sonnette les interrompit bientôt, et la femme de ménage de Raymond, soulevant timidement la portière, lui
annonça que le petit domestique des dames
Duval venait de laisser, de la part de Mademoiselle, une lettre pour monsieur Lagrange.

Raymond n'avait pas besoin d'une si longue
explication. Par cette intuition naturelle aux
amoureux, il avait tout d'abord deviné un message d'Emmeline dans la lettre que Mme Giraud

tenait à la main. Ajoutons aussi qu'il avait reconnu la nuance du papier, la coupe élégante
de l'enveloppe, et d'abord, avant tout, ce mignon cachet de cire rose, où se gravait cette
inscription autour d'un bouquet d'immortelles
et de lis : *Pure comme eux et durable comme
elles*. Le cœur du jeune homme avait sauté de
joie à l'aspect de cette fine enveloppe; il pensa
qu'elle allait donner une solution quelconque
à toutes ses perplexités; et, dans toute l'impatience du premier mouvement, il saisit la mis-
sive des mains de Mme Giraud, brisa le cachet
de cire, et tira précipitamment la lettre, sans
avoir pris le temps d'en regarder la suscription.
A son grand étonnement, il la trouva grossie
et comme doublée d'un papier fin et coloré.
comme celui des billets de banque, et, lorsqu'il
la déploya, les quarante actions du Chemin de
fer du Nord s'éparpillèrent en tombant sur le
tapis.

« Que signifie ceci? » s'écria-t-il en tremblant. « Emmeline me renvoie ces titres !... »

Il jeta un regard troublé sur les premières
lignes de la lettre, et il lut ces quelques mots :

« Ma bien chère Emma, ma pauvre amie! »

5.

« Ah! ce n'est pas pour moi la lettre... ni les actions non plus! » s'écria le jeune homme en poussant un long soupir de soulagement... Maintenant, il est clair que ce n'est pas pour elle qu'Emmeline les demandait, puisqu'elle les envoyait à son amie... A moins que cette amie ne soit la femme d'un agent de change auquel ma fiancée envoie l'ordre d'agioter?... Voilà mes perplexités qui reviennent.... Enfin, il est évident que l'explication du mystère est là... Faut-il que je lise?... Ce n'est pas fort délicat, mais j'en suis fortement tenté... D'abord, dans dix jours Emmeline sera ma femme; j'aurai alors le droit de lire toutes ses lettres, celles qu'elle pourra écrire et celles qu'elle recevra; seulement, je ne crois pas que j'en userai... Mais, puisque mon droit existe, et que les titres me sont acquis, ma conscience ne me reprochera pas trop d'avoir pris un petit à-compte... D'abord, en toute occasion, je serais discret comme une boîte aux lettres... Mais ces maudites actions du Nord m'ont si fortement intrigué!... »

Et Raymond, trouvant ainsi dans ses futures prérogatives de mari des accommodements

avec sa conscience de galant homme, s'installa
commodément devant son bureau, et commença
la lecture de la lettre d'Emmeline. Nous en-
gageons nos lectrices, en leur qualité de filles
d'Ève, à ne pas se gêner, et à faire comme lui.

Voici donc ce que nous lisons par-dessus l'é-
paule du jeune homme :

« Ma bien chère Emma, ma pauvre amie,

« N'accuse pas mon cœur pour le silence que
« j'ai gardé depuis hier, et qui a dû te sem-
« bler cruel dans ton accablement et dans ton
« infortune. Mais, comme je l'ai partagée en
« l'apprenant, j'ai cherché les moyens de la
« diminuer; j'ai bien réfléchi, bien prié pour
« cela, et enfin, Dieu m'a protégée, le bon-
« heur m'a souri. Console-toi, réjouissons-
« nous, je t'apporte l'espérance.

« Tu trouveras, sous cette enveloppe,
« quarante actions du Chemin de fer du Nord,
« de cinq cents francs chacune, représentant
« un total de vingt mille francs. Tu les prendras
« de ma part, simplement, courageusement,
« sans hésitation et sans scrupules, comme tu
« accepterais de ma main un bouquet de roses

« ou une boîte de pastilles, parce que tu te
« rappelleras, mon Emma, que nous sommes
« sœurs devant Dieu, et que tout doit être
« commun entre nous. Tu les emploieras à pré-
« server du déshonneur le nom honorable de
« ton père, à le sauver peut-être du déses-
« poir et des funestes tentations ; à te sauver
« toi-même du deuil, de l'abandon et de la
« honte. C'est là mon désir formel, ma bonne
« Emma, et rappelle-toi bien qu'en ce mo-
« ment je ne prie pas, j'ordonne... »

« Mon Emmeline bien-aimée ! Et moi qui la
soupçonnais ! » s'écria Raymond, faisant une
pause en cet endroit de la lettre. « Je sais tout,
maintenant, et je pourrais bien m'arrêter...
Mais, ma foi ! c'est trop touchant, il faut que je
continue. » Raymond reprit sa lecture, et nous
allons faire comme lui.

« Je dois t'expliquer, Emma, comment il se
« fait que je dispose facilement d'une somme
« relativement considérable. Tu sais depuis
« quelque temps que je vais me marier. Mon
« fiancé, Raymond Lagrange, est un bon et
« gentil garçon, tout à fait aimable et galant
« homme. »

(« Voilà des compliments que je ne devrais
pas lire », se dit le curieux tout bas ; « mais ne
faisons pas de fausse modestie ; saluons et
voyons plus loin. »)

« Je t'avouerai même que j'ai consenti sans
« regrets à devenir sa femme, et que si mon
« cœur bat lorsque je dirai *oui!* ce sera de ten-
« dresse et d'émotion assurément, mais certes
« pas de crainte et de tristesse. »

(« Oh ! décidément, je suis un homme heureux ! » s'écria joyeusement Raymond.)

« Eh bien ! ce gentil fiancé, ce galant
« homme, se proposant de m'offrir une cor-
« beille, a voulu faire les choses grandement.
« Il a déclaré ne point s'entendre en dentelles,
« en brillants, en cachemires ; mais il a mis
« à ma disposition vingt mille francs dans une
« armoire de boule. Je garderai le contenant,
« mais je dispose du contenu. Je n'ai pas be-
« soin du tout, vois-tu, ma chère Emma, de
« volants de Chantilly, de robes de velours et
« de châles de l'Inde. J'ai un joli trousseau,
« bien soigné, bien monté Nous irons en
« Italie, parce que Raymond aura un congé

« de deux mois; et, à mon retour, pour faire
« mes visites, j'aurai un crêpe de Chine
« blanc et un beau petit cachemire français
« que m'a donné ma marraine. Nous ne
« sommes pas des ducs, d'abord, ma chère,
« et il siérait mal à la femme d'un simple em-
« ployé d'étaler sur ses épaules tous les tré-
« sors de l'Indoustan. Et puis, sais-tu bien où
« je trouverai ma meilleure joie, ma plus ai-
« mable parure? Ce sera dans ton sourire,
« pauvrette, qui me paraîtra si doux, après
« tant de larmes versées; dans l'éclat de tes
« yeux de velours que les pleurs n'ont pas en-
« core éteints, dans les accents joyeux de ta
« voix, dans l'attitude calme et soulagée de
« ton père, que je respecte malgré tout,
« comme toi tu l'aimes quand même... Quand
« je vous verrai heureux, est-ce que je ne serai
« pas heureuse aussi?... Je retrouverai de la
« gaieté sous votre toit, une bonne bûche à
« votre foyer, des fleurs à vos fenêtres, et je
« passerai mes heures avec toi gaiement, en
« tisonnant le feu, ou en épluchant un bou-
« quet. N'aurai-je pas mieux employé cet ar-

« gent que si on m'avait mis beaucoup de
« carbone cristallisé ou de poil de chèvre du
« Thibet dans ma corbeille?

« Ma dernière phrase te paraîtra un peu
« savante, mais je l'ai employée à dessein,
« afin de te montrer le peu de valeur réelle
« et la puérile vanité de tous les colifichets de
« ce monde. Ne t'y laisse pas prendre, toi
« aussi, ma chère; ne glorifie pas les beaux
« dehors de ma démarche d'aujourd'hui. Il
« ne faut pas se payer de mots, Emma; c'est
« trop enfantin et trop facile. On doit voir les
« choses jusqu'au fond, et les juger d'après
« leur essence même. Ainsi, ma chère, ton
« père et toi, en recevant ma lettre, vous
« allez crier à la bienfaisance, à la générosité,
« au prodige; et moi, qui ne veux pas être
« vaine, je me charge de vous détromper...
« En fait de bonnes actions de ma part, je ne
« connais que celles que je t'envoie, parce
« que celles-là ont cours à la Bourse, et qu'on
« peut les escompter. Emma, je te le déclare,
« j'ai beau te donner toute ma corbeille, rap-
« pelle-toi que tu ne me dois rien; c'est en-
« core moi qui suis ton obligée... Tu vas t'é-

« tonner, te récrier peut-être? Je te fermerai
« la bouche en te rappelant un des plus beaux
« traits de ton enfance, un des meilleurs sou-
« venirs de nos jours de pension.

« Tu étais déjà malheureuse alors, pauvre
« petite; les affaires de ton père commençaient
« à s'embrouiller, et tu le savais bien. Puis tu
« n'avais pas là de mère pour veiller sur tes
« besoins, pour te protéger de sa tendresse,
« et tu en ressentais tristement la privation.
« Ton père, qui avait ses préoccupations, ses
« anxiétés, ses soucis, n'était guère disposé à
« partager ceux d'une petite pensionnaire,
« et les sommes hasardées qu'il risquait dans
« le tourbillon des fonds publics, dans les opé-
« rations de Bourse, étaient souvent retran-
« chées sur le confort, sur la chétive toilette
« de son enfant. Mais tu supportais tes priva-
« tions avec douceur et humilité, sans révolte
« et sans envie, et je ne sais quel instinct de
« tes qualités, de ta supériorité réelle m'atti-
« rait et me retenait près de toi. Moi, au con-
« traire, je voyais tous mes désirs prévenus,
« toutes mes exigences satisfaites; je ne com-
« prenais pas la pauvreté, je ne considérais

« que le luxe et la parure, et il me fallait bien
« t'aimer, mon Emma, pour ne pas craindre
« alors de m'abaisser au contact de ta pauvre
« petite robe de toile, moi qui m'enorgueil-
« lissais de mes panaches et de mes fourrures,
« comme une pauvre sotte que j'étais... Mais
« personne ne me dessillait les yeux, personne
« ne m'ouvrait le cœur; j'aurais grandi ainsi,
« et ainsi j'aurais vécu peut-être, sans toi,
« ma bonne Emma, sans l'exemple de ta douce
« charité. Tu te rappelles peut-être quand ce
« fut?... En tout cas, je vais te le redire.

« C'était au mois de novembre, lorsque la
« Sainte-Catherine approchait. Il devait y
« avoir un bal au pensionnat, et nous son-
« gions à nos parures. Nous avions toutes, il
« est vrai, nos robes blanches d'uniforme :
« les unes, riches, en tarlatane ou en mous-
« seline; les autres, plus simples, de jaconas
« ou même de basin blanc. Mais ce n'était pas
« tout : il fallait des ceintures, des rubans pour
« attacher nos tresses, et ceci, on nous per-
« mettait de le choisir à notre goût, après
« que nous avions reçu, à cette intention, de
« l'argent de nos familles. Nous nous faisions

« un plaisir de les acheter nous-mêmes chez
« le fournisseur de la pension. Or, cette an-
« née-là, je me le rappelle, j'avais reçu de
« papa, pour ma ceinture, un beau louis tout
« neuf, que je comptais bien échanger contre
« quatre mètres de large ruban rose, frangé
« au bout, comme c'était alors la mode. Toi,
« pauvrette, à force de représentations et de
« prières, tu avais obtenu du tien une seule
« pièce de cinq francs, avec laquelle tu devais
« te donner un ruban de mauvaise qualité
« pour la ceinture et les nœuds du corsage.

« Un soir que nous sortions de l'église Saint-
« Paul, où nous venions d'assister au salut,
« nous fûmes arrêtées, toi et moi, dans un
« coin obscur d'une chapelle par une petite
« fille de notre âge à peu près, pâle, triste,
« et chétivement vêtue. Ce fut à moi qu'elle
« s'adressa d'abord, considérant avec un cer-
« tain respect mon chapeau de velours et ma
« pelisse de cachemire : « Mademoiselle, » me
« dit-elle bien bas avec des larmes aux yeux,
« excusez-moi si je vous importune... Je n'ai
« que douze ans, je n'ai plus de mère, j'ai un
« père malade, et un petit frère tout enfant à

« la maison... Demain, le propriétaire nous
« mettra dans la rue... mon père mourra de
« froid... et moi, malheureuse, je suis trop
« jeune et trop ignorante pour travailler...
« Mademoiselle, excusez-moi, plaignez-moi,
« secourez-moi; je vous ai dit la vérité, et
« c'est la première fois que je mendie. » Les
« paroles de la petite fille m'impressionnèrent
« peu; j'étais en ce moment tout occupée à con-
« sidérer l'effet que produisait mon chapeau,
« de forme nouvelle, sur un groupe de dames
« élégantes qui passaient près de moi. Seule-
« ment, pour me débarrasser de la mendiante,
« je tirai ma bourse brodée, et j'y pris... une
« pièce de deux sous. Au même moment, je
« vis que toi, mon Emma, qui étais retenue
« dans ton banc, tu avançais la main pour
« passer ton offrande. Je la pris machinale-
« ment, et, sans la considérer, je la mis, avec
« la mienne, dans la main de la petite fille.

   « Le lendemain, on nous conduit chez le
« marchand de rubans pour choisir nos cein-
« tures. Toi, tu dis que tu n'en as pas besoin,
« et que tu préfères ne pas sortir. — Mais,
« Emma, n'avais-tu pas reçu cinq francs pour

« la toilette? — Oui, c'est vrai; mais je ne les
« ai plus... je les aurai perdus en tirant mon
« mouchoir de ma poche. » Et la Sainte-Ca-
« therine arrive, et lorsque nous nous as-
« semblons pour le bal, toutes pimpantes,
« roses et enrubanées, toi, tu descends dans
« ta modeste robe de basin blanc, sans même
« une pauvre petite *faveur* au corsage; mais
« tu parais tranquille, et souriante, et gen-
« tille comme toujours. On te regarde, on
« chuchote, on te plaint; et toi, sans t'affliger,
« tu te mets au piano, et tu nous joues une
« contredanse. Oh! ma bonne Emma, ma
« pauvre petite chrétienne courageuse, je ne
« pourrai jamais oublier cet héroïsme-là!

« Le dimanche suivant, au moment où nous
« entrons à Saint-Paul, un peu avant la grand'-
« messe, voici que la même petite fille vient,
« presque en sanglotant, se jeter à mes genoux,
« en présence de toutes nos compagnes : «Oh!
« merci, Mademoiselle, merci, » me dit-elle
« avec des pleurs de joie; « vous avez guéri
« mon père. Avec les cinq francs que vous
« m'avez donnés, j'ai pu lui acheter du vin et
« la potion que le médecin lui avait ordonné de

« prendre... Il travaille depuis trois jours,
« et le propriétaire, voyant cela, a promis
« d'attendre encore... Vous avez sauvé trois
« personnes, Mademoiselle, avec cinq francs.
« — Mais, je ne vous ai pas donné cinq francs ;
« vous vous trompez... ce n'était que deux
« sous, répondis-je en baissant les yeux, et en
« sentant le rouge me monter au visage. — Il
« y avait bien un gros deux sous, mais il y
« avait cinq francs aussi, » insista la petite
« pauvresse, « et je vous avais vue fouiller
« dans votre jolie bourse bleue avant de pren-
« dre la pièce que tendait votre compagne. »
« Alors, Emma, je compris tout : la générosité
« venait de toi, la mesquinerie m'appartenait.
« C'était toi, la pauvre fille orpheline, qui
« avais offert ta seule fortune à cet être souf-
« frant comme toi, à cette sœur en pauvreté ;
« tandis que moi, l'enfant gâtée, la riche hé-
« ritière, je lui avais donné deux sous ! Seu-
« lement, l'enfant m'avait attribué la plus
« libérale offrande, parce qu'elle m'avait vu
« une bourse bien garnie et un chapeau de
« velours... Et je me rappelai en même temps
« ton renoncement à la parure, la mesquinerie

6.

« de ta toilette, qui semblait t'empêcher de
« partager nos plaisirs. En même temps j'eus
« honte de moi, et je me jetai dans tes bras en
« pleurant à chaudes larmes. La lumière était
« venue enfin ; mon cœur s'était ouvert : j'a-
« vais compris en un instant toutes les dou-
« ceurs du sacrifice et toutes les joies austères
« de la charité.

« Depuis ce temps, Emma, j'y ai pris goût,
« et je ne m'en suis jamais repentie. Toute
« jeune que je suis, j'ai pu faire quelques
« heureux, mais j'ai été encore plus heureuse
« moi-même. Et chaque fois que j'ai fait du
« bien et que j'en ai goûté les joies, j'ai pensé
« à toi, qui m'en as donné l'exemple, qui
« m'en as révélé les douceurs. Accepte donc
« cette somme que je t'envoie, comme un re-
« merciment, comme un souvenir, comme une
« marque de reconnaissance. Que ton père la
« considère comme un don, s'il le veut bien ;
« comme un prêt, s'il le préfère, mais qu'il
« s'en serve d'abord. C'est le seul moyen qu'il
« puisse prendre pour me remercier.

« Je t'embrasse, mon Emma, et j'attends
« impatiemment un mot de toi qui me donne

« de vos nouvelles. Rappelle-toi bien que nous
« nous brouillerions si tu m'envoyais un
« refus.

  « Ton amie dévouée,

   « Emmeline Duval. »

 « Laquelle vaut mieux des deux, Emma
ou Emmeline? » se dit Raymond en repliant
lentement la lettre et les billets. « Ne serai-je
pas heureux d'avoir une femme comme Emmeline, qui a une amie comme Emma?.. Mais,
j'y pense; d'après la lettre de ce cher et bon
ange, mademoiselle Emma et son père doivent
être dans un grand embarras... Il faut les en
tirer au plus tôt; je vais aller porter la lettre
et les actions moi-même. »

 Et, ramassant soigneusement l'enveloppe
jetée à terre, Raymond y lut cette adresse,
de la fine écriture déliée qui lui faisait si fort
battre le cœur : « Mademoiselle Vernier, rue
Lacuée, n° 18, faubourg Saint-Antoine. »

 « Une chose que je ne comprends pas, c'est
comment il se fait que cette lettre m'ait été remise, » se dit soudain Raymond soucieux.
Mais Mme Giraud, questionnée, le tira bientôt

de cette perplexité, en lui expliquant que le petit messager avait en main deux lettres, qu'il semblait fort pressé, et que, dans sa précipitation, il s'était probablement trompé en remettant les messages. « A la bonne heure, » se dit Raymond, « je trouverai alors pour moi une lettre à l'autre adresse; raison de plus pour y aller. » Et il se mit gaiement en chemin vers le faubourg Saint-Antoine.

IV.

Les rares promeneurs qui passaient ce jour-
là vers trois heures de l'après-midi sous les
épais marronniers en fleurs qui ombragent le
boulevard Bourdon, en longeant le Grenier
d'abondance, ne pouvaient s'empêcher de regarder avec curiosité un vieillard à la démarche saccadée, à la physionomie inquiète,
à l'allure étrange, qui suivait les bords du
canal, en paraissant venir du centre de Paris.
Les vêtements de cet homme semblaient indi-
quer qu'il appartenait à la classe qu'on est
convenu de nommer *aisée*, et qui l'a été souvent, mais qui déjà ne l'est plus. Il portait
un paletot brun foncé, une chemise d'une
blancheur satisfaisante, un chapeau qui ne
choquait pas l'œil : mais un observateur at-
tentif eût remarqué que le drap du paletot,
d'une excessive netteté, était légèrement passé
et usé jusqu'à la corde ; que de patients et la-

borieux efforts avaient dû être employés pour
étendre .les derniers poils du chapeau dans
une direction symétrique qui en voilât les meur-
trissures ; que la cravate de taffetas noir avait
été plusieurs fois lavée ; que la chemise était
de toile limée, affinée, éclaircie, dans laquelle apparaissaient des jours ; qu'enfin, les
bottes découvraient une ou deux pièces à l'em-
peigne, et les gants de filoselle quatre à cinq
reprises au bout des doigts. Mais tout cela
était propre, dissimulé, décent, quoique humble et misérable. Misérable ! c'est là le vrai
mot. Il n'y a pas de pire misère que celle qui
est condamnée par le sort à l'habit noir, aux
souliers vernis, au chapeau en tuyau de poêle ;
que celle qui voile les haillons du pauvre
homme sous le paletot du monsieur, et qui,
pour lui faire gagner son pain, le force à se
procurer des gants, une cravate fraîche et une
chemise bien repassée.

Le vieillard allait donc seul, préoccupé,
presque tremblant, comme nous l'avons dit.
Il n'avait point l'allure honteuse, la mine confuse et gênée de ceux que la misère vient de
frapper tout récemment, qui n'y sont pas ac-

coutumés encore, et qui cherchent à se voiler,
à se glisser, à se faire petits pour échapper aux
regards de la foule; sa contenance n'exprimait
pas non plus la soumission définitive, le découragement résigné de ceux qui sont faits à la pauvreté par une longue habitude, et qui l'accueil-
lent comme une compagne, en attendant que la
mort les secoure comme une amie. Il paraissait
plutôt troublé, désespéré, aigri, révolté contre
le sort, irrité contre lui-même, et, par instants,
le dirai-je... disposé à en finir. Ses yeux noirs,
secs et brûlants, étaient fixes; ses lèvres, tres-
saillantes, fermement serrées; tous les muscles
saillants de son visage maigre étaient con-
tractés et tendus, annonçant qu'il était sous
l'empire d'une seule idée, d'une désolante
préoccupation, d'une crainte, d'une vision,
et, qui sait?... d'un remords peut-être. Aussi,
quoiqu'il marchât ainsi, rapide, concentré,
silencieux, regardant fixement devant lui, il
ne se détournait jamais pour voir passer personne; il attirait, sans le vouloir, l'attention
des rares promeneurs. Une jeune et joyeuse
fillette, qui balançait, en chantonnant, son
carton de modiste tout plein de fleurs, s'arrêta

court quand elle l'aperçut, et sa chanson s'é-
teignit sur ses lèvres. Un gentil espiègle à tête
blonde, qui venait de faire rouler sa bille
presque sous les pieds du vieillard, n'osa pas
aller la reprendre, et attendit, pour la chercher, que le passant se fût éloigné de son pas
fiévreux, incertain et rapide.

Par moments le trouble du vieillard croissait,
et alors ses sourcils froncés se rapprochant
formaient comme un trait d'ébène, étrange à
voir à côté de ses cheveux argentés. D'autres
fois il croisait ses bras, agitait ses lèvres, et
laissait retomber sa tête, comme si l'excès de
son mal l'eût forcé à prendre une suprême résolution. Dans un de ces moments-là il s'arrêta
soudain, jeta autour de lui et sous les grands
marronniers du boulevard un regard perçant
et sinistre; puis, n'apercevant personne, il fit
quelques pas et s'accouda sur l'épaisse balustrade de pierres au-dessous de laquelle cou-
lent les eaux épaisses et jaunâtres du canal.
Il les examina un instant avec ce même fron-
cement des sourcils et ce même mouvement
des lèvres, penchant en avant sa tête grise et
ses larges épaules amaigries, comme s'il eût

voulu choisir la place où il irait tomber et
dormir... Puis une idée subite sembla l'arrêter ;
une larme furtive se glissa dans ses yeux , et il
s'essuya le front du revers de sa manche usée,
en murmurant bien bas : « Non, non... pas
ici... pas encore... Je ne m'en sens pas le courage : il faut que j'aille embrasser ma fille
auparavant! »

Alors il se remit à marcher d'un pas encore
plus rapide, parce qu'il sentait que la tension
de ses nerfs et de son cerveau était arrivée à un
point extrême, et que la force allait lui manquer. Bientôt il eut atteint l'extrémité de l'avenue, et passa le petit pont qui s'élève au-dessus
de l'écluse et débouche sur la promenade voisine du pont d'Austerlitz. Le soleil, en ce moment, était ardent, presque torride , sans une
brise pour le rafraîchir, sans un nuage pour le
voiler ; les maigres ormeaux, secs et ébranchés
comme des manches à balai, ne donnaient ni
fraîcheur ni ombrage à l'avenue, et la réver-
bération de la lumière et de la chaleur était
intense et accablante sur les dalles polies, sur
le gravier blanc, qui pavent la promenade.
Le vieillard ne put pas les supporter long-

7

temps. Au moment où il atteignait celle des
extrémités du pont qui débouche en face de
la rue Lacuée, un étourdissement le prit : la tête
lui tourna, ses jambes chancelèrent, et il se
laissa tomber pesamment, plutôt qu'il ne
s'assit, sur un banc de pierre qui se trouvait
à sa portée. Là, sa poitrine se souleva péniblement, comme pour se délivrer d'un grand
fardeau et aspirer un peu de fraîcheur ; ses
yeux se fermèrent, ses poings se détendirent,
et, s'appuyant à l'un des ormeaux entouré de
son rempart de planchettes, il pencha lan-
guissamment sa tête sur sa poitrine, comme
s'il eût été près de s'évanouir.

Personne, en ce moment, ne passait sur l'es-
planade auprès du vieillard accablé. Il n'y
avait là ni gamin pour le railler, le croyant fou,
ni agent de police pour le rudoyer, le croyant
ivre, ni orgueilleux Pharisien pour le dédai-
gner, le voyant pauvre, ni Samaritain chari-
table pour le secourir, le voyant faible et souffrant. Seul, un caniche égaré s'approcha de
lui en frétillant, et vint humer le cuir de ses
bottes, puis s'éloigna dédaigneusement en con-
statant l'indifférence et en flairant la pauvreté.

A chaque instant la défaillance et l'insensibi-
lité du malheureux semblaient s'accroître, et
il eût bientôt glissé à terre le long du banc, si,
en ce moment, une jeune fille, accourant de
la rue Lacuée, ne lui eût crié de sa voix fraîche
tout haletante et toute émue :

« Père, père, relevez-vous ! me voici, me
voici ! »

Au son de cette voix qui lui arrivait comme
un message de consolation et de miséricorde, le
vieillard souleva lentement la tête, étendit faiblement les mains, et, à travers les brouillards
dont ses yeux étaient encore voilés, vit approcher son enfant, toute jeune, toute brune et
toute belle, mais pâle et tremblante de pitié
et de terreur. Cette chère présence le ranima :

« Emma ! Emma ! s'écria-t-il, en essayant
de se soulever et de sourire.

. « Venez vite avec moi, père ; rentrons à la
maison, » lui dit la jeune fille... « Quel bonheur que je vous aie aperçu ici en me met-
tant à la fenêtre !... Vous auriez pu vous évanouir sur ce banc, et personne n'était là pour
vous porter secours... Pauvre père ! vous êtes
bien faible encore ; mais appuyez-vous sur mon

bras et nous pourrons rentrer chez nous... La
maison est si près ! »

En parlant ainsi, la jeune fille avait placé une
des mains du vieillard sur son épaule, et celui-
ci se souleva péniblement, regardant avec tendresse sa fille, qui venait de lui faire respirer
quelques gouttes d'eau de Cologne, et qui avait
essuyé la sueur glacée dont s'était baigné son
front. Ainsi soutenu, ainsi réconforté, ainsi
protégé, il se dirigea à pas lents vers le milieu
de la rue, doucement guidé par Emma. La rue
Lacuée est une rue humble, silencieuse, solitaire, où il est pourtant bon de vivre quand on
est pauvre et timide, et qu'on veut avoir sa
part d'air, de lumière et de soleil. Les maisons
y sont modérément hautes, la rue suffisamment
large; de vastes chantiers de pierres de taille,
de pavés, de bois à brûler et de bois de cons-
truction l'environnent en partie de leurs clô-
tures basses et de leurs espaces libres. C'est une
rue toute de recueillement, de solitude et de
paix, où les voitures n'apparaissent qu'en petit
nombre, où le commerce ne fleurit point. Un
grand pensionnat y a vécu; un modeste tail-
leur et un humble perruquier s'y distinguent

comme seuls représentauts du commerce et de
l'industrie, si l'on en excepte le marchand de
vin obligatoire qui a élu domicile, à la façon
classique, au coin de la rue de Bercy.

Emma avait ingénieusement choisi ce quar-
tier un peu solitaire, où son père et elle, les
deux pauvres bannis, pouvaient cacher plus
aisément leur ruine et leur abandon. Il était,
à la vérité, bien éloigné du centre de la ville,
du foyer des affaires, de la bourse surtout,
cette attraction fatale; mais c'était là précisément ce qui avait séduit Emma; et son père,
dans un moment de complaisance, et peut-être
de bonnes résolutions, l'avait entièrement
laissé faire. Actuellement l'ancien agent de
change avait échangé son splendide appartement de la rue du Helder pour trois chétives
pièces situées au troisième étage, dont deux
fenêtres donnaient sur la rue, et une sur un
chantier de bois. Rien qu'une chambre pour
lui, une pour sa fille, et une toute petite cuisine. C'était là qu'ils avaient été précipités par
quelques dépêches télégraphiques et une fatale
liquidation. Seulement l'ancien capitaliste,
avec une opiniâtreté ardente et une intrépidité

7.

nullement abattue, s'était mis en tête de sortir
de sa misère et de reconquérir ses trésors. Il
ne s'était aucunement résigné, il ne s'était pas
découragé davantage ; il avait combattu, tenté,
rêvé, risqué, souffert... il avait édifié à nouveau un superbe plan d'avenir, et un dernier
désastre, le plus cruel de tous, venait cette
fois de l'abattre.

Le père et la fille, montant lentement et péniblement les degrés qui conduisaient au troisième étage, se virent enfin dans leur petit
appartement. Combien il était différent de
celui où la jeune fille avait passé les premières
années de son enfance ! Combien il eût été
triste, froid, lugubre et misérable, sans l'active industrie, sans la persévérante énergie
d'Emma ! On y voyait encore quelques débris
de l'ancien luxe, quelques brillants souvenirs
de la prospérité des anciens jours : des chaises
de tapisserie, branlantes et décolorées, un
antique coffret de bois de rose, un vase de
vieux Sèvres, et le portrait de la mère d'Emma,
dans tout l'éclat de sa parure et de sa beauté,
avec des perles dans les cheveux, un éventail
chinois à la main, et un bouquet de fleurs de

serre à sa ceinture. Mais ces quelques restes
d'élégance faisaient mieux ressortir encore les
chétifs accessoires dont ils étaient entourés :
la table de bois blanc, les rideaux étroits et
courts, la courte-pointe de perse fanée, reprisée
en maint endroit, soigneusement tendue sur
l'humble couchette. Heureusement, ce pauvre
ménage était bien rangé, soigné et propre. Il
n'y avait pas un grain de poussière sur les meubles, pas une déchirure au papier, pas une tache
sur les vitres. Si Emma ne pouvait empêcher
son logis d'être pauvre et triste, elle pouvait
le préserver au moins d'être désagréable et repoussant. Les vieilles tapisseries des chaises
étaient brossées avec soin ; on aurait pu se mirer
aux tiroirs de la commode ; et, quand un beau
rayon de soleil doré pénétrait à travers les
vitres, il semblait rire à travers les rideaux
bien blancs auxquels les plis manquaient, et
dont le mètre avait coûté vingt sols.

Un seul meuble de ce pauvre logis avait sacri-
fié au confortable : c'était un grand fauteuil
de cuir brun qu'Emma avait acquis difficile-
ment, lentement, sur ses économies. Et quelles
pouvaient être les économies d'une pauvre fille

qui brodait pour vivre, ayant un père qui ga-
gnait soixante francs par mois lorsqu'il avait
des rôles à copier! Combien ce fauteuil repré-
sentait de nuits sans sommeil, de fatigues sans
relâche, de privations sans faiblesse et de sacrifices sans orgueil! Pour toutes ces raisons, ce
fauteuil devait être un meuble sacré, et M. Vernier l'avait bien senti quand il l'avait reçu de
sa fille. Puis le financier ruiné y trouvait un
repos facile, un souvenir confortable, choses
auxquelles, dans sa subite pauvreté, il s'était
vu forcé de dire adieu. Aussi y passait-il les
heures oisives de ses journées ; il reconstruisait
ses plans de fortune, ses projets de réhabili-
tation, de succès et d'avenir ; tout en y fermant
les yeux, il y continuait ses rêves, et il se disait
parfois que, si ses derniers efforts étaient vains,
si la fortune le trompait encore, c'était dans
le fauteuil d'Emma qu'il lui serait le plus doux
de mourir.

En ce moment, il s'y laissa tomber lourde-
ment, et appuya sur le dossier sa tête pesante et
fatiguée. Emma ouvrit la fenêtre, baigna d'eau
froide les yeux et les tempes du vieillard ;
puis, quand elle le vit moins accablé et moins

pâle, elle vint s'asseoir à ses genoux, caressant son visage du regard et réchauffant ses mains dans les siennes. Tous les deux se regardèrent quelque temps sans parler ; et, pendant tout ce temps, Emma se contraignit pour ne pas laisser couler ses larmes.

« Du courage ! mon père ! Prions Dieu, et résignons-nous , » dit-elle enfin.

« Du courage ! » répéta-t-il amèrement. « Tu me dis d'avoir du courage... Tu ne sais pas ce que tu dis, mon enfant. Du courage ?... J'en ai eu contre la ruine, contre les privations, contre le travail, contre la misère ; et toi de même, mon Emma ! Mais en auras-tu contre la prison ? en aurai-je contre le déshonneur ?

— La prison ?... le déshonneur ? » répéta la pauvre fille avec un accent consterné. « Je savais bien que vous aviez perdu vingt mille francs, que ces vingt mille francs... ne sont pas à vous, mon père. Mais est-il impossible d'avoir du temps, de trouver, de faire attendre ? Est-ce un désastre qui nous frappe soudainement, qui nous anéantit, qui nous écrase ? et après aujourd'hui n'y a-t-il plus d'espoir ?

— Pour moi, il n'y a plus d'espoir humain

possible, et je n'ai pas mérité un miracle, mon enfant. » Le vieillard laissa tombèr ici sa tête dans ses mains, et poussa une sorte de plainte étouffée. Puis il reprit, au bout d'un instant, parlant avec difficulté, le front baigné de sueur, et les joues rouges de honte : « Mon Emma, ma fille, je suis bien coupable... Tu ne connais pas mes torts et mes malheurs jusqu'au bout... J'ai attristé, par les inquiétudes et les privations, les jours de ton adolescence; plus tard, ma ruine t'a condamnée à la misère, à l'obscurité, à un travail rebutant et assidu. Et ce n'est pas encore tout !... Ce n'était pas assez de te faire partager mes douleurs, il fallait encore t'abreuver de ma honte... Emma, je vais tout te dire... et tu vas me condamner.

— Non, non, père ; je ne veux rien entendre... Je vous respecte, je vous aime, et je ne croirai jamais à votre déshonneur.

— Emma, tu me laisseras parler... Il ne doit plus y avoir, de moi à toi, ni restrictions, ni secrets, ni voiles... L'expiation que je m'impose est juste et nécessaire, et je retrouverai peut-être un peu de courage et de repos, après que j'aurai obtenu le pardon de mon enfant... Tu

m'avais donné un si vaillant exemple, mon
Emma! pourquoi ne l'ai-je pas suivi? Pourquoi, après ma ruine, ne me suis-je pas résigné comme toi au travail opiniâtre, à la pauvreté courageuse?.. Mais il me semblait que
les labeurs incessants de ma tâche ingrate
et obscure étaient au-dessous de moi, et, malgré mon adversité, je combinais, je rêvais,
j'espérais encore... J'avais manié beaucoup
d'argent dans ma vie, et il me semblait que,
lorsque je n'en manierais plus, il me faudrait
mourir... Aussi, bien souvent, après m'être
hâté de terminer les misérables copies qui
nous faisaient avoir du pain, je m'échappais,
je courais à la Bourse, rôdant autour de ses
murs, comme si je ne pouvais vivre que dans
ma sphère d'autrefois... Mais c'était pour moi
un lieu fatal... je m'y étais une fois perdu, je
devais m'y perdre encore... cette fois sans retour... Mes malheurs précédents m'interdi-
saient d'y spéculer moi-même. Je m'associai
alors avec quelques gens d'affaire plus hardis que consciencieux, et plus avides que
prudents. Nous formâmes une sorte de bureau de change et d'escompte de valeurs.

Quelques-uns de mes clients avaient conservé en moi une entière confiance... pour mon malheur, mon Dieu! L'un deux me confia, il y a quelque mois, vingt mille francs, en me priant de lui acheter des actions du Nord, qui étaient alors dans une situation très-favorable... Mais nous avions en vue, mes associés et moi, une spéculation brillante, quoique hasardeuse. Nous y employâmes les vingt mille francs, sans honte et sans remords; et, comme nous le méritions, nous les perdîmes. Ma pauvre Emma! tu sais le reste... Il y a trois jours, mon client, au retour d'un voyage, m'a redemandé ses actions... Tu m'as vu foudroyé; je t'en ai dit la cause; mais tu as cru que c'était quelque vieille dette, quelque ancienne infortune... Tu t'es trompée, ma fille... ton père ne s'est pas contenté d'être malheureux, maintenant il est infâme... Il t'a donné en partage la ruine, la misère d'abord, et puis la flétrissure et la honte... Et cela pour toujours, jusqu'au bout, jusqu'à la fin.

— Père, père! » cria la jeune fille, essayant d'étouffer sous ses baisers les accents entrecoupés qui, peu à peu, étaient devenus des san-

glots; « ne désespérez pas ainsi; ne vous ac-
cusez pas ainsi... il y a peut-être encore une
espérance.

— Et laquelle?» murmura M. Vernier d'une
voix épuisée. « Qui prêtera vingt mille francs
à un vieux misérable comme moi?

— Mon père, j'ai essayé..... j'ai écrit à Emmeline.

— Folie, mon enfant!... Comment mademoiselle Duval pourrait-elle disposer d'une
somme aussi considérable? Et même, le vou-
drait-elle, si elle le pouvait? Si tu avais bien
connu le monde, Emma, tu ne te serais pas
bercée d'une aussi faible espérance... Tu vas en
voir toi-même la fragilité... Quand, dis-moi,
as-tu écrit à Emmeline?

— Avant-hier, papa.

— Et t'a-t-elle répondu?

— Non, pas encore.

— Tu le vois, ma fille, Mlle Duval aura
trouvé la requête si extravagante, qu'elle ne
te fait pas l'honneur d'y répondre un mot.
Peut-être aussi craint-elle de t'affliger par un
refus, et préfère-t-elle garder le silence....

Mais, j'y pense, Emma, lui as-tu donc révélé
ma honte ?

— Dieu m'en garde, mon père... Je lui ai
dit que vous êtes dans un grand embarras ;
mais je n'ai point parlé de vos... spéculations
fatales... Vous venez, rappelez-vous, de me les
révéler dans cet instant.

— C'est vrai... j'avais oublié... ; et, du reste,
pourquoi en faire un mystère? Ne saura-t-on
pas tout bientôt... demain?... Ainsi, nous
n'avons plus d'espoir, ma fille... Emma, ce
désespoir et cette honte m'accablent... Je me
sens faible et malade; je vais me reposer...
Tu resteras ici, toi, n'est-ce pas? tu me laisseras
tranquillement dormir dans ma chambre?
Après un peu de sommeil, je me sentirai peut-
être plus courageux. »

Emma, un peu consolée par ces paroles,
prit le bras de son père et l'aida à se soulever.
Au moment où le père et la fille se trouvèrent
sur le seuil de la seconde chambre, M. Vernier se retourna vers Emma, et, en pleurant,
prit sa jolie tête brune entre ses deux mains :

« Dieu te bénisse, mon enfant ! » répéta-t-il ;

« je t'ai mal aimée, et tu m'as toujours rendu heureux... Console-toi; Dieu te bénisse! Embrasse-moi, pauvre enfant, pour que mon sommeil soit plus doux.

— Mon père... vos mains tremblent, et vos yeux sont troublés... Pourquoi m'embrassez-vous si tendrement? pourquoi pleurez-vous mon père?

— Je pleure parce que je suis faible, triste et vieux; je tremble parce que je suis coupable... Mais embrasse-moi encore, et le repos viendra vite. »

Alors M. Vernier, pressant sa fille sur son cœur dans une étreinte chaleureuse, la repoussa doucement; et ferma en dedans la porte de sa chambre.

« Mon père! » lui cria Emma, qui frémit en entendant tourner la clef dans la serrure, « je ne craindrais pas de vous appeler s'il venait un message d'Emmeline?

— Non certes; dans ce cas tu frapperais, mon enfant. Mais je doute qu'il vienne ce soir; et, en attendant, je vais sommeiller quelques heures. »

Emma, alors, quitta la porte, et, s'asseyant

dans le grand fauteuil, tomba dans une douloureuse rêverie. Elle ne pouvait se résoudre à
cette écrasante douleur, à cette inaction poi-
gnante. Il lui semblait qu'elle devait faire
quelque tentative désespérée, quelque effort
suprême pour sauver son père du désespoir,
de la ruine et de la prison. Si elle courait chez
quelques anciens amis, si elle allait trouver
Emmeline? Mais comment laisser son père seul,
malade dans son appartement?

Un bruit de pas sur le palier vint bientôt
l'arracher à ces incertitudes douloureuses. On
sonna; elle courut ouvrir. La portière entra,
et lui remit un billet d'Emmeline.

« Le messager, » dit-elle, « l'avait remis
précipitamment, et était parti en toute
hâte. »

Emma, incapable de parler, remercia d'un
signe de tête, et ouvrit le billet, pendant que
la portière battait en retraite. Le message était
fort court; la jeune fille n'y lut que ces mots :

« Veuillez excuser, Raymond, l'inconve-
« nance de ma démarche en faveur de l'excès
« de ma reconnaissance et de mon bonheur...

« Merci, ami , merci pour votre prévenance,
« pour votre soumission, pour votre généro-
« sité; merci pour ma corbeille. Vous vous
« êtes conduit comme le plus aimable des
« hommes, comme le plus libéral des fiancés,
« et il n'y a pas de jeune fille plus heureuse
« que

    « Votre petite EMMELINE, *qui vous aime.*
« (Je me permets de vous l'écrire aujour-
« d'hui, mais je vous le dirai dans dix
« jours.) »

« Le messager s'est trompé! » pensa Emma
en retombant sur sa chaise avec un désappointement horrible. « Il n'a pas regardé l'adresse
et a cru que la lettre était pour moi... Autrefois, il m'apportait si souvent des messages
d'Emmeline!... Mais, maintenant, je suis
pauvre, je suis humiliée; elle, qui est riche, ne m'écrit plus... pas même un mot de réponse à mes supplications, pas une ligne d'ex-
cuses, de regrets, d'affectueuses consolations,
d'exhortation au courage!... Elle est aimée,
elle est heureuse, elle se marie, elle écrit à son

8.

fiancé; elle le remercie pour quelques cadeaux somptueux, pour une superbe corbeille... Ah! dans cette corbeille il y aurait eu peut-être de quoi rendre à mon père le repos et l'honneur!... Mon Dieu! mon Dieu! c'est la première fois que je murmure!... Mais n'avais-je point assez de mon accablement et de ma douleur, sans que je dusse souffrir encore plus par ce contraste cruel de nos deux destinées? »

La jeune fille se tordit les mains, essayant de retenir les sanglots qui gonflaient sa poitrine, lorsqu'elle entendit son père s'approcher de l'autre côté de la cloison.

« Eh bien! ma fille, » demanda-t-il, « est-ce un message d'Emmeline?

— Oui, mon père... Mais, si vous saviez? la lettre n'est pas pour moi... Le domestique s'est trompé... Emmeline adresse quelques mots à son fiancé pour le remercier de sa corbeille... Et, à moi, elle ne me répond même pas ... elle ne m'écrit plus.

— Je te l'avais bien dit, ma fille, » répondit M. Vernier. Et Emma l'entendit s'éloigner à pas lents, et se diriger vers le fond de la chambre.

Ainsi, elle était éteinte, la dernière espérance
d'Emma, et son dernier ami allait bientôt lui
manquer de même. C'est ce que pensa le vieillard lorsqu'il s'éloigna de la porte, les yeux
fixes, la bouche contractée par une sorte de sourire navrant.

« Pauvre enfant! pauvre enfant! » murmura-t-il tout bas, en agitant machinalement
ses lèvre pâles et desséchées. « Je lui ait dit de
me laisser dormir; elle ne sait pas que pour
moi il n'y aura plus de réveil. Le suicide. .
c'est pourtant une flétrissure aussi... Mais la
mort souille moins que le bagne... On pardonnera plus aisément au cadavre qu'au forçat;
on aura plus de sympathies pour ses remords,
plus de pitié pour sa fille... Ah! c'est seulement en pensant à elle qu'il m'est pénible de
mourir! Pauvre, pauvre Emma, à laquelle j'aurais dû faire l'avenir si beau, la vie si douce!..
Triste enfant! tu m'as pardonné ta misère;
me pardonneras-tu ta honte et ta douleur?..
Mais je ne suis plus bon à rien, qu'à prolonger
ses anxiétés et ses larmes... Il vaut mieux mourir
pendant que je sens encore son baiser de fille
sur mon front, pendant que, dans mon cœur,

parle encore sa douce voix qui voulait me consoler... Emma! Emma! je te laisse un triste
héritage; rien que le mépris, le deuil et l'a-
bandon! Je suis trop coupable pour oser te
bénir, et ta douce piété, en présence de mon
crime, ne te permettra même plus de prier
pour mon âme. »

Ici, le vieillard, retenant un dernier sanglot,
ouvrit résolûment un des tiroirs de son secrétaire. Il en tira une petite fiole pleine de lauda-
num, et la posa sur la table à côté de lui.
Quelques instants il la considéra en silence,
puis, en secouant la tête, il se dit :

« Je ne puis pourtant pas quitter mon enfant
ainsi; il faut que je lui écrive. Je lui ai bien
donné mon dernier baiser, mais je ne lui ai
pas laissé mon dernier adieu... Qu'elle le retrouve ici, et, s'il se peut, qu'elle se console! »

Alors M. Vernier s'assit auprès de la petite
table, et, pendant un quart d'heure, laissa
courir sa plume sur le papier. Ensuite il prit
sa lettre et la relut. Quelques pleurs y étaient
tombés, larmes paternelles, rosée divine... Le
vieillard y ajouta un baiser, puis il étendit la

main gauche, et prit la fiole. Sa main droite se
porta en tremblant à son front, comme s'il eût
voulu se fortifier par le signe de la croix à
cette heure suprême; mais il s'arrêta en fris-
sonnant; le suicidé n'avait pas le droit d'invo-
quer pour son âme la bénédiction éternelle;
il fallait boire le poison, et mourir réprouvé!
M. Vernier s'arrêta un moment, mais il pensa
au bagne :

« Allons! » se dit-il, et il leva la fiole, s'ap-
prêtant à la vider.

V.

Un violent coup de sonnette retentit en cet instant, et le malheureux vieillard, tressaillant, resta immobile. Qui venait chez lui à cette heure ? Était-ce une douleur dernière ? était-ce un mystérieux salut que lui envoyait la Providence ? Il crut bon d'attendre un instant, de faire une pause suprême entre la mort et la vie ; et, se rapprochant de la mince cloison, il écouta ce qui se passait dans la pièce voisine.

La porte d'entrée avait été ouverte en ce moment, et une voix d'homme, fraîche, jeune et un peu émue, prononçait ces premiers mots :

« Mademoiselle... excuseréz-vous ma hardiesse et ma précipitation en faveur du motif qui m'amène ?... Je suis le fiancé de mademoiselle Duval ; je viens de la part d'Emmeline...

—D'Emmeline! » répéta la voix tremblante
d'Emma, avec un accent joyeux.

« D'Emmeline! » se dit le vieillard, saisi
d'une angoisse soudaine. « Y aurait-il encore
un espoir?.... Est-ce que vous voudriez me
sauver, mon Dieu? » Et, appuyant contre les
parois de la porte son front livide et ses jambes
chancelantes, il écouta et attendit.

« Veuillez vous asseoir, Monsieur, » reprit
Emma, toujours prévenante au milieu de ses
larmes. « Et, » ajouta-t-elle, « votre message
doit être important, puisque Emmeline vous
l'a confié?... J'attendais une réponse d'elle,
en effet, mais j'aurais cru qu'elle me l'aurait
communiquée... à moi seule.

— Mademoiselle, » répondit Raymond, considérant avec un attendrissement respectueux
ce pâle et doux visage, qui avait conservé
toute sa noblesse et sa beauté au milieu des plus
cruelles douleurs : « Mademoiselle, pardonnerez-vous à mon étourderie de jeune homme,
à ma précipitation d'amoureux, une indiscrétion involontaire, qui a amené un léger retard
dans la remise de ces billets?... Tout à l'heure
un messager d'Emmeline m'a remis cette let-

tre... Je l'ai promptement décachetée, la
croyant pour moi... Mais c'est à vous qu'elle est
adressée, et je me suis hâté de vous l'apporter
moi-même, en voyant qu'elle contenait des
valeurs.

— Des valeurs! » s'écria Emma transpor-
tée.

« Des actions du chemin de fer du Nord, que
voici attachées ensemble.

— Des actions! O mon Dieu!

— Me permettez-vous de les compter, Mademoiselle? »

Emma, incapable de parler, fit un geste af-
firmatif.

« Il y en a quarante, » reprit Raymond au
bout d'un instant. « Veuillez voir, Mademoiselle, si c'est bien là le nombre énoncé dans
la lettre. »

La jeune fille, violemment émue, lut les
premières lignes du message de son amie. Puis
la lettre lui tomba des mains, et elle les joignit avec un geste de joie suprême et de profonde reconnaissance.

« Mon Emmeline! mon Emmeline! » s'é-
cria-t-elle en pleurant. « Ah! vous ne la con-

naissez pas si bien que moi, Monsieur; vous
ne pouvez savoir combien elle est bonne!...
Il y a dans tout ceci une douloureuse histoire,
que je ne voudrais raconter à personne...
Mais il faut bien vous la dire, à vous, Monsieur, pour que vous aimiez Emmeline comme
elle le mérite; pour que vous la voyiez telle
qu'elle est, et que vous la respectiez comme
un trésor. Ah! vous ne le savez pas encore,
vous ne vous doutez pas de ce que contient
cette lettre!

— Non, Mademoiselle, je n'ai rien lu, »
affirma l'effronté futur, qui jugea nécessaire
de se donner en ce moment le mérite de la
discrétion.

« Elle m'écrit pour me prévenir, Monsieur,
qu'elle m'envoie tout le contenu de sa corbeille; vingt mille francs, que vous lui des-
tiniez, et qu'elle me sacrifie... Ne lui en vou-
drez-vous point? Lui pardonnerez-vous?...
Si elle se défait ainsi de vos dons, c'est pour
me secourir dans ma position épouvantable;
c'est... pour sauver... l'honneur de mon
père! » ajouta-t-elle en baissant la voix....
« Ah! monsieur Raymond... je vous ai confié

9

notre grande douleur, notre secret fatal ; mais
je ne m'en repens pas : il le fallait pour glo-
rifier Emmeline.

— Et vous vous en repentirez d'autant moins,
Mademoiselle, que je vous assure ici de la joie
que me cause cette noble action de ma gentille
fiancée... Seulement... j'ai une demande à vous
adresser... Me permettrez-vous de m'y associer,
moi indigne?... Si monsieur votre père est
dans la gêne faute d'une occupation lucrative,
ne pourrais-je pas employer en sa faveur mes
amis, mon influence au ministère?... Si j'étais
assez heureux pour lui trouver une place
bien rétribuée, je me sentirais plus digne alors
de mon Emmeline chérie; car je n'oserai
plus me présenter à elle les mains vides de
bénédictions.

— Oh ! Monsieur, que vous êtes bon ! »
s'écria Emma les yeux pleins de larmes.
« Mais comment avez-vous pu prendre tant
d'intérêt à nous? vous ne nous connaissiez
pas!... Ceci encore, n'est-ce pas? nous le
devrons à Emmeline?... Dites-lui bien ,Mon-
sieur, que nous ne serons pas assez ingrats
pour refuser tout ce qui nous vient d'elle, et

que nous sommes contents de lui devoir notre vie, notre bonheur, notre honneur... Nous ne pouvons pas l'en payer, Monsieur, mais que Dieu la bénisse, et que votre amour la récompense!

— Et, » dit alors le jeune homme, « me pardonnerez-vous, Mademoiselle, mon étourderie et mon indiscrétion qui vous ont donné un ami?

— Je n'ai rien à vous pardonner; c'est Dieu qui l'a voulu, » dit Emma; « Dieu a eu pitié de nous : allez, Monsieur, le dire à Emmeline. »

Raymond la comprit, et sortit en la saluant avec un profond respect. Il se doutait bien qu'Emma avait besoin de communiquer à son père le salut inespéré que la Providence leur envoyait. En effet, la jeune fille se précipita vers la porte aussitôt que Raymond eut quitté. l'appartement.

« Père! père! réveillez-vous... Les vingt mille francs sont là! Emmeline nous a sauvés, mon père! venez vite! » Et comme elle attendit quelques instants la réponse, elle se disait, en souriant : « Pauvre papa, il dort...

Il croit que je lui parle dans un rêve ; est-ce qu'il peut se figurer la joie qui va le saluer au réveil ? »

Et elle ne savait pas qu'en ce moment M. Vernier faisait disparaître dans les cendres de la cheminée la fiole pernicieuse et le testament qui auraient révélé sa criminelle tentative, son projet fatal, et qu'il disait, avant d'ouvrir, les yeux levés au ciel et les mains jointes, dans un remercîment suprême :

« A mes erreurs vous n'avez pas permis que j'ajoutasse un crime. Soyez béni, mon Dieu ! protégez celle qui a conservé un père à son enfant ! »

Enfin la porte fut ouverte ; et quand Emma, le cœur palpitant, les yeux animés, vint se jeter dans les bras de son père, en lui montrant la lettre, les billets, et en criant :

« J'avais raison d'espérer, papa ! Vous voyez maintenant combien elle est généreuse et bonne !

— Je le savais, mon enfant ; j'ai tout entendu, et je suis si heureux que je me résignerai même à supporter l'humiliation d'une dette aussi considérable... Désormais je vivrai pour toi, ma fille, pour te rendre heureuse avant tout, et puis pour témoigner ma reconnaissance à Dieu d'abord, à Emmeline ensuite.

———

Dix jours après, Emmeline se maria, sans dentelles et sans brillants, toute rose et toute rieuse, sous son frais diadème d'oranger, sous son léger voile de tulle; elle s'agenouilla confiante devant l'autel, et promit du fond du cœur à Raymond cette chaste fidélité, cette soumission affectueuse, ce pur amour chrétien, qui ne se refroidit pas même aux approches de la tombe. Dans la foule élégante qui s'était pressée à l'église sur les pas des jeunes époux, on avait remarqué un vieillard pâle, aux traits distingués, accompagné d'une belle jeune fille brune. Tous deux étaient simplement vêtus, recueillis, silencieux; tous deux avaient, à plusieurs reprises, versé des larmes pendant la cérémonie. Au moment où les dernières bénédictions furent prononcées, et où les assistants se disposaient à se rendre à la sacristie pour y offrir aux

9.

nouveaux époux leurs félicitations et leurs
souhaits de bonheur, le vieillard, après avoir
quelque peu hésité, parut se décider à prendre
un parti. Il se dirigea des premiers vers la
sacristie toute grande ouverte, et la foule,
respectant son émotion, s'ouvrit pour lui
livrer passage. Il traversa le chœur, et,
s'arrêtant devant Emmeline, à la fois timide
et rayonnante, il lui prit la main et la
baisa respectueusement, front baissé, tête
nue :

« Permettez-moi, Madame, » lui dit-il,
« d'être le premier à vous présenter mes vœux
et mes hommages. Vous allez en entendre
beaucoup de plus éloquents, de plus chers à
votre cœur, mais vous n'en entendrez pas
de plus sincères. Et les miens, je le sens,
vous porteront bonheur, parce qu'ils invoque-
ront le souvenir d'une des belles actions de
votre vie, parce qu'ils vous apporteront la
reconnaissance d'une affligée et les bénédictions d'un vieillard. »

La jeune mariée, émue et surprise, ne put
rien répondre à ces paroles de M. Vernier,
mais, se jetant dans les bras d'Emma qui se

trouvait près d'elle, elle murmura à son
oreille, en l'embrassant :

« Ne me remercie pas, toi, du moins, car
je dois ces bénédictions à ton exemple. »

Le soir même, Emmeline partait pour l'I-
talie, laissant derrière elle deux familles
heureuses, et un secret fidèlement gardé;
car, quoique Mme Duval eût arraché à Raymond une révélation mystérieuse sur l'emploi
des actions du Nord, elle dut promettre, en
son nom et en celui du papa, une discrétion
absolue, et les deux époux se contentèrent
d'adorer Emmeline en silence, peut-être un
peu plus encore que par le passé.

Au bout de deux mois, la jeune femme,
revenue d'Italie, dut faire le tour de ses anciennes connaissances. Une de ses premières
visites fut pour Mme d'Aubel. Elle se présenta
dans le brillant salon de la frivole jeune femme
sans châle de l'Inde et sans volants de Chantilly, parée du modeste cachemire français que
lui avait donné sa marraine; et Marguerite,
qui, jusqu'au bout, avait regardé cette histoire
de la corbeille comme une plaisanterie, fut
pénétrée de terreur et de surprise à ce témoi-

gnage non équivoque d'un suprême renoncement. La présence de quelques visiteurs empêcha la maligne étourdie d'assaisonner la
grâce de sa réception de quelques allusions
trop directes. Pourtant elle ne put s'empêcher
de rappeler à Emmeline, au moment où cette
dernière allait sortir :

« Et les actions, mignonne ? N'y a-t-il point
eu de baisse ? Es-tu contente du placement ?

— Oh ! très-contente, » reprit gaiement
Emmeline. « Je n'ai jamais vu d'argent qui
fût placé à de meilleurs intérêts...

— Vous voyez bien cette jolie petite créa-
ture ? » dit Marguerite à ses visiteurs après que
la jeune femme se fut éloignée au bras de
Raymond. « Eh bien ! elle a beau avoir des
yeux noirs longs comme ça, des cheveux de
la nuance du jour, et de petites dents de
perle ; elle a beau danser comme une syl-
phide et chanter comme une *diva*, elle ne
saura jamais vivre ; elle a trop de sang de
marchand dans les veines ; elle laisse voir,
de mille manières, qu'on a pratiqué la tenue
des livres en l'allaitant, et qu'un comptoir a
été son berceau... Savez-vous bien ce qu'elle

a demandé pour sa corbeille?... Oh! mais vous
ne le croiriez jamais... c'est monstrueux, inad-
missible!... Elle a demandé (et elle a obtenu)
vingt mille francs d'actions de chemins de fer.
C'est pour cela qu'aujourd'hui elle ose se montrer avec cet affreux petit châle Biétry sur les
épaules. Qui aurait soupçonné une pareille
horreur, avec ce petit profil de marquise et ces
sémillants yeux noirs? »

Tout le cercle fit chorus à ces paroles de Marguerite, et celle-ci reprit bientôt avec un petit
air de tendre compassion :

« Celui que je plains le plus en tout ceci,
c'est ce pauvre M. Lagrange. Un si charmant
jeune homme, si convenable, si distingué!
Voilà ce que c'est d'avoir été prendre femme
au fond d'une arrière-boutique. Il aura beau
se fatiguer, s'ennuyer et se ruiner à faire l'é-
ducation d'Emmeline, à la lancer comme elle
en a besoin, elle réglera toujours ses goûts,
ses penchants et ses manières d'après les tra-
ditions du grand-livre, d'après les formules
sacrées du *doit* et de l'*avoir*. Quand on voudra lui causer chiffons, elle vous répondra
échéances. Ce pauvre monsieur Raymond! il

a encore à présent la nouveauté qui le sauve ;
je suis certaine que, dans peu de temps, ce
sera un homme fort malheureux. »

En ce moment, ce *pauvre* Raymond se
trouvait fort heureux, au contraire. Assis dans
son petit coupé, à côté de sa gracieuse Emmeline, il l'écoutait plaisanter, avec une indifférence joyeuse, sur l'étonnement mal dissimulé et la réception équivoque de Mme d'Aubel.

« As-tu remarqué, Raymond, » disait la
jeune femme, « de quel ton elle m'a demandé
des nouvelles de mes actions, et de quel air
elle a regardé mon châle ? Venir avec un cachemire français faire des visites de noce, c'est
scandaleux, n'est-ce pas, Raymond ? Je passerai pour une petite provinciale, et toi, qui
sait ? peut-être pour un avare. Il n'y a pas de
milieu, vois-tu. Dans ce salon-là, on me prendra pour une niaise ou pour une victime, et
vous pour un Jocrisse ou pour un Harpagon,
mon tyran chéri ! « Dis-moi ce que tu portes,
je te dirai qui tu es. » Voilà ce qu'on pense chez
Marguerite.

— Est-ce que cela vaut la peine d'en par-

ler, de cette folle étourdie? » répondit Raymond avec un peu d'humeur. « Lorsqu'elle a
commencé à te railler, Emmeline, j'avais une
furieuse envie de lui répondre que tes actions
valent mieux que les siennes.

— Parlons sans calembour, mon ami, »
répondit Emmeline avec un fin sourire.
« Qu'entendrais-tu donc par les actions de
Marguerite? Est-ce qu'elle peut agir, elle qui
n'a jamais pensé? Plains-la, vois-tu, Raymond. Elle a, et aura toujours des fantaisies
mais point de but; des caprices, mais point de
résolutions; des enivrements passés, et point
de jouissances durables. C'est bien elle qui
« s'habille et babille » sans rien pressentir,
sans rien édifier au delà. Elle met tout son
bonheur dans un écrin, tout son orgueil dans
un cachemire, tout son univers dans un salon.
Elle n'a pas su arranger sa vie, cette pauvre
Marguerite... Est-ce que nous ne sommes pas
bien plus heureux?... Quel joli bouquet, mon
galant chevalier, vous m'avez mis dans ma
corbeille! Voici M. Vernier qui travaille, et qui
redevient tranquille et heureux; Emma, qui
prend un peu de repos, et qui redevient

belle... C'est vous, Monsieur, qui m'avez donné tout cela : la fraîcheur de l'une et la vie de l'autre. Sais-tu bien que, lorsque je pense à eux, j'oublie aisément que j'ai un châle Biétry sur les épaules?

— Et ce ne sera pas tout, mon amour, » répondit Raymond en baisant la main de sa femme. « Dans quelques années, M. Vernier sera trop vieux pour ses travaux; nous lui donnerons à gérer nos petits biens à la campagne; nous chercherons quelque bon garçon, et nous marierons Emma; et un jour, sous nos beaux bois des Frênes, nos petits enfants joueront et grandiront ensemble. ʼ

— Comme ce sera une jolie nichée de mignons petits amours! » dit Emmeline en battant des mains à cette espérance joyeuse. « Et dire, » ajouta-t-elle en tendant la main à son mari, « que tout ce bonheur-là aura tenu dans ma corbeille! »

En cet instant, précisément, Emma et son père s'entretenaient paisiblement dans leur appartement confortable, quoique modeste, situé actuellement au premier étage de la maison de la rue Lacuée.

« C'est aujourd'hui le 18, » disait Emma. « Aujourd'hui, mon père, il y a trois mois, jour pour jour, qu'Emmeline nous a envoyé les vingt mille francs de sa corbeille... Il y a trois mois que je vous ai trouvé tout défaillant, tout pâle, sur le banc là-bas, près du pont d'Austerlitz...

— Trois mois que j'ai tenu la fiole fatale dans mes mains, que je l'ai approchée de mes lèvres! Oh! grande Providence! » pensa le vieillard silencieux; puis il dit à voix haute : « Et, depuis ce temps, que de bienfaits, que de bonheur, ma fille! Je travaille tranquillement au ministère; tu prends des couleurs et de l'exercice en allant donner tes leçons, et nous ne craignons plus la honte ni la misère!

— Et c'est à ma chère Emmeline que nous devons tout cela, » dit la jeune fille en souriant.

« Oui, Emma; mais je t'avoue qu'il me tarde d'acquitter ma dette... ma dette d'argent, s'entend; car je ne pourrai jamais éteindre celle du cœur. En travaillant bien, nous pourrons peut-être rendre à Mme Lagrange deux mille francs cette année; et, si je mourais avant de m'être libéré, tu me promets, ma fille, de t'acquitter de cette dette, au prix des plus grands efforts?

— Je vous le promets, mon père, » répondit Emma avec fermeté. Mais ne vous inquiétez point à propos de cet argent. Je sais qu'Emmeline ne le regrette point, et s'applaudit au contraire d'avoir si bien vidé sa corbeille. D'ailleurs, je me fie à la Providence pour lui payer les intérêts de notre dette; car Dieu donne tout à la main qui a beaucoup donné, et le cœur qui se nourrit de la charité a le droit de se réjouir de l'espérance. »

LE

CHEMIN DU BONHEUR

CHAPITRE Iᵉʳ.

A travers champs.

Quand on suit la route de Saumur à Thouars,
et qu'après avoir dépassé le bourg de Montreuil,
on quitte la grande voie pavée pour s'engager
sur la gauche, on rencontre un chemin de tra-
verse qui s'étend à quelques lieues au delà,
longeant alternativement des champs cultivés
et de longues bandes de bruyères incultes. Le
pays, aux alentours de ce chemin, n'est ni très-
riant ni très-peuplé, et, seulement à de rares
intervalles, on voit s'élever à l'horizon la fumée
de quelques chaumières éparses sur la lande,
et abritées de maigres taillis. Tout espoir de
rencontrer un gîte ne vous est pas pourtant

ravi; car après avoir parcouru pendant trois
quarts d'heure environ le sentier désert et inconnu, vous arrivez à une auberge chétive,
il est vrai, sous son toit de tuiles moussues, mais
toujours restaurante pour le voyageur fatigué,
qui salue avec plaisir la perspective d'une ome-
lette et d'une bouteille de petit vin d'Anjou.
C'était sur le seuil de cette auberge que se tenait
l'hôte lui-même, une après-midi de septembre
185*. Le dos appuyé au montant de la porte,
les bras croisés, la tête penchée sous son gros
bonnet de laine bleue, il écoutait tristement le
sifflement du vent dans la branche de houx ba-
lancée au-dessus de sa tête, et paraissait examiner les fâcheux effets de l'isolement sur l'esprit de l'homme en général, et sur l'humeur
des aubergistes en particulier. C'est qu'aussi la
solitude était morne, et le silence désespérant :
au dehors, ni chant d'alouette babillarde, ni
cri saccadé du grillon ; au dedans, pas de ces voix
bruyantes qui s'élèvent si joyeusement autour
d'un broc de vin, pas de crépitement du beurre
et du lard dans la poêle à frire, pas même le
petillement continu des sarments atteints par la
flamme. La salle était sans convive, la cuisine

sans feu, la campagne sans voix. Or, il suffisait
des deux premières causes pour que l'aubergiste fût aussi sombre que son fourneau, aussi
muet que la nature.

Soudain un bruit de roues, à peine distinct
encore, se fit entendre sur le chemin, venant
du côté de Saumur. L'hôte releva vivement la
tête en imprimant une brusque oscillation au
gland de son bonnet, et tendit l'œil et l'oreille
dans la direction où le son s'était fait entendre.
En connaisseur expert, il eut bientôt reconnu
que le véhicule qui s'approchait n'était ni une
pesante charrette, ni le chariot criard d'un
paysan ; la voiture paraissait rouler légèrement
et vite : c'était peut-être le cabriolet du notaire de Montreuil; peut-être la calèche d'un
propriétaire des environs. Il y avait là l'espoir
de fournir une rasade au conducteur ou un pi-
cotin d'avoine au cheval.

L'hôte se rasséréna et attendit. Bientôt la
voiture arriva à une distance qui permettait
de l'apercevoir entièrement. Ce n'était ni un
lourd cabriolet de campagne, ni une élégante
calèche de maître ; mais une de ces voitures de
louage, tenant le milieu entre la carriole et

10.

le tilbury, et que la personne qui l'occupait
avait probablement louée à la ville voisine
pour les besoins du moment. Le véhicule s'arrêta en face de l'auberge, juste au-dessous de
la branche de houx, et le voyageur demanda
à l'hôte : « Y a-t-il encore loin d'ici au château
de la Tourmelière?

— Dam! vous en auriez bien pour trois heures en temps ordinaire; mais l'orage d'il y a
deux jours a tant gâté les chemins, qu'il vous
faudra tourner sur la gauche pour passer la
rivière au gué de Thouay. Ça sera encore une
petite rallonge de trois heures.

— Il en est quatre maintenant, » dit le
voyageur après avoir consulté sa montre,
« il sera donc trop tard pour m'engager dans
des chemins que je ne connais pas, surtout sur
un gué où je pourrais rencontrer quelque mésaventure. N'allons pas faire naufrage en touchant au port. Pouvez-vous me donner un lit,
mon brave?

— Et un bon encore! Pour quant au souper,
monsieur n'aura qu'à choisir. Des œufs tout
frais, du jambon, du lard, du fromage de Par-
thenay, un canard même, si monsieur le désire,

et un vin! oh! un vin! blanc et mousseux, et fort! du Champagne, quoi! »

Pendant cette allocution en forme de prospectus, le voyageur avait sauté à terre, payé le conducteur et déposé sur le seuil sa malle de cuir à plaque de métal ciselé. Si nous sommes curieux d'apprendre le nom de ce nouveau personnage, nous pouvons, par-dessus son épaule, jeter un coup d'œil sur la malle en question; nous y lirons le nom d'Albert Maucroix: vingt-quatre ans environ, blond, svelte, gracieux, avec des yeux bruns et un fin sourire. Costume : vêtement gris, de chasse ou de voyage, nuance délicate, feutre de même couleur, cravate bleue, gants de Suède et lorgnon d'écaille. C'était, me direz-vous, une tenue un peu trop soignée pour venir briller à l'auberge de la Branche-de-Houx, au milieu des landes de Montreuil; mais vous avez vu, par la première question du voyageur, qu'au fond de ses pensées il y avait un château, et dans ce château nécessairement des dames, et qu'on ne pouvait pas se présenter à elles en chapeau Gibus et en paletot marron.

Mais quoique Albert Maucroix fût vêtu comme

le voulait la mode la plus nouvelle, il n'en était
pas plus fier pour cela. Il s'était assis sur le banc
de bois, à la porte, et avait commencé la conversation avec l'hôte du lieu, en balançant né-
gligemment son lorgnon au bout de ses doigts.
Puis il était entré dans l'auberge et y avait cu-
rieusement examiné quelques images de saints
populaires, riches de ton et hauts en couleur,
qui ornaient les murailles en compagnie d'un
plâtre de Napoléon Ier. Mais toutes ces occupations n'étaient pas des plus divertissantes, et
Albert pensa bientôt à en chercher une autre
pour faire passer les heures qui le séparaient
encore de son souper et de son lit.

« Je n'ai pas d'appétit, pensa-t-il; cette carriole maudite m'a engourdi les jambes; si j'allais faire une promenade dans les champs? »
Et il ajouta en se tournant vers l'aubergiste :
« Ainsi c'est entendu, mon brave, demain à
neuf heures, j'aurai un cheval pour me mener
jusqu'à la Tourmelière, où vous me ferez passer ma malle; pour aujourd'hui, mon souper à
huit heures. En attendant, je vais me promener
un peu du côté de ce bouquet d'arbres que
j'aperçois là-bas. » Et là-dessus, il descendit

les marches de pierre et s'éloigna, fredonnant un thème de *Rigoletto*.

Le paysage était un peu désert et sombre pour un habitué des boulevards ; mais il ne manquait ni de caractère, ni de charme mélancolique. La lande, relevée çà et là par des ondulations presque insensibles, étalait sous les pieds du jeune promeneur ses bruyères au feuillage grisâtre encore parsemé de petites fleurs lilas ou rose pâle. Parfois de hautes tiges d'ajoncs se dressaient, roides et dures, ouvrant leurs calices jaunes sous les derniers rayons de lumière du jour tombant. Quelques haies maigres et effeuillées, des touffes de houx au feuillage sombre, tranchaient à de rares intervalles l'uniformité de cet horizon. Parfois s'élevait, dans le silence du crépuscule, le cri mélancolique du vanneau ou l'appel strident du râle des genêts, annonçant à sa couvée que le soleil se couchait, et que le moment était venu de se peletonner dans le buisson pour y dormir. A l'horizon, une large bande orange et pourpre dorait toute une partie des nuages et colorait, comme le reflet d'un incendie, le lointain perdu de la bruyère. Du côté opposé, le ciel avait

revêtu le bleu sombre de la nuit qui s'approche, et dans cette demi-obscurité brillait déjà
comme une étoile la vitre éclairée de l'auberge
du Houx, scintillant faiblement à l'horizon.

Albert marchait toujours, entièrement ab-
sorbé par la contemplation d'une nature pour
lui si nouvelle, et si sereine aussi. Il se sentait
encore un peu de poésie dans l'âme (disons,
pour l'excuser, qu'il n'avait pas vingt-quatre
ans), et cette soif de l'idéal, cet amour du beau
et du vrai n'étaient peut-être pas tout à fait assou-
vis par les plus brillantes promenades au bois ni
par les bruyants soupers chez Tortoni. En ce moment, il oubliait même le maigre canard rôtis-
sant devant l'âtre de l'auberge, et les draps
parfumés de lavande que l'hôtesse déployait
pour lui. Et pourtant des vapeurs flottantes
commençaient à obscurcir les dernières clartés
du jour expirant.

Il ne sentait même pas l'humidité froide et
malsaine qui régnait sur la lande après le soleil
couché. Tout à coup, cependant, il remarqua
le brouillard. Cela se conçoit. Une brume
épaisse et blanchâtre s'était élevée soudain des
grands marais qui, d'un côté, bordaient la

lande; le vent du soir l'avait chassée sur la grande plaine sans abri et la déroulait comme un vaste manteau de vapeurs au-dessus des haies et des bruyères, enveloppant chaque arbuste, chaque branche pour ainsi dire, de ses flocons humides et légers. Or Albert se trouva environné, comme le reste, de cette atmosphère opaque, à travers laquelle se dessinaient confusément les rameaux des haies auxquelles il venait se heurter; il n'apercevait plus, hélas! son unique étoile polaire, la vitre étincelante de la Branche-de-Houx. La lune n'était pas levée encore. Autour de lui, vapeur et incertitude; au-dessus de lui, obscurité. La situation était des plus intéressantes, mais non des plus agréables. Albert formula son opinion à ce sujet par une réflexion pleine de philosophie, tout à fait conforme du reste à la modération habituelle de son caractère : « Et dire qu'il y a deux jours, à cette heure, je fumais mon cigare sur les boulevards des Italiens? Moi qui aujourd'hui croyais passer la soirée auprès d'une table à thé, à la Tourmelière, pendant que mademoiselle Olympe chanterait quelques airs du *Barbier!*

« Enfin l'homme propose, et... le brouillard
dispose. Mais je voudrais pourtant bien savoir
comment m'orienter? » Et il chercha à s'orienter en effet, marchant de côté et d'autre avec
cette persistance fébrile d'un homme qui ne
peut se résoudre à l'inaction, quoiqu'il soit
intérieurement convaincu de l'inutilité de ses
efforts. Tantôt il trébuchait sur une pierre ou
sur un monticule de gazon ; tantôt il s'accro-
chait aux épines d'une haie. Il avait essayé d'appeler, mais sa voix s'éteignait sans écho dans
l'épaisseur du brouillard. D'ailleurs la lande
était inhabitée et nécessairement déserte à pareille heure. Seulement la lune, en se levant,
pouvait dissiper le brouillard ; aussi Albert
l'attendait avec toutes les forces de son âme et
les angoisses de son estomac. Il devait pourtant
l'attendre bien tristement encore.

En tâtonnant à travers la plaine, il s'était,
sans le savoir, rapproché d'un chemin qui traversait la lande dans toute sa longueur. Des
fossés empierrés en bordaient les deux côtés,
voilés en partie par des haies en ruines ou par
des massifs de genêts. Ce fut dans un de ces
fossés, assez profond et fort roide de talus, que

le jeune homme mit le pied en croyant se trouver encore sur la plaine. Il perdit l'équilibre,
chercha en vain à se retenir et tomba lourde-
ment sur les pierres entassées au fond. Dans sa
chute, sa tête avait frappé violemment sur cet
amas de cailloux, et pendant un certain temps
il perdit entièrement connaissance.

Lorsqu'il revint à lui, ranimé par la moiteur
glaciale de son lit humide et verdâtre, la lune
commençait à se lever et le brouillard était
moins intense. Il se souleva à demi sur son
coude et chercha à reconnaître le lieu où il se
trouvait. En ce moment, il crut entendre à
quelque distance un bruit régulier, comme le
pas d'un cheval sur les cailloux du chemin,
puis il distingua une voix d'homme chantant
un de ces airs lents et plaintifs si fréquents
chez les paysans du Poitou et de la Vendée,
subissant instinctivement l'influence de leurs
paysages mélancoliques et de leur ciel souvent
voilé.

Albert reprit courage, et appela. L'homme
ne répondit rien d'abord, et le cheval s'arrêta brusquement, comme si son cavalier eût
été saisi de frayeur ou de surprise.

11

A un second appel, il répondit pourtant;
mais sans s'approcher du fossé :

« Holà! qui êtes-vous donc, l'ami? et qui
vous fait crier comme une pauvre âme en souffrance?

— Je suis un voyageur étranger à ce pays,
répondit Albert; et, m'étant égaré dans le
brouillard, je suis venu tomber dans ce fossé
où je me suis blessé à la tête, et je me sens
encore tout étourdi.

—Hum! c'est ben vrai, au moins, m'sieur? »
répondit le paysan, qui, d'après le langage
d'Albert, voyait bien qu'il n'avait pas affaire à
un homme du pays, mais qui n'osait s'approcher, craignant peut-être quelque embûche.

« Tellement vrai que je vous conjure, si
vous ne voulez pas m'aider à sortir d'ici, d'aller trouver le propriétaire de l'auberge, sur la
route de Montreuil, où je suis descendu il y a
quelques heures. Il sait qui je suis; et viendra
à mon aide.

— Ah! ah! c'est-y pas ben le père Chavot?
un gros, avec une barbe rousse, qu'a une
fille à marier et qu'a passé un bail y aura trois
ans à la Saint-Jean?

— Je ne connais ni son nom ni ses affaires ;
je sais seulement que son auberge est la première qu'on trouve sur cette route, et qu'à la
porte est suspendue une branche de houx. Mais
pour Dieu ! allez le prévenir, ou aidez-moi à
sortir d'ici. »

Ces quelques instants de conversation avaient
un peu rassuré le défiant villageois ; car il se
décida à mettre pied à terre, et s'avança vers le
fossé, toujours avec lenteur et précaution. Mais
quand il aperçut le visage pâle du voyageur,
et les traces du sang qui s'était répandu sur
ses cheveux, il ne craignit plus d'avoir affaire
à quelque malfaiteur nocturne ou à quelque
esprit des ombres, et tendit les mains au jeune
homme pour l'aider à gravir le talus Bientôt
Albert se trouva debout sur la route, un peu
étourdi encore, mais assez ferme sur les jambes et désireux de gagner promptement son
lit.

« Ah çà, m'sieur, où allez-vous de ce pas ? »
demanda le paysan, d'un air moitié bienveillant, moitié railleur.

« Je voudrais retourner à l'auberge, » répondit Albert.

« Ah ! pour ce qui est de l'auberge, vous lui tournez joliment le dos ; il y a ben pour une heure de marche avant d'y arriver. Je ne vas pas de ce côté-là, moi ; et vous n'avez pas l'air d'être trop solide sur vos jambes. Ma foi ! si vous voulez, je vais vous mettre sur le chemin de la Maison-Grise : nous y serons dans vingt minutes, et vous y trouverez ben un lit pour la nuit.

— Qu'est-ce que la Maison-Grise ? est-ce une auberge ? » demanda Albert.

« Une auberge ? allons donc ! répondit l'homme avec un gros rire, et surpris d'une ignorance qui lui paraissait si étrange. Non, non, ce n'en est pas une ; et ce n'est pas une ferme non plus, ni un château, quoique ça y ressemble à tous les deux. C'est, comme le nom le dit, une grande vieille maison où demeure M. le vicomte de Mareilles, qui est bien pauvre à présent, quoiqu'on dise que sa famille avait autrefois ben quatre à cinq lieues de pays, et la Tourmelière avec, et encore plus loin que Thouay.

« C'est un drôle de monde, que le monde de la Maison-Grise ; ils sont fiers avec les riches d'à présent à qui ils ne parlent pas, et ils ne le sont pas du tout avec les gens comme nous. Pourtant y a toujours quelque chose qui vous retient quand on leur parle, et quand M. de Mareilles vient de me dire le premier : « Bonjour, Mathurin, comment allez-vous? » je ne peux pourtant pas m'empêcher de lui ôter bien bas mon bonnet et de lui répondre : « Bonjour, m'sieur le vicomte. » Tout ça c'est pour vous dire qu'y n'y a pas besoin d'avoir crainte en sonnant à leur porte, et que vous serez bien reçu tant seulement parce que vous êtes un étranger et que vous vous trouvez dans l'embarras. Vous pouvez être ben tranquille; ils ne laisseraient pas coucher un juif à leur porte, sur la lande, par le froid qu'il fait. »

En parlant ainsi, le paysan avait enfourché sa monture et la dirigeait au pas sur le chemin pierreux, tandis qu'Albert, peu curieux de connaître ces détails, le suivait en se traînant. Il se résignait avec peine à aller demander l'hospitalité à une famille inconnue et regrettait amèrement l'auberge de la Branche-de-Houx. Et quand il regardait son costume de drap anglais, combien son désappointement

était plus amer encore! Où était maintenant
la fraîcheur de son gilet, la splendeur de ses
bottes vernies? Comment se présenter en tel
état chez un vicomte, quand même ce serait
un vicomte ruiné?

Albert n'avait pas encore cessé de maudire sa
fâcheuse aventure quand son guide, quittant
le droit chemin, fit faire à son cheval quelques
pas le long d'un mur bordé de hauts peupliers.
Le jeune homme l'y suivit tristement. La lune
était radieuse alors et éclairait jusqu'aux
moindres détails du paysage. Albert put voir
que le mur s'était écroulé en maint endroit;
des touffes de pariétaires et de giroflées croissaient entre les pierres disjointes, et un vieux
lierre en couronnait le faîte d'une guirlande
sombre et touffue. La grille se trouvait au bout
du mur, grille antique et belle encore, avec
ses ciselures hardies et les fines découpures
du sommet, supportant l'écusson seigneurial.
Mais la rouille avait lentement rongé la grille
comme les plantes sauvages avaient peu à peu
démoli le mur. Quelques barreaux tordus ar-
rachés par le bas, attestaient les ravages du
temps et la misère de la famille déchue. Telle

qu'elle était, quoique debout et fière encore,
elle eût été bien facile à renverser, cette grille,
avec ses gonds rouillés et ses dentelures ver-
moulues! Pourtant elle subsistait toujours, et
il n'y aurait pas eu dans tous les environs de
mains assez hardies pour l'outrager ou l'a-
battre. Qui donc les retenait ainsi? Le respect
peut-être; le respect qui s'attache parfois à
des noms antiques, à des monuments sacrés,
à de vieux souvenirs, et qui leur sert de protection suprême quand toutes les autres leur
ont manqué.

Derrière la grille, il y avait une cour pavée
où les rayons de la lune tombaient, froids et
pâles; puis la maison elle-même; la grande
Maison-Grise, avec son toit d'ardoises où les girouettes armoriées tournoyaient et grinçaient,
à demi détachées de leurs tiges de fer; avec
sa longue rangée de fenêtres dont une seule
était éclairée.

Le paysan sonna; bientôt un homme de
haute taille parut sur le seuil, et demanda qui
venait à cette heure.

« C'est moi, monsieur le vicomte, moi, Mathurin Roudot; j'ai rencontré sur le chemin

des Fagnes un voyageur égaré, un m'sieur, qui s'était perdu dans le brouillard et qui s'est fait une blessure à la tête. Il était trop loin de l'auberge pour y aller, et j'ai pensé que m'sieur le vicomte voudrait bien...

— C'est bien, Mathurin, cela suffit, répondit le vicomte d'une voix grave et bienveillante. Pierre, allez ouvrir, » dit-il à un garçon de quatorze à quinze ans qui venait d'apporter une lumière...

Aussitôt le petit paysan courut à la grille dont il fit tourner à grand'peine la grosse clef rouillée, et Albert, après avoir remercié son guide, se trouva introduit dans la cour.

Le vicomte, qui était resté sur le haut du perron, avait pu considérer à loisir les manières et le costume de l'étranger arrivant sous son toit. Il descendit donc rapidement les degrés, et dit à son hôte de sa même voix grave et simple : « Monsieur, qui que vous soyez, venez vous reposer avec nous ; vous êtes, de grand cœur, bienvenu à la Maison-Grise. »

CHAPITRE II.

En famille.

Albert serra la main que le vicomte lui tendait, et lui dit avec politesse : « Monsieur, je me nomme Albert Maucroix ; je suis arrivé de Paris ce matin, et je me rendais au château de la Tourmelière. Sans l'embarras que je vais vous causer, je me féliciterais d'une légère mésaventure qui me procure l'avantage de faire votre connaissance.

— L'embarras est insignifiant, répliqua le vicomte, et bien compensé par le plaisir de pouvoir vous être utile. Mais nous causerons tout à l'heure à loisir. Venez vous chauffer d'abord. »

Et M. de Mareilles ouvrant une porte, au fond du corridor obscur, introduisit l'étranger dans une vaste pièce éclairée moins par la lueur un peu terne d'une lampe, que par la joyeuse clarté d'un bon feu, petillant dans l'âtre de la haute cheminée de marbre gris.

Il y avait trois personnes déjà dans la pièce
où Albert était ainsi introduit. Près du manteau de la cheminée, et assise un peu dans
l'ombre, une vieille paysanne avec la coiffe
ronde et le mouchoir bigarré des Poitevines,
filait une grosse quenouille de lin. Auprès de
la table, et juste dans le cercle lumineux projeté par la clarté de la lampe, une jeune
fille cousait, en écoutant la lecture qu'un tout
jeune prêtre, placé à côté d'elle, lui faisait à
haute voix. Ce fut sur ce groupe que les yeux
d'Albert s'arrêtèrent aussitôt. Au moment où
il était entré dans la chambre, il s'était cru
transporté dans une atmosphère toute nouvelle,
dans la région pure du travail, du recueillement et de la paix. Il y aurait eu un grand silence dans cette chambre voûtée, aux murailles
grises, écaillées çà et là, un silence presque
solennel, s'il n'eût été interrompu par la
voix sonore du lecteur, à laquelle se mêlaient
parfois les petillements de la flamme et le
ronronnement du fuseau allant de çà et de là
sous les doigts agiles de la fileuse. La jeune
fille assise auprès de la table tenait la tête
un peu penchée sur son ouvrage. Albert la

voyait de profil, et fut frappé de la régularité
de ce visage sérieux et doux, et de la luxuriante
beauté de la chevelure noire roulée simplement sur le cou blanc et arrondi. Le prêtre
paraissait un peu plus âgé que la jeune fille, et
comme tous deux levèrent la tête lorsque le
vicomte ouvrit la porte, Albert remarqua la
ressemblance de leurs physionomies et jugea
qu'ils étaient frère et sœur. Le jeune homme
posa son livre et se leva en voyant entrer
un étranger, tandis que sa sœur, après avoir
jeté un coup d'œil rapide du côté de la porte,
continua à faire voler son aiguille.

« Monsieur Albert Maucroix, » dit le vicomte
à son hôte, « ce sont mes deux enfants, ma fille
Renée et mon fils Gabriel, prêtre des Missions
Étrangères. Mes enfants, voici monsieur Maucroix, qui s'est égaré sur la lande, et qui veut
bien nous faire l'honneur d'accepter notre
pauvre hospitalité.

— Vraiment, monsieur, vous vous étiez
aventuré sur la plaine par une nuit bien
froide et bien obscure, dit le jeune missionnaire en s'approchant du voyageur. Et vous
avez éprouvé un accident, sans doute, car je

vois du sang à vos cheveux et sur le collet de
votre habit.

— Monsieur est blessé ! » fit Renée en se levant vivement et en jetant sur Albert un regard plein de sollicitude féminine. Albert vit
alors en face les beaux grands yeux noirs de
la jeune fille, jusque-là cachés sous leur longue
frange soyeuse, et fixés sur le gros drap de
toile de ménage A la vue de ce regard brillant et velouté, il commença à bénir son étoile
et à remercier le brouillard et le fossé plein de
cailloux.

« Ce n'est rien, mademoiselle, une simple
égratignure. En marchant à travers la brume,
je suis tombé dans un fossé, où je me suis heurté
à quelques pierres, et pour un moment j'ai
perdu connaissance; mais la blessure est in-
signifiante et sera très-vite cicatrisée.

— Gabriel pourra y poser une compresse,
dit alors le vicomte. Il n'est pas fort habile
chirurgien, mais il possède quelques connaissances parfois très-précieuses dans les solitudes
qu'il est appelé à parcourir.

— Mais, en fait de solitudes, » reprit Albert
en riant, car il se sentait à l'aise dans ce milieu

si digne et si simple, « ne vous semble-t-il pas que cette bruyère déserte où j'ai erré pendant quelques heures pourrait être considérée comme une savane en abrégé, ou comme un tout petit aperçu des pampas du Brésil et du Paraguay? N'est-il pas un peu triste de vivre au milieu de cette lande, si loin des villes et des fermes d'alentour?

— Vous parlez en vrai Parisien, » dit le vicomte en souriant. « Vous ne pouvez pas concevoir combien la vie peut couler douce et bien remplie au milieu de ces marais et de ces bruyères, séparée du monde par les buissons de houx et de genêts. Pour nous, l'impression est bien différente; pour moi surtout, qui suis né dans l'exil, et qui ai été si heureux de rentrer dans cette vieille maison, où je me retrouve sous le toit de ma famille et sous le ciel de mon pays. Ma fille Renée ne se plaint pas non plus de son existence solitaire, parce que le bonheur d'une femme est attaché à son foyer, ce foyer fût-il même en ruines. Pour mon fils, il serait coupable de vivre dans l'inaction et l'isolement; aussi a-t-il déjà pris part aux travaux d'une mission à laquelle il est attaché, et où il devra retourner bientôt peut-être.

« — En vérité, monsieur, » dit Albert en se tournant vers Gabriel, « je m'étonne que, si jeune encore, vous ayez pu embrasser une carrière qui n'est qu'un sacrifice héroïque et continuel, où il faut déployer à chaque instant tous les genres de courage : tantôt subir les privations les plus cruelles, tantôt combattre l'indifférence et supporter le mépris, et quelquefois même s'exposer aux tortures et à la mort.

« — Je ne sais vraiment pas, monsieur, si nous avons grand mérite à cela, répondit Gabriel en souriant. J'ai toujours éprouvé qu'il y a une main toute-puissante et paternelle qui dispose de nous à son gré, selon les temps et les circonstances, mesurant les forces à la hauteur du combat, et le courage à la grandeur des épreuves. Pour tous, elle est visible, cette main ; pour tous, généreuse et bienfaisante. Il n'y a pas que les sages et les savants qui la voient, disposant de leur vie ; les ignorants et les simples la sentent aussi, et l'adorent. Je me souviens qu'un soir, dans les Montagnes-Rocheuses, un pauvre sauvage me peignait la Providence à sa manière, dans son idiome sioux : « Un jour, me disait-il, le « Grand-Esprit appela devant lui plusieurs « animaux, et leur demanda compte de leurs « occupations et de leurs mérites. Le castor « lui répondit : Je place moi-même ma hutte « sur le lac, au bord des eaux poissonneuses, « je porte l'argile entre mes pattes velues, je « frappe le mortier avec ma queue d'écailles, « et je deviens le créateur de ma maison de « terre et de branches. Je suis le travail, ô « Grand-Esprit ! » Le rat musqué dit à son tour : « Mes ongles creusent de longues « galeries sous le sol pour y dormir les longs « hivers, quand la terre est morne et glacée, « et j'y enfouis de grosses mesures de grains, « en attendant la floraison des gerbes. Je suis « la prévoyance, ô Grand-Esprit ! » Le buffle vint, et dit ensuite : « Mon sabot frappe le « sol avec le bruit du tonnerre, mes dents « broient l'écorce des jeunes arbres et le « grand trèfle des prairies, ma corne suffit « pour terrasser les ennemis que je rencontre, « je ne crains ni la faim, ni le froid, ni l'é-

« treinte de l'ours noir, ô Grand-Esprit, je
« suis la force ! » Mais la colombe sauvage
vint alors, et parla la dernière : « Pour moi,
« je ne suis rien, ô Père, dit-elle ; mon nid
« flotte au bout d'un rameau et le moindre
« vent le renverse ; mes petits sont si frêles
« qu'un flocon de neige les tuerait, mon aile
« est lasse bien vite et ma voix ne va pas bien
« haut. Et cependant je vis, j'aime, et je
« chante en berçant mon nid, parce que je
« sens votre œil sur moi, ô Père, dans ce
« doux soleil qui rougit les fruits des buissons,
« et qui fait éclore le duvet sur les ailes de mes
« nouveau-nés ! » Et le Grand-Esprit dit au
ramier sauvage : « Tu es ma fille bien-aimée.
« Toi seule comprends ce que je suis et ce que
« je peux. Va donc, vis et aime en paix. Car
« partout où mon œil s'étend, il y aura du
« duvet pour les petits, et de la pâture pour
« les mères. »

« Voilà, continua Gabriel en souriant, la
Providence expliquée en sioux par le vieil Un-
tah, et traduite en français par votre serviteur, monsieur. Mais je crois qu'il n'est pas
besoin d'aller la chercher jusqu'aux Mon-

tagnes - Rocheuses, et que vous avez vous-
même éprouvé ce soir les effets de son heureuse intervention. Vous auriez pu vous heurter à quelque grosse pierre, au centre même
de la lande, et y rester toute la nuit, sans que
personne passât auprès de vous. Vous pouviez
encore tomber dans le marais à un quart de
lieue d'ici et vous engloutir dans la vase...

— Tu oublies encore une circonstance tout
à fait providentielle, interrompit Renée avec
un sourire. Si, au lieu de Mathurin Roudot,
qui est un des esprits forts du village, il fût
passé sur la route un des anciens, tout pétris
des superstitions d'autrefois, monsieur aurait
couru grand risque d'être pris pour un esprit
des nuits, et le paysan se serait enfui au plus
vite, en promettant un cierge à Saint-Florent-
le-Vieil. »

En ce moment, neuf heures sonnaient à la
vieille horloge de bois, et la paysanne, quittant sa quenouille, s'occupa de dresser la
table et d'apporter le souper de la famille.
Les apprêts furent vite terminés : une grosse
nappe bien blanche, quelques assiettes communes, pas d'argenterie. Le temps, qui fait

12.

crouler les palais de Ninive et de Palmyre,
fait fondre souvent aussi les vieux trésors de
famille. On peut avoir des ancêtres morts à
Azincourt et à Poitiers, on peut porter dans
ses armes de sinople à trois fers de lances d'or,
et manger dans des cuillers d'étain. C'est ce
qui avait lieu chez le vicomte de Mareilles.
Seulement, comme il ne rougissait pas de sa
pauvreté, il ne s'en excusait pas non plus,
et il offrait à son hôte le trivial morceau de
lard aux choux et les maigres galettes de sar-
rasin, avec autant d'aisance et de politesse que
s'il l'eût régalé d'un faisan truffé et d'un fro
mage à la Chantilly.

Albert était en ce moment plus loin que
jamais des pompes et des vanités du boulevard
des Italiens. A cette heure, l'oncle Giraud,
assis dans son fauteuil de velours, dans son
appartement confortable de la rue Duphot,
voyait en esprit son beau neveu au château de
la Tourmelière, communiquant aux dames
les dernières nouvelles de Paris, ou chantant
un duo avec Mlle Olympe. Quelle eût été sa stupeur, s'il eût vu ce neveu égaré, prenant
place à la table d'un gentilhomme pauvre,

en face d'une belle jeune fille brune et fière,
à côté d'un jeune prêtre qui venait de dire le
Benedicite? Cette idée vint à l'esprit d'Albert,
et le fit presque sourire. Pourtant il se trouvait
bien où il était.

Pendant quelques instants il contempla la
noble figure du vicomte, si sereine sous ses
cheveux gris : admirant son front découvert,
son nez aquilin, traits caractéristiques des
fières et fortes races d'autrefois; puis, tout
à côté de lui, les yeux bleus et doux de Gabriel,
tandis que ceux de Renée étaient noirs et étin-
celants. Il se sentit pénétré aussi par la paix et
le contentement qui régnaient à cet humble
foyer, et s'adressant au vicomte :

« Je ne sais, monsieur, lui dit-il, si c'est
l'attrait de votre hospitalité cordiale, ou la
chaleur du bon feu qui m'a ranimé, ou enfin
l'effet magique de ce petit vin d'Anjou, mais
je me trouve tout converti à votre vie solitaire.
Je commence à comprendre qu'on puisse se
sentir calme et joyeux auprès de la nappe bien
blanche, devant la flamme qui petille, lors
même qu'on n'attend pas de visiteur et qu'on
entend le vent siffler sur la lande.

— Vous regretteriez pourtant bientôt la vie parisienne si vous passiez quelque temps ici, » répliqua le vicomte.

« Je ne sais : Paris est charmant dans son genre, mais on s'en lasse comme de tout le reste. Est-ce que ce n'est pas toujours la même chose? après la promenade au bois, la flânerie sur les boulevards; après le dîner chez Tortoni, l'Opéra ou les Italiens : Viardot ou Alboni, Roger ou Mario : vous ne sortez pas de là.

—Mais nous n'avons pas le bonheur de posséder de tels artistes, » dit Renée en souriant : « nos Rogers et nos Malibrans à nous, ce sont les chantres de la paroisse, et les rossignols du bois des Fagnes.

— Quand ce ne serait que pour changer, mademoiselle, je préférerais ceux-ci ! Toute ma crainte est de rencontrer Paris à la campagne, et c'est ce qui m'attend infailliblement au château de la Tourmelière. Je sais d'avance comment se passeront nos soirées : on prendra le thé, on fera le whist, on jouera des charades et on chantera des cavatines, comme on le faisait l'hiver dernier, et comme on le fera l'hiver prochain. Cela peut être parfois divertissant, mais cela n'est pas absolument neuf.

— Allons, allons, monsieur, interrompit Gabriel, je vois que vous feignez de mépriser les vanités du monde pour mieux faire votre cour aux solitaires de la Maison - Grise, en homme de goût qui veut bien reconnaître par une politesse affectueuse la chétive hospitalité qu'on est heureux de lui offrir.

— Non, en vérité, monsieur, » répondit Albert avec chaleur. « Il me semble entrevoir une vie toute nouvelle, bien plus forte et sérieuse que notre vie d'enfants gâtés. Je vous peins mes impressions comme je les sens, et si monsieur le vicomte veut bien me le permettre, je viendrai ici les renouveler de temps en temps, pour emporter à Paris un peu d'air salubre des landes et de parfum des bruyères.

— Nous serons heureux de vous recevoir, monsieur, » répondit le vicomte. « Mais il est déjà tard; vous devez être fatigué et un peu souffrant. Marguerite va vous conduire, si vous le voulez bien, à la chambre qui a été préparée pour vous. »

Albert vit que la famille se disposait au

repos ; il salua et s'éloigna avec la vieille paysanne, qui portait un lourd chandelier de cuivre jaune. La chambre où l'on avait dressé son lit était haute et voûtée, plus nue encore que la salle où l'on avait partagé le souper de famille. Mais un bon feu petillait dans l'âtre, le lit était haut et moëlleux, les draps d'une blancheur de neige, et Albert vit à son chevet le bénitier de faïence avec sa branche de buis qui n'est jamais oubliée dans ces habitations antiques et solitaires. En même temps que la blancheur des draps, il remarqua leur grosseur et leur rusticité; ils provenaient certainement du fuseau de la vieille Marguerite : « Bah! » pensa-t-il aussitôt : « n'y serai-je pas assez bien pour dormir? M¹¹ᵉ Renée en cousait bien de pareils ce soir, elle qui a les doigts si fins et les mains si blanches ! » Et ce fut sur cette réflexion qu'Albert s'endormit sous le toit délabré de la Maison-Grise.

CHAPITRE III.

L'oncle Giraud.

N'avons-nous pas mentionné, dans notre précédent chapitre, qu'il existait, fort loin des landes de Montreuil, à un deuxième étage de la rue Duphot, un fin bonhomme d'oncle qui devra jouer un certain rôle dans notre histoire? Il m'est avis que nous devrions retourner un peu en arrière pour faire connaissance avec lui. A cet effet, nous laisserons Albert endormi dans sa grande chambre délabrée, tandis que le vent siffle sur la bruyère et que Mlle Renée fait sa prière du soir.

Entrons tout droit, comme si le Diable boiteux nous eût prêté sa béquille, dans ce petit appartement confortable où les fauteuils rebondissent, où la batterie de cuisine étincelle, où la cave à liqueurs et les verres à champagne scintillent sur le buffet. C'est bien le nid chaud et rembourré d'un vieux garçon qui s'é-

coute vivre, et qui n'a plus d'autre souci au
monde que celui de bien digérer son dîner.

M. François Giraud est un homme de cin-
quante-cinq ans environ, grand, frais de teint,
large de carrure, leste, malgré l'embonpoint
qui a envahi le buste et menace sérieusement
l'abdomen. Il a le regard vif et scrutateur d'un
industriel vieilli dans les affaires et habitué à
apercevoir du premier coup d'œil les plus
minces défauts d'un tissu et les plus subtiles
finesses d'un confrère en rouenneries. Son front
est chauve et légèrement ridé, comme celui
d'un homme qui a eu sa fortune à faire; mais il
dresse aujourd'hui fièrement la tête, en croi-
sant les bras derrière son dos et faisant résonner
ses breloques sur son ventre arrondi, comme
un triomphateur satisfait. C'est qu'il a triomphé, en effet, le père Giraud, dans ses rudes
batailles en partie double, sur le terrain des
toiles peintes et des madapolams, et qu'il peut
se dire aujourd'hui avec orgueil : « Je suis le
« fils de mes œuvres. Mes actions sont en ren-
« tes sur le grand livre. Un verre de Lafitte à
« ma santé ! »

Or, monsieur Giraud peut bien avoir de fort

bons vins dans sa cave et de fort séduisants
coupons dans son secrétaire; mais il n'a malheureusement que deux personnes à aimer au
monde : lui d'abord; son neveu ensuite. Il
aime lui, c'est-à-dire son corps, d'un amour
unique, entier, intéressé surtout; il se soigne,
s'observe, se surveille, comme un marin sa
boussole, ou un alchimiste son creuset. Mais il
n'est pas facile de dire comment il aime son
neveu. Pour le faire bien comprendre, il faut
recourir à des exemples.

Il arrive parfois qu'un habile mécanicien a
besoin d'un rouage pour faire mouvoir sa machine : il choisit ce ressort précieux et le fa-
çonne selon ses désirs et ses vues. Comme il
polit son instrument, comme il l'assouplit,
comme il le graisse, afin de l'adapter sans secousse au puissant engin auquel il veut donner
par ce moyen le mouvement et la vie! Mais que
le ressort grince et résiste, que le rouage d'a-
cier éclate sous la pression; et alors vous voyez
l'inventeur briser avec mépris l'instrument
indocile, et en jeter les morceaux aux cendres
de son atelier.

Un père, par exemple, a rêvé pour son bam-

bin les splendeurs de la gloire militaire; il
voit dans ses songes un grand cheval de ba-
taille tout harnaché pour le futur vainqueur;
l'épaulette d'or scintille à ses yeux comme une
étoile, le plumet tricolore flotte à l'horizon
au-dessus d'un faisceau de baïonnettes. Comme
il sourit orgueilleusement en le voyant bran-
dir son sabre de bois! avec quelle joie intérieure, il l'entend grossir sa petite voix grêle
et crier : « En avant! marche! A l'assaut,
braves Français! » C'est moins le fils que le
général qu'il aime dans le gamin. Mais que
celui-ci s'avise un jour de dedaigner les délices de la gamelle et les attraits de la charge
en douze temps! qu'il abandonne le briquet
de cavalerie pour l'aune du négociant ou le
compas de l'architecte! qu'il mette à néant
les ambitions paternelles, et nous verrons ce
qui en aviendra!

Or l'oncle Giraud a aussi échafaudé un rêve
à propos de son neveu Albert Maucroix. Seulement, ce rêve, comme il convient à la nature du bonhomme, n'est pas fort splendide,
mais très-solide. François Giraud ne veut pour
son neveu ni les lauriers du poëte, ni l'épée

du conquérant, ni la gloire de l'artiste. Il ne le voit non plus ni orateur, ni publiciste, ni ingénieur, ni industriel; il le rêve propriétaire foncier. Il connaît trop bien les luttes de la vie active pour vouloir y engager son neveu, qu'il croit trop indolent ou trop faible pour les supporter. Lui-même est parvenu tard à la fortune, et trouve plus commode de placer sa fortune sur les fonds publics que de l'employer à acquérir des biens qui nécessiteraient une surveillance continuelle. « Mais, se dit-il, voici « Albert qui est jeune, bien élevé, beau gar- « çon; je lui ai fait donner une éducation soi- « gnée et je lui laisserai de belles rentes bien « solides. Avec tout cela, il peut épouser « une femme qui lui donnera un château, un « parc, des bois, des champs. J'irai passer « l'été dans mes terres (à mon neveu ou à moi, « n'est ce pas la même chose!), je tuerai des « perdrix en automne, et je me promènerai en « veste de coutil pour aller voir le froment « de nos récoltes et les grappes de chasselas « que nous aurons sur les treilles. »

Ainsi la future nièce du père Giraud devait, avant tout, posséder terre aux champs, sinon

pignon sur rue. Elle devait produire, non des
titres de noblesse, mais des titres de propriété;
tant de bois, d'étangs, de prairies, de vi-
gnobles. Le bonhomme avait fait son chiffre :
il demandait deux cents hectares; il ne con-
sentait à en rabattre quelques dizaines que si
le château était considérable et le parc garni
de gibier. Venez çà, mesdemoiselles; apportez-
moi les baux de vos fermiers, les comptes de
vos régisseurs; vérifions l'état de vos terres
labourables et de vos champs en jachère;
comptons un peu ce que vous possédez en eaux
vives et en bois taillis, et voyons si vous pouvez prétendre à la main de mon neveu Albert
et à la bénédiction de son oncle.

Or, le plan était depuis longtemps tracé
dans l'esprit du bonhomme, et il avait tout
préparé pour le mettre à exécution. Peu soucieux de voir le jeune homme se livrer à une
carrière active, il lui avait fait étudier le droit
pour armer d'avance le futur propriétaire contre les envahissements de ses voisins et les dé-
prédations de ses quasi-vassaux. François Giraud était logique dans ses idées et conséquent
dans sa conduite. En fait de principes, il ne

possédait que ses quatre règles; tout ce qui
est idée, représentation, symbole, lui paraissait une hallucination ou un leurre. Il ne
s'attachait qu'à ce qui est matériel par excellence : la terre; et il la préférait même aux
richesses de papier, soumises aux oscillations
de la hausse et de la baisse. Il était doué d'une
grande pénétration, rendue plus aiguë encore
par un besoin pressant et une impérieuse nécessité d'examen. Seulement, l'habitude de
mettre à nu toutes les roueries du métier avait
faussé et perverti cette faculté précieuse. A
force de voir de rusés compères colportant
des indiennes mauvais teint, il avait fini par
considérer tous les hommes comme des voyageurs de commerce cherchant à écouler, par
un éloquent prospectus, quelques piètres mar-
chandises. A ses yeux, chaque individu jouait
un rôle et tenait un langage auquel il n'était
nullement tenu de conformer ses idées et sa conduite. Un sermon éloquent, une chaleureuse
profession de foi lui faisaient l'effet du moiré
donné à une étoffe, ou du cachet de cire apposé
à une bouteille de vin : « C'est fort beau,
« c'est bien dit, avouait-il en se frottant les

13.

« mains. Ça me rappelle tout à fait les com-
« mis-voyageurs qui, en 39, voulaient me
« couler du coton 4 fils pour du 6 fils, et qui
« auraient persuadé beaucoup de nos con-
« frères, tant ils savaient bien faire l'article.
« Mais faudrait encore un peu plus de bagoul
« pour en donner à garder au père Giraud. »

Heureusement pour Albert, il avait trop peu
vécu près de son oncle pour que le scepticisme
du vieil industriel eût pu influer beaucoup
sur son caractère et ses idées. Sa mère, la sœur
du bonhomme, avait une nature tendre et
croyante, bien différente de celle du fabricant
d'indiennes. Elle était morte trop tôt pour
laisser à son fils ses conseils ; mais assez tard
cependant pour qu'il ne pût oublier sa tendresse : et ce souvenir chéri avait laissé au
cœur d'Albert le besoin de croire et d'aimer.

Du reste, le jeune homme avait un caractère
doux et docile. Reconnaissant envers son oncle,
qui se montrait indulgent et libéral, il était
assez disposé à se laisser marier par lui, comme
il s'était laissé placer à Sainte-Barbe, comme
il s'était laissé inscrire à l'École de Droit, où il
avait tout doucement conquis son diplôme.

Au besoin, cependant, le sang des Giraud pouvait se réveiller en lui ; il était capable de résolution et de persistance. Mais jamais encore il n'avait senti l'instinct de la résistance, ni compris l'ardeur de la lutte; seulement, ces forces sommeillaient au fond de son cœur, inconnues au jeune homme lui-même, prêtes à se réveiller au jour solennel de l'action.

L'hiver précédent, Albert avait été présenté à Mlle Olympe, ou plutôt à sa mère, Mme Richer, de la Tourmelière, depuis qu'elle avait ajouté à son nom plébéien la dénomination aristocratique d'un château tout nouvellement acquis. Mlle Olympe réalisait l'idéal de l'oncle et ne déplaisait pas au neveu. D'une part, elle avait la gaieté et la coquette assurance d'une fille qui se connaît de jolis yeux et une belle dot; de l'autre, elle était héritière d'un château, de quatre fermes et d'une forêt en Poitou. Puis il y avait encore d'anciennes relations de métier. Le père Richer avait été le confrère du père Giraud, et venait de mourir en laissant à sa femme une filature grandiose et des rentes solides qu'elle s'était hâtée de convertir en immeubles. Avec quel transport Mme Richer

avait quitté le toit de son établissement industriel pour sa résidence de châtelaine! Elle avait
l'instinct propriétaire, cette petite Mme Richer,
vive, bavarde et alerte. Elle énumérait les pê-
ches et les melons de ses jardins avec une éloquence qui faisait venir l'eau à la bouche du
père Giraud ; elle étendait ses deux gros bras
potelés pour montrer la circonférence des
ormes de son parc, et le bonhomme voyait, la
nuit, des arbres gigantesques se dresser devant
ses yeux éblouis. Quand Mme Richer, au bout
de cinq minutes de la conversation la plus in-
différente, était parvenue à se placer sur son
terrain et à faire intervenir à tout propos *ses*
fermiers, *son* bétail, *son* foin et *ses* viviers, le
pauvre homme se sentait saisi d'une envie furieuse qui ne pouvait raisonnablement s'as-
souvir que par le mariage projeté. Certes, François Giraud eût donné son âme, s'il eût pensé
en avoir une, pour que son neveu Albert de-
vînt le maître de ce beau domaine en Poitou.
C'est en conséquence de ces projets qu'après
avoir plusieurs fois conduit le jeune homme
chez les dames Richer pendant son séjour à
Paris, il le munit un beau jour de fines chemi-

ses de batiste, de gants jaunes et de bottes
vernies, et le conduisit à la gare du chemin
de fer d'Orléans, avec les exhortations les plus
entraînantes : « Avant tout, le succès ! » lui répéta-t-il, au moment où le dernier signal ébran-
lait le convoi. « En affaires, il vaut mieux être
indélicat que d'être inhabile. Flatte, cajole,
persuade, enlève, s'il le faut ; mais réussis ! »

Nous avons vu comment Albert s'était tiré
du premier incident de son voyage, et comment il avait réussi... à se casser la tête dans
un fossé.

CHAPITRE IV.

En route.

Le chant des coqs réveilla Albert d'assez bonne heure le lendemain matin; il y avait tant d'échos dans la vieille maison déserte. Le jeune homme avait déjà oublié son accident de la veille; il se sentait frais et reposé après ce bon sommeil dans les draps un peu rudes, parfumés de racines d'iris. Aussitôt qu'il fut habillé, il alla vers les fenêtres, curieux de voir au jour cette maison qui lui avait paru si mélancolique au clair de lune. La lueur rose du matin ne la rendait pas beaucoup plus gaie. Les larges pavés de la cour avaient çà et là une teinte verdâtre, et des mousses veloutées en remplissaient les interstices. La chambre d'Albert occupait un angle du bâtiment, et, outre la croisée sur la cour, en avait une autre ouvrant sur un côté opposé. Là, s'étendait une pelouse de haut gazon d'où sortaient de larges

souches de chêne. Le parc s'avançait jadis jusqu'aux murs de la maison ; mais il avait disparu.
Quelques vieux troncs presque morts de vétusté
levaient encore de loin en loin leurs rameaux
tordus et décharnés, comme une protestation
contre cette déchéance. Il y avait eu aussi des
statues sur la pelouse ; on les apercevait, éparses et renversées dans l'herbe, comme autant
de victimes de ce désastre. Près de la maison,
une seule restait debout ; c'était une *Diane
chasseresse.* Une tige de lierre, par un hasard
singulier, s'était enroulée au piédestal de la
statue et avait fait, en grandissant, une tunique
de verdure à la déesse des forêts. Une des jambes de la chasseresse, relevée pour la course,
sortait, blanche et svelte, de cette enveloppe
de feuillage, tandis qu'une des branches les plus
frêles courait en spirales autour du bras qui
tenait l'arc brisé, et le profil de la Diane sortait, chaste, fier et éblouissant de blancheur,
au-dessus de la plante sombre.

Albert, en regardant la statue, trouva qu'elle
ressemblait à Renée, qui était si blanche et si
fière aussi.

Bientôt il entendit des pas dans la salle basse,

et pensant que la famille était levée, il y descendit. Là était Renée, les bras nus jusqu'au coude, en robe d'indienne rayée lilas et blanc, posant sur la table les jattes de lait, la motte de beurre, le gros pain de seigle, avec cette prestesse et cette grâce qui animaient chacun de ses mouvements, et la rendaient noble et élégante au milieu même des occupations les plus humbles. Gabriel parut ensuite et fut satisfait de voir le blessé si dispos et si bien guéri. Alors les trois jeunes gens prirent place à table.

— Mon père est parti de grand matin pour Niort, où il avait une affaire, dit Renée au jeune voyageur. Il n'a pas voulu vous éveiller pour vous dire adieu, et m'a chargée de vous faire, en son absence, les honneurs du logis autant qu'il sera en mon pouvoir.

— Hélas! mademoiselle, répondit Albert, je ne vous donnerai pas longtemps cet embarras ; car il faut pourtant me rendre à la Tourmelière, où l'on était prévenu de mon arrivée, et où l'on m'attendait certainement hier soir. Vous voudrez bien, n'est-ce pas, communiquer à monsieur le vicomte mes regrets de le quitter si vite et l'espérance que j'ai de le revoir bientôt. »

Renée s'inclina, et le repas s'acheva en silence. Quand il fut terminé, Gabriel dit au jeune Parisien :

« Je suis vivement peiné de n'avoir pas un bon cheval à vous offrir ; mon père a dû se servir du seul que nous possédions, et qui serait, du reste, une trop humble monture pour faire une première entrée au château où vous allez vous rendre. Dites-moi ce que je puis faire pour vous être au moins agréable ? Voulez-vous que petit Pierre vous conduise à l'auberge de Chavot ou que je vous mette sur la route de la Tourmelière, tandis que Pierre ira porter un mot à l'aubergiste, qui vous fera passer votre malle ?

— J'accepte de grand cœur votre dernière proposition, monsieur, répondit Albert. Rien ne me sera plus agréable que de vous avoir pour compagnon, si vous ne craignez pas la longueur de la route ?

— Le château n'est pas fort éloigné, répondit le jeune missionnaire, et je serai enchanté de rester avec vous quelques instants de plus.

14

Ainsi, au revoir, Renée, je vais conduire
M. Maucroix. »

Albert salua la belle fille aux bras nus comme
il eût salué une princesse, et passa la grande
grille en ruines en jetant un regard de regret
sur la demeure antique du noble vicomte et
de ses enfants.

Après avoir fait quelques pas en suivant le
mur, le jeune prêtre fit un détour et s'engagea
dans un chemin creux qui ressemblait à une
ravine. Sur les deux talus escarpés s'étaient
implantés des saules aux têtes arrondies, couvertes d'une chevelure de mousses et de lise-
rons ; les larges clochettes blanches s'épanouis-
saient en serpentant aux rameaux vert-pâle.
Çà et là, de grands sureaux balançaient leurs
grappes noires au-dessus du sentier, et des
mésanges joyeuses scintillaient en becquetant
les graines de corail des églantiers. De gros
nuages blancs couraient sur le ciel, et parfois
le soleil se détachant de leur brume argentée,
laissait tomber dans le ravin un rayon étincelant, fugitif et léger comme le sourire d'un
enfant mutin effarouché bien vite.

Albert suivit d'abord son guide en si-

lence ; mais il lui dit après quelques instants :

« Vraiment, monsieur Gabriel, ce petit coin
de terre me paraît ravissant, et, je vous le
répète encore, je m'étonne que vous ayez eu
le courage de le quitter pour chercher les périls dans des contrées lointaines Pouvez-vous
être heureux si loin de votre patrie et de votre
famille?

— Vous n'avez peut-être pas beaucoup réfléchi encore pour me parler ainsi, monsieur
Maucroix, » répondit le jeune prêtre avec douceur. « L'homme peut être heureux partout où
il trouve une grande paix intérieure à goûter
et beaucoup de bien à faire. Puis, considérez
aussi que ma position est fort difficile dans le
monde, si j'avais eu le désir d'y rester. J'étais
trop pauvre pour soutenir dignement le nom
de ma famille, trop fier pour l'abaisser ou le
ternir, trop incapable pour le relever avec éclat.
Eh bien ! Dieu m'a épargné les douleurs et les
dangers de la lutte; il m'a appelé comme un
bon père, il m'a réservé pour lui, de sorte qu'il
n'y a plus maintenant de vicomte de Mareilles,
orgueilleux et ruiné, mais tout simplement le

frère Gabriel, un des plus humbles ouvriers de la vigne du Seigneur.

— Votre père disait hier qu'il était né dans l'exil, » continua Albert. « N'a-t-il pas essayé, à son retour en France, d'obtenir une indemnité qui pût réparer ses pertes?

— Mon père était trop fier pour faire une pareille demande. Que voulez-vous? la fierté, c'est notre vice de famille, répliqua le jeune prêtre avec un sourire. Quand il est revenu de l'émigration, il a été heureux de retrouver cette maison en ruines, et oubliée dans la confiscation de ses biens. Il s'y est établi comme il a pu, il s'y est marié avec ma mère, orpheline et pauvre comme lui, il la laissera délabrée, mais fière encore, à ma pauvre Renée, qui pourra y vivre paisible et satisfaite, parce que, pour la préserver du désespoir, elle a la prière, le travail et la charité.

— Mademoiselle Renée se mariera sans doute.

— Je ne sais, monsieur; le mariage est difficile pour elle, qui a un beau nom à garder et point de dot à offrir. Au reste, je suis convaincu que la Providence fera pour ma sœur

ce qu'elle a fait pour moi, qu'elle lui choisira
et lui aplanira sa route. Jusqu'à présent, Renée a toujours été insouciante et joyeuse,
comme la pauvre colombe de mon apologue
indien. »

En ce moment, les deux jeunes gens quit-
taient le petit chemin creux et entraient sur
une route pavée. De grands champs en bordaient les côtes, portant encore la trace des
tiges de blés qu'on y avait coupées récemment.

« Nous sommes sur les terres dé la Tourmelière, » dit Gabriel ; « mais il vous faut trois
quarts d'heure encore pour arriver au château.
La propriété est très-étendue.

— J'y ferai peut-être un séjour assez long,
dit Albert ; aurai-je le plaisir de vous y voir
quelquefois?

— Je ne crois pas, monsieur. Mon père n'a
pas de relations avec la famille qui habite
actuellement le château.

— Alors, ce sera moi qui irai vous voir quelquefois.

— Et vos visites me seront bien précieuses
pour tout le temps que je resterai à la Maison-

14

Grise. Seulement, je n'y étais venu que pour
me remettre d'une maladie grave, et je retour-
nerai à la mission probablement vers la fin
de l'hiver. »

En ce moment, les deux promeneurs virent
accourir sur eux un jeune garçon de huit à
neuf ans qui, pour aller plus vite, avait pris
ses sabots à la main. Il était fort rouge et tout
essoufflé.

« Où vas-tu si vite, André? » demanda le
jeune prêtre.

« Monsieur, j'allais à la Maison-Grise pour
dire à mam'selle Renée que la vieille Sylvaine,
vous savez, là-bas, dans la petite hutte de la
grand'lande, est tombée bien mal hier soir,
et qu'elle voudrait voir la demoiselle. J'étais
allé garder les moutons par là sur la bruyère,
quand la vieille m'a appelé et m'a demandé
d'y aller à l'heure de mon dîner. Elle était
bien blanche et bien faible, allez, monsieur
le vicaire.

— Eh bien! retourne chez toi, mon garçon;
j'y vais aller moi-même; tu n'auras pas besoin
de courir chercher ma sœur. Je vais être forcé
de vous quitter, monsieur Albert, car la pauvre

femme en question est seule, sans une famille
qui prenne soin d'elle, et il faut peut-être de
prompts secours. Du reste, ce chemin vous
conduit tout droit au château ; ainsi vous n'a-
vez pas besoin de guide. Au revoir, monsieur
Maucroix ; à bientôt, je l'espère. »

Alors Albert serra cordialement la main du
jeune prêtre, et le vit se diriger vers la
lande par un sentier qui coupait les champs
de blé.

Le jeune homme, resté seul, se trouva encore
tout entier sous l'empire de ses impressions
nouvelles. Il était encore à la Maison Grise ; il
admirait la noblesse sereine du vicomte, la
simplicité fière de la belle Renée ; il entendait
encore la voix douce du missionnaire parlant
de son dévouement et de ses travaux avec sa
modestie d'apôtre. Il se demanda ensuite
comment il pourrait bien secouer toutes ses
émotions inconnues, avant d'arriver à la Tourmelière ; car il lui semblait déjà avoir oublié le
style des conversations à la mode, et l'art
difficile de nouer sa cravate avec goût.

Pour se refaire la main, il commença par
tirer son porte-cigares, alluma un havane

dont il tira machinalement quelques bouffées.

« Auriez-vous l'extrème obligeance de me
donner du feu ? » dit soudain une voix derrière lui.

Albert fit un soubresaut, comme si, du toit
ruiné de la Maison-Grise, il eût été lancé brusquement sur le boulevard Montmartre.

En se retournant, il aperçut un homme d'une
trentaine d'années environ, de taille moyenne
et légèrement épaisse, frais de teint, un peu
roux de cheveux, avec des favoris de même couleur. Il était vêtu avec le luxe un peu éclatant
d'un riche provincial, et l'œil exercé d'Albert
fut désagréablement frappé par la rayure cra-
moisie de son gilet, par l'écossais rouge et vert
de sa cravate et par les cachets massifs suspen-
dus à une lourde chaîne d'or.

« Avec plaisir, monsieur, » répondit-il en
se dirigeant vers l'inconnu.

« Je vous suis on ne peut plus obligé, monsieur, » répondit celui-ci ; « il m'est bien précieux de rencontrer un parfait gentilhomme,
un véritable chevalier français sur ce chemin
où d'ordinaire il ne passe que des paysans et
leur bétail. Je ne vous voyais que de dos, mon-

sieur ; mais j'ai tout de suite reconnu que vous
êtes un homme du monde, à la façon dont vous
lanciez la fumée de votre cigare. Vous serait-il
désagréable que je prisse la liberté de vous
accompagner, puisque nous suivons tous deux
la même route?

— Nullement, monsieur, » répondit Albert
avec politesse.

« Vous êtes fort aimable, monsieur, et votre
affabilité me confirme dans l'opinion que j'ai
conçue, quant au monde auquel vous appar-
tenez. La bonne société, monsieur! la bonne
société! Elle conserve partout et toujours un
cachet, un grand air, un je ne sais quoi qui ne
s'imite jamais, dût-on même dépenser pour
cela dix mille francs par an en souliers vernis
et en cigares de la Havane!

— Vous êtes fort indulgent, monsieur, pour
un touriste parisien très-obscur.

— Un Parisien, je m'en doutais, » continua le
bavard acharné. « Il n'y a pas un homme dans
tout le département des Deux-Sèvres, qui aurait
pu faire ainsi le nœud de sa cravate. Tenez,
voici moi, par exemple, Saturnin Champion,
pour vous servir, à qui mon père a laissé une

l'ortune très-passable et le plus gros commerce de farines du département; eh bien! moi qui vous parle, je reconnais mon infériorité, je confesse mon insuffisance à égaler les manières et le chic par excellence du moindre rapin de la capitale qui vient croquer des paysages dans nos environs.

— Oh! monsieur, vous exagérez nos faibles mérites, » répliqua Albert, que la conversation commençait à mettre en gaieté.

« Non, monsieur, je n'exagère rien! je constate... et j'admire, » continua Saturnin Champion avec la gravité d'un homme qui vient d'émettre un axiome incontestable. « Vous êtes uniques pour le genre et les manières, vous autres Parisiens. Aussi quelle carrière triomphale s'ouvre devant vous à votre apparition en province! C'est pour vous que les jeunes filles révètent leurs mousselines les plus empe-sées et roucoulent leurs romances les plus ex-pressives; c'est pour vous que les mamans préparent leurs crèmes savoureuses, et sortent des armoires le plus beau linge damassé; pour vous encore que les papas dépensent libéralement une bonne part de leur budget, en dindes truffées et en champagne de la veuve Cliquot. Vous n'avez qu'à vous montrer pour que le barége rose se déploie, que les fourneaux s'allument et que les bouchons sautent.

— Est-il possible, monsieur, qu'on puisse faire de tels frais en notre honneur? » demanda Albert. « Il est vrai que j'en suis à ma première excursion en province; mais, dans la maison où j'ai reçu l'hospitalité, je n'ai pas remarqué qu'on se fût mis en toilette et en dépense, quoi que j'aie pourtant été accueilli avec beaucoup d'affabilité.

— C'est que vous êtes tombé sans doute dans quelque chétive maison de hoberau ruiné, ou de pauvre officier en retraite, et qu'il n'y avait point de demoiselle à marier. Mais tenez, si vous aviez vu et entendu les petites scènes dont j'ai été témoin hier, vous ne viendriez pas maintenant me faire de la fause modestie. C'est dans un château.... des environs, où je vais souvent... pour affaires. On attendait un Parisien, entrevu dans les bals de cet hiver, dont le principal mérite est, je crois, d'être le neveu de son oncle, d'après ce que j'ai pu recueillir dans la conversation. Or, dans ce château, il y a une demoiselle, fort gen-

tille, ma foi, et dont la dot ne gâte rien. Eh bien!
figurez-vous que, dès le matin je la vois appar-
raître dans une robe toute vaporeuse, chamar-
rée de rubans, avec des cheveux terriblement
crêpés et le plus languissant des sourires. La
maman, en bonnet à fleurs larges comme ça,
va et vient de son salon à sa cuisine; on met un
petit paysan en faction au bout de l'avenue pour
signaler l'arrivée du Parisien. Mademoiselle tantôt s'approche de la croisée, tantôt se met au
piano pour repasser les roulades de son grand
air, ou bien recrêpe ses cheveux devant la glace,
et, grâce à sa préoccupation importante, répond à peine et ne sourit pas du tout aux propos aimables de votre serviteur. C'est tout
simple : on attend un Parisien! Mais aussi, le
soir, que j'ai bien eu ma revanche! Savez-vous
ce qui est avenu?

—Non, » dit Albert, riant dans sa moustache.

« Eh bien! il est avenu... que le Parisien
n'est pas venu. Figurez-vous le désappointement, la triste déconfiture : « Que c'est désagréable de faire des préparatifs pour rien! disait la maman! Avec cela qu'il peut arriver
demain ou après demain, quand ma galantine

de saumon sera tombée en marmelade, et que
je n'aurai plus de gibier, parce que le chevreuil est déjà un peu faisandé. — Si j'avais
su, disait la demoiselle, je n'aurais pas gâté
inutilement ma robe de mousseline de Chine ;
j'ai justement sali un des nœuds et il faudra
envoyer à Saumur pour le remplacer. J'étais si
bien en voix aujourd'hui. On dit pourtant que
l'exactitude est la vertu des gens bien élevés.
Ce n'est pas tout d'être neveu d'un ancien filateur qui nous laissera cinquante mille livres
de rentes, reprenait la maman en relevant la
tête d'un air dédaigneux ; faut encore autre
chose que de belles espérances pour être reçu
dans la bonne société. » Ah ! monsieur, comme
ce dépit-là me chatouillait le cœur ! comme ces
mines refrognées de la fille et de la mère me
dédommageaient bien de l'indifférence qu'elles
m'avaient témoignée tout le jour, à moi qui
suis, d'ordinaire, assez bien accueilli par elles!
Je vois bien leur jeu, allez ! On a beau être
marchand de farines, ça ne vous empêche pas
d'avoir l'esprit pointu. Les dames du château
savent bien que je représente une des plus
belles fortunes du département ; aussi d'ordi-

naire on me fait pas mal de cajoleries ; c'est
mon cher monsieur Champion par-ci, monsieur
Saturnin par-là. Je puis dire à la demoiselle
que ses yeux sont deux diamants noirs, et on
m'écoute avec un petit sourire. Mais qu'un
Parisien se montre à l'horizon ; baste ! me
voilà enfoncé dans le troisième dessous : je
n'ai plus qu'à plier bagage et à baisser pavillon !

— Si vous êtes sûr de ce que vous avez cru
apercevoir, » répondit Albert, « ceci doit, monsieur, refroidir beaucoup votre admiration
pour les beaux yeux de la demoiselle.

— Eh bien ! cela ne me décourage pourtant
pas tout à fait, » reprit Saturnin. « Il y a quelque
chose de sérieux à considérer, voyez-vous. C'est
que la demoiselle aura environ cent cinquante
hectares de bonne terre noire, un paradis pour
le froment, et que ça irait joliment bien pour
mon commerce de farines. Or un pareil morceau de terrain ne se rencontre pas tous les
jours, et vaut bien la peine qu'on se donne du
mal pour l'obtenir, surtout quand il y a avec
un château comme celui de la Tourm.... »

Ici, Saturnin Champion s'arrêta court, s'apercevant trop tard que l'ardeur de son débit l'avait entraîné jusqu'à l'indiscrétion.

« De la Tourmelière, » continua Albert en souriant. « Achevez sans crainte le nom du château, monsieur. Il vaut mieux que j'apprenne à le connaître, puisque j'y vais.

— Ah ! c'est donc vous qu'on... c'est vous qui...

— C'est moi qu'on attendait hier, et qu'un accident a privé du plaisir de voir la toilette de mademoiselle Olympe et de goûter la galantine de saumon.

— Eh bien ! je me suis joliment enferré, moi, par exemple... et les autres avec, » ajouta Saturnin avec un gros rire.

« Ne regretttez rien, mon cher monsieur Champion. Vous n'avez rien dit qui puisse m'affliger ou vous nuire. Vous connaissez ces dames depuis quelque temps ; moi, je les ai vues quatre ou cinq fois à peine ; vous avez, peut-être, une inclination formée, et mes sentiments ne sont pas bien prononcés encore. Je sais bon gré à ces dames des préparatifs qu'elles faisaient pour moi ; mais je ne regretterai pas qu'ils aient été déployés en pure perte, à moins,

toutefois, que le chevreuil ne soit trop faisandé !
Mon oncle a des projets pour moi, comme vous
en avez pour vous-même : le temps et les circonstances décideront qui de nous deux sera
vainqueur. Nous pouvons tous deux reconnaître
que mademoiselle Olympe a de beaux yeux et
une belle dot, sans que cela nous empêche de
nous donner la main et de vivre en bons camarades, n'est-ce pas, mon cher monsieur
Champion?

— Je vous ai déjà dit, monsieur, que vous
êtes un parfait gentilhomme, » dit Saturnin en
acceptant la main qu'Albert lui tendait en souriant. « Votre franchise et votre loyauté me
confirment dans la bonne opinion que j'avais
déjà conçue, et je vous déclare, pour ma part,
que, si les cent cinquante hectares de mademoiselle Olympe ne doivent pas être à moi, je
désire de tout mon cœur qu'ils soient à vous. »

Albert s'inclina en signe de remercîment, et
les deux rivaux amis commencèrent une conversation moins délicate ; car ils parcouraient
en ce moment l'avenue de chênes de la Tourmelière et allaient franchir la grille du château.

CHAPITRE V.

La Tourmelière.

Les deux jeunes gens pénétrèrent sans difficulté dans la vaste cour sablée, ornée d'une verte pelouse où croissaient de magnifiques hortensias. Devant eux se dressait la blanche façade du château, édifice d'un style tout moderne, avec son perron plus coquet que grandiose, et couvert d'arbustes fleuris. Ils allaient y monter, quand la porte vitrée s'ouvrit brusquement, et une dame en robe de soie verte et en coiffure de rubans ponceau s'avança précipitamment à leur rencontre.

« En voici une agréable surprise ! » s'écriat-elle en les abordant. « Monsieur Maucroix qui nous arrive, conduit par monsieur Champion. Une charmante rencontre ! Est-ce que vous vous connaissez, messieurs ?

— Nullement, madame, répondit Albert. Mais j'ai eu le plaisir de trouver en chemin

15.

monsieur, qui venait aussi vous rendre visite, et nous avons fait route ensemble.

— Voyez un peu, quel singulier hasard ! Mais comment se fait-il, monsieur Albert, que vous soyez venu à pied, seul, sur la route ? »

En ce moment parut mademoiselle Olympe, qui n'avait pas ce jour-là sa robe à nœuds de ruban, et qui en gardait, sans doute, rancune à Albert ; car elle lui fit un salut plus cérémonieux que cordial.

Lorsqu'on fut assis au salon, madame Richer reprit son interrogatoire.

« Dites-moi donc, monsieur Albert, par quel hasard vous arrivez ainsi ce matin sans tambour ni trompette. Nous vous attendions dès hier.

— Et je comptais être aussi arrivé, hier, madame. J'étais avant quatre heures sur la grande route, à l'auberge de la Branche-de-Houx.

— A quatre heures ! et vous n'êtes pas venu ici tout droit. Où donc avez-vous passé la soirée ?

— Madame, je l'ai passée en partie dans un fossé ; en partie dans une maison des environs, où j'ai été reçu comme un ami, quoique je ne fusse qu'un inconnu.

— Ah ! par exemple. Voilà qui est curieux! Dans un fossé !

— Qu'alliez-vous donc faire dans ce fossé? monsieur Albert, » dit Olympe, commençant la conversation par une escarmouche.

« Mademoiselle, je n'y allais pas rêver ni écrire une ode à la lune, croyez-le bien. La lune s'est levée trop tard pour cela. J'étais à me promener sur la lande quand je me suis perdu dans le brouillard. Il n'y avait pas d'étoiles pour rayonner dans ma nuit, comme dirait un poëte. Donc j'ai roulé tout bonnement au bas d'un talus, où j'ai eu la mauvaise chance de rencontrer des pierres, et la bonne chance d'entendre venir un paysan qui m'a tiré de là pour me mener à la Maison-Grise.

— Ah! c'est à la Maison-Grise que vous avez passé la nuit, » demanda madame Richer. « Comme ça doit être froid et sombre dans cette vieille masure ! Chaque fois que je passe devant et que j'aperçois le grand mur tout démoli,

et les girouettes qui grincent sur les toits, je
sens un frisson qui me court dans le dos.

— La maison est un peu sombre, en effet,
mais m'a paru bien pittoresque au clair de lune.
De plus j'y ai trouvé un bon feu, de ces feux
qui flambent si gaiement dans les hautes cheminées de marbre du siècle passé, et, mieux
que tout cela, des hôtes pleins d'amabilité et
de prévenances.

— Ils ont pourtant l'air bien drôle, ces gens
de la Maison-Grise. Ils viennent à la messe dans
une méchante carriole avec un vieux cheval
roux. Avec cela il porte toujours la tête bien
haut, avec une mine fière, monsieur le vicomte de Mareilles. Belle affaire pourtant! un
vicomte qui n'a pas le sou!

— Il y là une jeune fille, mademoiselle Renée?» demanda Olympe. «Assez grande, n'est-
ce pas, un peu pâle, avec des yeux noirs dédaigneux?

— Je ne connais pas exactement la nuance
des yeux de mademoiselle Renée, répondit
Albert à la taquine jeune fille; mais, quant à
leur expression, ils m'ont semblé doux et bien-

veillants, surtout lorsqu'en apprenant mon
accident elle s'est charitablement inquiétée
de ma blessure.

— De votre blessure ? » s'écria madame Richer.

« Je crois vous avoir dit, madame, que je
n'étais pas tombé sur le gazon d'une pelouse,
mais bien sur un lit de cailloux. J'en avais
porté une égratignure qui s'est déjà refermée,
grâce aux bons soins de monsieur Gabriel de
Mareilles.

— Ah ! le jeune prêtre ! » continua madame
Richer d'un air de dédain. « Faut que ce vicomte soit vraiment un drôle d'individu. N'avoir
qu'un seul fils et l'envoyer se faire manger par
les sauvages au Pérou ou en Cochinchine ! C'est
par orgueil qu'ils font cela : ils ne trouve-
raient pas de position à remplir, ces nobles
ruinés.

— Permettez, madame : je ne trouve pas
votre appréciation tout à fait juste. Là où vous
voyez le dépit de l'impuissance, je trouve,
moi, la sublimité du dévouement. Seulement
ce dévouement est mal apprécié. Le monde
prodigue ses applaudissements et ses sourires

au soldat heureux qui fait flotter son drapeau
sur les remparts ennemis ; mais il oublie ou
dédaigne le courageux soldat du Christ qui va
planter la croix sur un sol aride, en donnant
parfois son sang pour le féconder.

— Ah ! mon Dieu ! monsieur Albert... je ne
m'attendais pas à vous voir faire le dévot.

— Pas plus, madame, que moi je ne m'attendais à vous voir faire l'esprit fort. Mais lais-
sons-là la famille de Mareilles, si vous le voulez
bien, continua Albert, avec une politesse de
bonne compagnie, et permettez-moi, madame,
de vous faire compliment sur la beauté de
votre résidence et sur le goût dont vous avez
fait preuve en l'embellissant. »

A cet ingénieux détour, Saturnin Champion
fit une légère grimace. Albert, par son habile
manœuvre, regagnait tout d'un coup le terrain
qu'il avait perdu dans les escarmouches précé-
dentes. Son rival se trouvait donc distancé,
et n'avait plus qu'un moyen de rétablir ses affaires, c'était de renchérir encore sur les éloges
du Parisien.

« N'est-ce pas, monsieur Maucroix, » se hâta-
t-il d'ajouter, « que madame a arrangé son par-

terre et son salon de la façon la plus élégante?
Regardez, par exemple, cette jardinière pleine
de cactus, encadrée de rideaux de satin bouton
d'or. Trouveriez-vous quelque chose de plus
coquet dans un boudoir de Paris?

— Ah!... y avez-vous été souvent, à Paris?
monsieur Saturnin, » demanda la railleuse
Olympe, l'œil fixé sur le gilet à raies cramoi-
sies.

« Mademoiselle, j'y suis allé trop rarement
pour mon instruction et mon plaisir, quoique
trop souvent pour mes affaires et pour ma
bourse, » répliqua humblement le négociant
en farines.

« Mais moi qui y ai toujours habité, » interrompit Albert, « je partage entièrement l'opinion de M. Champion, et je déclare que la Tourmelière me paraît un véritable palais de fées.

— Bah! vous n'avez rien vu encore, » dit
madame Richer avec une petite moue triomphante. « Qu'est-ce que vous direz donc quand
vous aurez visité mon belvédère avec un télescope, et mon pigeonnier construit sur le modèle de la tour de porcelaine de... de... de
Pékin. Et mes élèves!., monsieur Albert, vous

m'en direz des nouvelles : des vaches qui
pourraient concourir pour le bœuf gras,
l'année prochaine; des porcs, qui ne sont pas
des porcs, mais de vrais sangliers. Mais nous
verrons tout cela après le dîner, qui est servi,
et où vous n'aurez rien que des produits de
mes terres... »

Et madame Richer, portant son embonpoint
avec la majesté d'une reine, trottina vers la
salle à manger au bras d'Albert, suivie de mademoiselle Olympe et de Saturnin.

Quand le neveu de M. Giraud se trouva assis
devant la table somptueuse, étincelante de
porcelaines et d'argenterie, il se rappela soudain son souper de la Maison-Grise, le plat de
lard et de choux, les assiettes de faïence et les
couverts d'étain. Ce contraste mélancolique
lui traversa l'esprit comme un reproche :
« Hélas! » pensa-t-il, « où serait-il mieux de
vivre? Là-bas, avec la misère noble et digne;
ici, avec la sottise dorée? Plaise au ciel que je
n'aie jamais à me poser un tel dilemme, et que
je ne perde jamais mà médiocrité bénie! »
Puis, ayant fait sa part à la réflexion philoso-
phique, il commença à savourer son repas en

épicurien satisfait. Tout y était parfaitement
ordonné; la galantine de saumon n'y figurait
plus, il est vrai, mais le chevreuil était encore
fort mangeable.

Après le dîner, l'inévitable promenade dans
les jardins. Pour le coup, madame Richer avait
oublié son embonpoint de sultane et sa majesté de reine. Elle allait, venait dans ces allées sablées et tirées au cordeau; s'arrêtant, ici
pour cueillir un fruit, là pour expliquer un
procédé de culture, riant d'un rire éclatant et
frappant dans ses deux mains grasses et courtes à chaque nouvelle *surprise* qu'elle mena-
geait au voyageur.

« Voyez mon chasselas, là-bas, sur la treille.
Je l'ai fait venir tout exprès de Fontaine-
bleau; il me revient à trente francs le cep, frais
compris. C'est cher, mais c'est bon. Chaque
grain vous fond dans la bouche. Seulement, ce
n'est pas tout le monde qui peut se permettre
une pareille dépense. J'en ai trente ceps.

— Voilà neuf cents francs bien employés! »
dit Albert à part lui.

« Aimez-vous les fleurs, monsieur Man-
croix. Vous devez les aimer; c'est bon genre

d'aimer les fleurs. Tenez, voilà des *fluxias*
que je cultive moi-même, que j'arose de mes
propres mains. Ceux-ci, *duchesse d'Orléans*, ont
remporté un prix à Angers. Je ls avais en-
voyés à l'exposition de... d'o... ah!ah! d'horti-
culture. Quel drôle de mot, n'est-e pas, monsieur Maucroix ? On dirait que ç signifie la
culture des orties. Je ne crois pas purtant que
les propriétaires de ce pays-ci soint tentés de
perfectionner cette mauvaise hebe. Ce n'est
pas chez moi toujours qu'on pourait en rencontrer; je me flatte de surveille assez bien
mes terres pour qu'on ne puisse ps en dénicher une à deux lieues à la ronde

— Permettez, madame, » repri Champion,
qui avait à cœur la réputation es propriétaires du département, « je crois qe vous faites
erreur quant à la signification d mot. Cela
veut dire quelque chose comme jrdin; *hortis*
ou *hortus*, je crois, n'est-ce pas, mnsieur Maucroix ? J'ai autrefois appris le latà au collége
de Niort ; seulement, ma foi, tot cela s'est
bien rouillé depuis, car je n'en vais pas besoin pour tenir mes livres.

— Ah! c'est comme moi, mor cher mon-

sieur Champion , » repartit Mme Richer... « Que
voulez-vous? on n'a guère le temps de devenir savante quand on fait du matin au soir les
comptes d'une filature. Mais vous ne dites rien,
monsieur Albert ; est-ce que la promenade
vous ennuie ?

— Pardonnez-moi, madame ; j'écoute et...
j'admire, voilà pourquoi vous me trouvez silencieux. »

Dans ce moment, en effet, il regardait
Olympe, à qui le babil et les singulières mé-
prises de sa mère avaient fait monter le sang
aux joues, et à qui ce petit dépit allait réellement à ravir.

La promenade se prolongea encore assez
longtemps ; car Mme Richer ne pouvait se résoudre à faire grâce au nouveau venu d'une
seule plante de *sa* serre, ni d'un seul rocher
de *son* parc. Albert, perdu dans un déluge
d'azaléas, de pélargoniums , de grottes et de
cascades, se répétait mille fois à lui-même que
la propriété la plus enviable est celle dont on
parle le moins. A peine était-on rentré au
château, qu'il y arriva des visites ; heureuse
et puissante diversion. D'abord un médecin

des environs, puis le receveur de l'arrondisse-
ment et son épouse.

Albert se trouvait en province pour la première fois. Il écouta d'abord avec une sorte de
curiosité ces caquets et ce babillage tournant
sans cesse dans le cercle des infiniment petits.
Les appréciations les plus étendues n'allaient
pas au delà du rayon de la sous-préfecture. Dans
les récits, tous plus ou moins médisants, reve-
naient sans cesse les noms de cette petite aris-
tocratie bourgeoise ou bourgeoisie aristocratique : M. le sous-préfet, les notaires, les rece-
veurs, quelques maires et le juge de paix. Albert s'amusa de voir qu'à Thouars la destitution
d'un directeur des postes faisait plus de bruit
qu'à Paris la démission d'un ministre. Mais au
bout d'une demi-heure , il trouva pourtant
fastidieux d'apprendre comment la femme
du notaire faisait beaucoup de dettes chez les
modistes et avait reçu, à l'insu de son mari,
plusieurs notes foudroyantes ; comment l'é-
pouse du sous-préfet avait rappelé en toute
hâte sa fille de sa pension de Paris, depuis
l'arrivée du jeune substitut auquel elle accordait son patronage. Tout à coup il se souvint

que, la veille, Gabriel lui racontait à cette
heure la parabole du chef sioux, et, en se rappelant cette belle et sereine poésie, il prit en
pitié les plats caquets de la Tourmelière. Mais
la musique restait, et Olympe était en voix
ce soir là. Quand Albert eut achevé de chanter le duo de *Raoul et Valentine*, il avait oublié l'apologue indien et le langage suave de
Gabriel, aussi bien que les froides médisances
des hôtes de Mme Richer. Son âme s'était envolée sur les ailes de la mélodie, et se berçait
bien haut dans les régions de l'amour, de la
jeunesse et de l'extase. Mais Albert n'avait pas
pour rien du sang de Giraud dans les veines;
il retomba promptement de sa sphère éthé-
rée, et se dit qu'après tout la musique ne prou-
vait rien, parce qu'on ne pouvait pas chanter
toujours, et que Meyerbeer était bon pour
faire rêver une heure, le soir, quand la lune
était belle, et qu'on avait pris du thé vert un
peu trop fort. Ce fut au milieu de ce désen-
chantement qu'Albert s'endormit à la Tourmelière, dans une chambre imprégnée du
comfort et de l'élégance qu'il est si facile de
se procurer, quand on a quarante mille francs

16.

de rente. Mais son sommeil même ne fut pas tranquille : il se voyait perdu dans une forêt de dahlias monstres et d'azaléas de six pieds de haut, et n'apercevait au-dessus de sa tête que le pigeonnier chinois surmonté du visage railleur de Saturnin Champion qui lui faisait des grimaces.

CHAPITRE VI.

Ici et là.

Le lendemain et les jours suivants se pas-
sèrent à la Tourmelière d'une façon assez monotone, ainsi qu'Albert l'avait prédit à ses
hôtes de la Maison-Grise. Le matin on se pro-
menait dans les jardins, l'après-midi dans les
bois, ou sur la petite rivière voisine ; le soir, on
faisait de la musique, et quand la société était
nombreuse et qu'on se sentait en gaieté, on
jouait des charades. Albert ne trouvait pas
ces occupations excessivement divertissantes ;
mais jusqu'ici il n'avait jamais éprouvé, pour
quoi que ce fût au monde, d'intérêt exclusif
ou de préoccupation passionnée. D'ailleurs,
les instructions de son oncle lui prescrivaient
de passer quelque temps à la Tourmelière, et
Albert s'y résignait en neveu obéissant, examinant soigneusement si dans cette vie nouvelle, il ne rencontrerait pas un petit coin

riant et solitaire où son cœur voulût se blottir
pour y faire son nid. Mais, pendant ces quelques jours, il n'avait rien trouvé; l'oiseau se
sentait libre encore et volage. Mme Richer était
vulgaire et sotte au dernier point; Saturnin
Champion était un farceur mauvais genre;
mademoiselle Olympe... oh! pour mademoiselle Olympe, elle pratiquait merveilleuse-
ment le système d'oscillations et d'équilibre,
grapillé jadis dans Machiavel par la subtile
Florentine Catherine de Médicis. Un gouver-
nement constitutionnel quelconque eût envié
à mademoiselle Richer l'art avec lequel elle
ménageait et tenait en respect les deux partis
extrêmes, favorisant alternativement l'un et
l'autre sans se fixer à aucun. Un acrobate
consommé ne marche pas plus fermement sur
sa corde, tête en l'air et jarrets tendus, que
ne le faisait la jeune fille entre l'élégant Parisien et le provincial millionnaire. Lorsqu'elle
avait chanté, la veille, plusieurs duos avec
Albert, elle acceptait exclusivement le bras de
Champion pour la promenade du lendemain;
si elle avait donné une fleur à l'un, vous pouviez être sûr qu'elle laisserait tomber son mou-

choir pour l'autre. Il est vrai que chacun des
deux avait le pour et le contre : les costumes
d'Albert sortaient des ateliers de Dusautoy,
tandis que Saturnin étalait des gilets à raies
insolites, peut-être insolentes. Mais le premier
était sans position, sans fortune personnelle ;
son avenir dépendait entièrement de la mu-
nificence de l'oncle Giraud; tandis que le second pouvait offrir, avec son cœur, cinquante
mille francs de rente en portefeuille, et d'é-
normes magasins de farines. Or, on peut avoir
de beaux yeux langoureux, chanter passablement, et en même temps être capable de faire
une addition. Je voudrais bien voir qu'une
jeune fille élevée à Paris dans le grand pensionnat des Dames B***, en sortît sans pouvoir
comprendre une règle d'intérêt; elle ferait
une belle réputation à ses professeurs ! Or,
mademoiselle Olympe avait toujours remporté
les prix d'arithmétique.

Mais, par contre, Albert n'en avait jamais
obtenu aucun. Il était avocat de nom, flâneur
de profession, musicien a charné par boutades,
et paresseux avec délices. Un léger penchant à
l'indécision et à la rêverie se mêlait à toutes

ses belles qualités et ne lui messéait pas. Ce
fut donc en rêvant assurément qu'un jour,
étant grimpé au fameux belvédère, en compagnie de Saturnin Champion, il s'approcha
nonchalamment du vitrage et regarda, loin,
bien loin, par delà la bruyère, les murs croulants et le toit d'ardoises de la Maison-Grise.
Alors, tout en bâillant, et dans un demi-sommeil sans doute, il dirigea le télescope de ce
côté, et y appliqua son œil, tâchant d'y découvrir quelques détails plus précis de la vieille
maison, si morne, qu'elle semblait déserte.
Mais il eut peu de temps pour la considérer.

« C'est donc là que Rose respire,

et c'est donc pour cela que vous avez l'air si distrait, quand vous ne chantez pas? » demanda
la voix railleuse de Saturnin, qui lui frappait
familièrement sur l'épaule.

Albert se retourna avec humeur : « Monsieur
Champion, » répliqua-t-il d'un ton expressif,
« je ne sais ce que vous voulez dire. Je puis
avoir l'air parfois distrait ou ennuyé; mais je
vous prie de ne pas vous en inquiéter, pas plus
que je ne m'occupe de vos gilets mirifiques.

Chacun de nous peut avoir ses ridicules ; mais
dans le monde auquel j'appartiens, lorsqu'on
les remarque, on les passe poliment sous silence.

— Bah ! bah ! ne nous fâchons pas, » répliqua le pacifique marchand de farine ; « j'ai
voulu plaisanter un peu, comme un garçon
sans malice que je suis. Du reste, si jamais
vous vous avisiez de préférer une vicomtesse
de Mareille sans dot à mademoiselle Richer
de la Tourmelière, vous comprenez bien que
je n'en serais pas fâché, et que je n'y trouverais
rien à dire. »

Albert ne répondit que par un léger haus-
sement d'épaules, et descendit du belvédère,
le front assez rembruni. Une ou deux heures
plus tard, la poste lui apporta une lettre de
son oncle. Voici ce que M. Giraud disait à son
neveu :

« Mon cher,

« Je m'étonne de n'avoir pas encore reçu de
« toi quelques récits sur tes victoires et con-
« quêtes. Songe que tu devrais bien m'en

« envoyer un bulletin de temps à autre. Je
« sais que, dans les salons où tu as vécu, il
« n'est pas d'usage, pour un jeune homme
« bien élevé, de faire l'amour à la hussarde ;
« mais, d'un autre côté, la lenteur est impoli-
« tique ; il faut battre le fer pendant qu'il est
« chaud.

« Chaque soir, lorsque je vois la lune se
« lever au-dessus du magasin de nouveautés
« qui fait le coin du boulevard, je pense à
« mademoiselle Olympe et à toi, et je me
« dis : A présent, mes deux amoureux se pro-
« mènent sans doute bras dessus bras des-
« sous dans le parc de la Tourmelière. Com-
« bien d'allées désertes ont-ils parcourues?
« Combien de soupirs mal étouffés ont-ils
« laissé échapper sous l'influence irrésistible
« de cet astre protecteur des amants? Tu vois
« donc bien, mon cher Albert, que puisque
« ton oncle poétise, il est disposé à l'indul-
« gence. Ainsi, parle sans crainte ; avoue-moi
« tes transports et tes espérances ; ta confes-
« sion la plus hardie sera accueillie sans au-
« cune sévérité, et tu pourras même rece-

« voir, avec l'absolution, la bénédiction de
« ton oncle,

« François GIRAUD. »

« *P. S.* J'espère que, lorsque tu parcours
« les allées du parc, l'amour ne te trouble
« pas entièrement la vue, et que tu as des
« yeux pour autre chose encore que pour la
« taille mignonne et les cheveux crêpés de
« mademoiselle Olympe! Il m'importe beau-
« coup de savoir si les arbres de haute futaie
« sont aussi nombreux et aussi énormes que le
« prétend madame Richer. Pour les terres en
« culture, je sais à quoi m'en tenir; j'ai vu
« les plans du cadastre et les baux des fermiers.
« Mais tu comprends que la valeur des bois
« varie beaucoup suivant leur hauteur et leur
« épaisseur. Je ne voudrais pas m'en laisser
« conter par cette grosse maman Richer. Ainsi,
« sois homme, et sache mener de front l'a-
« mour et les affaires. Aie l'œil au guet, et
« tu n'achèteras pas chat en poche. Songe
« que c'est un avis essentiel que te donne

« ton oncle,

« François GIRAUD. »

Albert, en achevant cette lettre, la froissa

dans ses mains avec dépit. Décidément il jouait
de malheur ce jour-là : « En voici un qui
me raille ; l'autre m'espionne, » pensa-t-il avec
humeur. « Et, pour comble de félicité, madame
Richer, qui se propose de nous mener manger
des fromages à la crème à sa ferme des Or-
moies ! Non, c'en est trop pour un jour ! Il
faut que je prenne un peu l'air. Je ne suis
pas un enfant après tout, et j'irai où bon me
semble. »

Et, sur cette résolution énergique, Albert
prit sa casquette, son fusil de chasse, et s'é-
clipsa sous les grands arbres du parc. De quel
côté allait-il? C'est bien simple, il allait à la
Maison-Grise. Son cœur de jeune homme, simple et affectueux encore, venait de se réveiller.
On lui rappelait brutalement qu'il devait penser avant tout au mariage et aux affaires ; et lui
songeait qu'il aurait mieux aimé d'abord rencontrer des amis. Or, ces amis, il ne les voyait
que sous le toit décrépi, derrière le mur en
ruines. Voilà pourquoi il allait à eux d'un pas
rapide, sans même donner un regard à la
circonférence des chênes de la Tourmelière,
neveu ingrat qu'il était.

Il retrouva aisément son chemin à travers la lande, et arriva bientôt devant la vieille maison. La grille en était ouverte, il y pénétra sans rencontrer personne. La porte du perron n'était même pas fermée, tant était grande la confiante sécurité des habitants de cette maison, trop respectés pour craindre les insultes, trop pauvres pour tenter les malfaiteurs. Mais le jeune homme l'eut à peine dépassée, qu'il s'arrêta sur le seuil, immobile, retenant son souffle, tout entier à ce qu'il entendait. Voulez vous savoir ce qu'il entendit, lecteur? Eh bien, il entendit d'abord un clavecin. C'est bien à dessein que nous employons ce nom antique, parce que l'instrument aux sons grêles, à la voix légèrement fêlée, remontait évidemment à l'époque où cette dénomination était en vigueur. Mais heureusement le clavecin n'était pas seul. Deux voix pures et sonores, fondues avec une merveilleuse harmonie, chantaient un adagio empreint d'une majesté sublime et d'une ravissante douceur.

La voix pathétique de Renée exhalait avec une suavité enchanteresse ce chant mélodieux

et limpide, accompagné par Gabriel en notes
plus basses et sonores. Tantôt les deux voix
vibraient à l'unisson; tantôt le soprano s'élevait en invocation plaintive et douce, puis revenait au chœur, magique de puissance et de
majesté.

Albert écoutait avec admiration et en silence;
il ne connaissait pas cette musique qu'il n'a-
vait jamais entendue, et dont le style large
et simple ne rappelait en rien les broderies
mélodiques de l'école moderne. Sans le savoir,
il avait marché jusqu'à la pièce où se tenaient
les chanteurs, et au dernier accord, suave et
mourant comme la vibration d'une harpe, son
instinct d'artiste se réveilla en lui et il poussa
brusquement la porte. Renée, debout auprès
du clavecin, se retourna en tressaillant; Gabriel, qui vit entrer le jeune homme avec son
fusil sur l'épaule et une larme dans les yeux,
se leva avec un sourire.

« De qui est cette musique que vous chan-
tiez si bien tous les deux?» demanda Albert
tout ému.

« C'est un psaume du vieux maître Mar-
.cello, » répondit le jeune prêtre; « le fameux

Cœli enarrant gloriam Dei, que l'on regarde comme une de ses plus belles inspirations.

— Hélas! moi qui suis un habitué des Italiens, j'ai honte de dire que je ne connaissais pas ce chef-d'œuvre. Mais je devrais avoir honte aussi d'être entré sans façon, en vrai rustre, tant votre chant m'allait au cœur. Pardon, mille fois pardon, mademoiselle Renée.

— Oh! ma sœur vous pardonnera aisément,» dit Gabriel; «car vous étiez alors subjugué par la musique du vieux maître qu'elle aime tant.

—Comment ne l'aimerais-je pas?» dit Renée pensive encore. « C'était celui que notre mère chantait de préférence ; c'est celui qu'elle-même m'a fait étudier. Dans plusieurs de ces psaumes, j'entends encore le son de sa voix et je crois retrouver quelques-unes de ses pensées. Il y a des notes qui me tombent sur le cœur comme les larmes que ma mère laissait couler en les chantant. Bien souvent je ne vois plus le livre ouvert devant moi, ni le vieux clavecin désaccordé; mais je crois entendre une mélodie divine vibrer bien haut,

17.

bien loin, si parfaite et si pure, que je la comprends et l'admire sans pouvoir l'imiter.

— C'est pour cela que vous chantez si bien, » dit Albert avec enthousiasme. « Tout à l'heure je sentais, en vous entendant, que la divine pensée du maître vous avait saisie tout entière, et que le mondé extérieur ne vous absorbait plus. Soyez seule ici, ou entourée d'auditeurs nombreux, quand vous vous pénétrez de cette inspiration magique, votre voix s'élève au ciel et votre âme suit votre voix. Oh! mademoiselle, je me flatte de déchiffrer passablement une partition; mais, près de vous, je ne suis pourtant qu'un novice. Je ne pourrais jamais chanter ce psaume d'une manière passable, après vous et monsieur Gabriel.

— Vous le pourriez peut-être, si c'était votre mère qui vous l'eût appris, » répondit la jeune fille avec une expression profonde.

Albert ne répliqua rien; il pensait que, peut-être, Renée avait raison, et que ce qui donnait à sa voix tant de charme et de puissance, c'était le sentiment, le souvenir, la flamme intérieure et divine.

Et il regardait Renée, dont les yeux s'é-
taient baissés après l'éclair magique qui les
avait allumés, et entre les longs cils desquels
on voyait perler une larme.

O mademoiselle Olympe, que vous étiez loin
dans ce moment avec votre système de bascule
et vos roulades italiennes !

« Je comprends la prédilection de ma sœur
pour le vieux maître dont nous avons étudié
les chants dès l'enfance, » dit à son tour Gabriel. « Souvent dans de belles nuits d'Amérique, quand j'étais seul dans l'immensité des sa-
vanes ou des forêts, et que je sentais mon âme
s'élever sur les ailes de la prière et de l'extase, c'était toujours un hymne de Marcello
qui me venait aux lèvres et qui exprimait le
mieux ce que j'avais au fond du cœur.

— Seulement je n'étais pas là pour t'accompagner, » dit Renée avec tristesse. « Que ne suis-je
un homme aussi ? Je ne t'aurais jamais quitté ;
nous aurions souffert ensemble, prié et ramené
des âmes au Seigneur.

— Tu oublies mon père, » dit Gabriel avec
un doux reproche dans la voix.

« C'est vrai, » reprit la jeune fille. « Il a tant

besoin d'un peu de tendresse et de gaieté dans cette grande maison solitaire. Allons, mon frère, Dieu fait bien ce qu'il fait.

— Et pourtant vous devez beaucoup souffrir de l'absence presque continuelle de votre frère et des dangers auxquels il est exposé, » dit Albert avec intérêt. « Quand vous vous séparez, c'est sans savoir si vous vous reverrez encore.

— Oui, » fit Renée en relevant la tête avec une douloureuse énergie ; « oui, la séparation est terrible, et quand Gabriel est loin de moi, il me semble que mon cœur l'a suivi, tant je me sens faible et découragée. Il a été le seul compagnon de mon enfance, il est le seul ami de ma jeunesse. Mais c'est parce que j'ai en lui mon plus précieux trésor, que je ne puis pas le marchander à Dieu. »

A ces paroles, si simples et empreintes d'une conviction si profonde, Albert resta quelques instants silencieux. Que de choses il avait apprises dans cet entretien si court ! Que d'horizons nouveaux s'étaient ouverts pour lui ! Jusqu'ici, il n'avait vu de la vie que le côté facile, la grande route battue et bordée de frais gazons. Mais voici qu'on lui montrait un sentier inconnu, aride et presque désert : le chemin du devoir obscur, du sacrifice incessant et modeste, la voie douloureuse où l'on répand ses larmes sans les compter, parce qu'à l'horizon céleste l'Espérance et la Foi vous sourient. Et qui lui offrait cette perspective austère et héroïque? Une toute jeune fille de dix-huit ans. Renée lui révélait l'héroïsme de la femme chrétienne, comme elle l'avait initié aux sublimités de la musique religieuse. Jusqu'ici il avait totalement ignoré l'une et l'autre. Vraiment, il avait beaucoup appris en une heure.

Voici pourquoi il s'en revint taciturne et pensif à la Tourmelière, après avoir serré la main à ses amis de la Maison - Grise, et obtenu la permission de venir parfois les écouter. Voilà pourquoi sa mine se rembrunit encore, quand, à son entrée dans la cour, il fut salué par les rires d'Olympe et de Saturnin.

« Hé quoi! la carnassière vide ! » s'écria la jeune demoiselle. « C'est pour cela, sans doute, que vous avez l'air si préoccupé, monsieur Albert ?

— Mes terres sont cependant des plus riches en gibier, « interposa Mme Richer. » A chaque pas

que vous faites dans les blés, les perdreaux
vous partent dans les jambes.

— Eh ! eh ! monsieur Maucroix n'a peut-être
pas chassé sur vos terres aujourd'hui, » dit finement Saturnin. « Puis, quand il y a trop de gibier, on balance, on tergiverse, on fait le difficile, et ma foi... souvent on finit par manquer
son coup. Vous savez qu'il ne faut pas courir
deux lièvres à la fois, » ajouta-t-il plus bas, en
touchant presque l'oreille de son rival.

Albert fit dédaigneusement la sourde oreille
et répondit qu'il n'avait pris son fusil que pour
lui servir de contenance, en guise de canne ou
de parapluie ; mais qu'il avait été errer dans
les landes sans se préoccuper d'aucune espèce
de gibier.

Le lendemain matin, pendant que les dames
étaient à leur toilette et que Saturnin était
allé à la ville, Albert entra dans le grand salon
de la Tourmelière. Il avait sans cesse l'image
de Renée devant les yeux et sa douce voix dans
le cœur. Tout en rêvant il s'approcha du piano.
La partition du Trovatore était ouverte sur le pupitre, à l'air, *la notte serena*, qu'Olympe avait
roucoulé la veille avec une *maestria* digne d'un

meilleur sort. Le jeune homme poussa de côté
le cahier de musique d'un air dédaigneux, et,
s'asseyant devant le piano, préluda, par des
accords majestueux, à la belle mélodie de
Marcello dont il avait retenu quelques phrases.
Peu à peu, dominé par une émotion jusqu'alors
inconnue, il entonna de sa belle voix de ténor
ce chant large et mélodique, et s'étonna de
ressentir en même temps un sentiment de foi
et de respect qui donnait à son chant une onc-
tion et une profondeur inconnues. Mais il n'a-
vait pu retenir tout le morceau et fut forcé de
s'arrêter bien vite. Au moment où il cessait, il
entendit des rires et des battements de mains
ironiques, et il vit madame Richer et sa fille
qui étaient entrées sans bruit pour l'écouter.

« Bravo! bravo! » criait l'espiègle Olympe;
« c'est un fragment de concert spirituel que
vous nous donnez-là, monsieur Albert.

— Fi donc! monsieur Maucroix, est-ce que
ça va à un jeune homme, de chanter quelque
chose de si lent et de si lamentable. Et du latin
encore? C'est bon pour le vendredi saint. Une
fois, à Saint-Roch, j'ai entendu quelque chose
de pareil, quand on venait de prêcher la Pas-

sion. Est-ce que ça ne s'appelle pas le *Stabat*
du père Golèse?

— De Pergolèse? si vous le voulez bien, madame, » riposta le jeune homme d'un ton un
peu sec. « Non, ce n'est pas le *Stabat*, quoique
mademoiselle ait bien remarqué que c'est un
fragment de musique sacrée.

— Ah! c'est toujours à peu près la même
chose. Quelque *Te Deum*, ou *De Profundis*. Tout
ça, ce n'est guère amusant. Vous devriez bien
plutôt nous chanter quelque chose de gai, d'un
peu sautillant, par exemple : *Souvent femme
varie*, ou bien *Les Deux Gendarmes*.

—Pourquoi pas *le Sire de Franc-Boisy?* » dit
Albert furieux en quittant le piano, et se dirigeant un peu brusquement vers la porte.

« En voilà un caractère! » exclama madame
Richer, après que le jeune homme eut disparu.
« Il se met à détonner un air bon pour accompagner un enterrement, et quand on lui demande
quelque chose d'un peu plus gentil, monsieur
prend la mouche et s'éclipse. C'est pourtant de
son âge d'aimer la gaieté. Ton père, à vingt-cinq
ans, était un véritable Vive la joie ! Ma chère,
je ne crois pas qu'une femme puisse être heu-

reuse avec un mari qui a du noir dans l'esprit, et qui chante le *De profundis* avec délire. Qu'il aille donc au lutrin, c'est sa vocation.

— Je voudrais bien savoir d'où lui est venue cette boutade de ce matin, disait Olympe comme se parlant à elle-même. « Je ne l'avais jamais entendu chanter cette musique, et il avait l'air tellement préoccupé!... »

Oui, Albert était fort préoccupé, en effet, et quoiqu'il dissimulât de son mieux le malaise qui commençait à le gagner, quoiqu'il se fût excusé de sa brusque sortie en expliquant à ces dames que ce chant d'Église était un des morceaux favoris de sa mère, il ne se sentait pas moins un peu plus choqué chaque jour par la frivolité d'Olympe et les manières communes de la grosse madame Richer.

Aussi, bien souvent il s'échappait dans les brumeuses matinées d'octobre et traversait à grands pas les bruyères humides de rosée au bout desquelles il allait retrouver la vieille Maison-Grise et les visages amis. On était si habitué à le voir maintenant qu'on le traitait en vieille connaissance. Renée lui tendait sa main effilée sans quitter son livre ou sa cou-

ture ; le vicomte lui parlait avec une confiance
et une franchise qu'il ne prodiguait que rarement aux étrangers. Albert se trouvait à l'aise
dans la pauvre vieille demeure ; il en aimait
jusqu'au lierre sombre, jusqu'aux giroflées
sauvages qui croissaient sur le mur croulant.
Plus d'une fois, en observateur indiscret, il
s'était approché des livres de la jeune fille.
On ne voyait pourtant sur la planche de chêne
aucune de ces attrayantes reliures jaunes de la
maison Pagnerre ou Michel Lévy ; mais quelques humbles volumes des grands maîtres de
la pensée : Fénelon, Bossuet, Corneille, Cha-
teaubriand, auxquels Renée venait donner une
heure de méditation et de rêverie quand elle
avait fini de repasser le linge de la famille, et
qu'il n'était pas encore temps de préparer le
souper. Il y a ainsi des femmes qui peuvent
lire et apprécier un chapitre de philosophie
au sortir de la cuisine, qui savent écrire des
pages charmantes en « venant de rincer au
ruisseau, » âmes pures, vertus utiles et rési-
gnées dont la modeste Eugénie de Guérin a
été le type le plus parfait.

Albert avait connu à Paris les femmes bril-

lantes des salons; il voyait à la Tourmelière les
provinciales insipides et médisantes. A la Maison-Grise seulement, il rencontrait la jeune
fille modeste et sérieuse, à l'âme noble, au cœur
tendre; celle qui était le charme de ce foyer
désert et qui pouvait un jour élever des hommes.

Aussi le jeune Maucroix commençait à se
demander si les vertus sans dot de mademoiselle de Mareilles ne valaient pas bien les cent
cinquante hectares de mademoiselle Richer.
Après tout, on était heureux à la Maison-Grise
comme on l'était à la Tourmelière. Mais quel
bonheur différent! Seulement il fallait être
homme pour le goûter. On devait renoncer à
beaucoup d'habitudes chéries : à la promenade
au bois, aux gants glacés, à la stalle d'orchestre
des Italiens. Ce bonheur-là se retranchait derrière un vieux mur en ruines, dans une grande
salle nue, sans tapis. Il offrait à l'âme l'horizon d'une félicité pure et infinie; mais il ne
garantissait aux exigences du palais que la
mince perspective du gros pain de seigle et
de la soupe aux choux. Or de telles conditions
donnent à réfléchir, surtout quand on n'est

pas né à Sparte, et qu'on n'a pas été élevé au
régime du brouet noir.

Et puis, pour le bonheur, il faut l'amour encore. Or, Albert sentait bien qu'il pouvait aimer
Renée, il croyait même avoir déjà commencé;
mais était-il certain que Renée pût l'aimer aussi? L'amour vrai n'est jamais présomptueux;
il doute et tremble d'autant plus qu'il est plus
humble et plus sincère. Albert, qui n'avait
jamais été fat, se sentait encore plus disposé
que jamais à douter de son mérite. Qu'était-il
auprès de cette belle fille noble qui avait une
âme si grande et des yeux si brillants?

Et puis encore, l'oncle Giraud? Albert se
sentait défaillir en pensant à l'indignation du
bonhomme s'il voyait jamais ses plans renver-
sés, ses châteaux en Espagne démolis, et les
gros chênes de la Tourmelière passant à un
conquérant plus habile. L'ingrat neveu serait
maudit, ce qui est fort douloureux; déshérité,
ce qui est plus douloureux encore.

Ainsi Albert, agité de ces divers sentiments,
flottant entre deux partis opposés, passait les
jours dans une hésitation pénible, n'osant
quitter la Tourmelière sitôt, ni retourner dé-

finitivement à Paris, ni se prononcer ouvertement à la Maison-Grise. Seulement, tandis que la famille de Mareilles l'accueillait chaque jour avec plus d'intimité, madame Richer, au contraire, commençait à le considérer comme *toqué* (selon son expression textuelle), quand elle le voyait courir les champs de grand matin, sans jamais rapporter la plus mince alouette. Il chantait peu de duos avec mademoiselle Olympe ; mais il commençait à étudier à la Maison-Grise les psaumes de Marcello et les oratorios de Clementi.

CHAPITRE VII.

Rencontre.

Plus de six semaines s'étaient écoulées déjà depuis qu'Albert Maucroix était à la campagne. Novembre commençait à déployer ses voiles de brumes et son épais tapis de feuilles tombées. Mais les dames Richer ne pensaient pas encore à quitter leur château. La saison des chasses était arrivée, et il est de bon genre de suivre une course dans sa calèche, dût-on se rabattre sur un lièvre à défaut de plus nobles gibiers : « Cela rappelle Compiègne, » disait la veuve du filateur.

Albert était heureux de ce prétexte qui lui permettait de rester quelques semaines encore sous le toit de ces dames, d'où il s'échappait souvent pour courir à la Maison-Grise. Il sentait bien pourtant que ce moment de répit serait vite écoulé, et qu'il lui faudrait prendre un parti définitif : accepter les cent

cinquante hectares de Mlle Olympe, ou la malé-
diction de l'oncle Giraud; choisir entre une
dot éblouissante, et une charmante jeune
fille. Hélas! quelle position délicate, et que
l'alternative était épineuse !

« Que c'est donc difficile de se décider! »
pensait-il souvent le soir dans son appartement de la Tourmelière, quand il avait revêtu
sa robe de chambre et chaussé ses pantoufles
de velours. « Jusqu'ici ma vie était couleur de
rose ; je la passais à flâner du boulevard à ma
stalle des Italiens, cigare aux lèvres, rose à
la boutonnière. C'était si facile d'être heureux
ainsi ! Mais à présent, il faut que je change,
que j'agisse, que je me marie. Le mariage est
déjà un problème si fatigant, une si fâcheuse
combinaison ! Si je savais au moins avec qui
me marier ? Voilà le nœud de la question, voilà
la clef du problème. Mademoiselle Olympe
m'ennuie, Mademoiselle Renée m'enchante ;
mais comment oserai-je écouter la voix de
mon cœur quand je vois à l'horizon mon oncle
prêt à lancer la foudre, si ma future femme
ne m'apporte pas, avec son cœur, je ne sais
combien d'arpents de terre et de forêts. Où est

le bonheur, hélas! Se niche-t-il dans un portefeuille bien garni de titres de propriétés, ou
se révèle-t-il dans le battement troublé d'un
cœur qui aime et qui tremble? Vous pourriez
peut-être me le dire, Renée; car vous savez
penser et agir mieux que moi? » Albert, en
finissant ses rêveries, tirait de son cigare de
·longues bouffées de fumée, et lorsque sa tête
se renversait sur son fauteuil, appesantie par
un demi-sommeil, il croyait voir, dans les
légères spirales de vapeur, se dresser le vieux
mur verdi de lierre, tandis que la voix de
Renée murmurait à son oreille : « Ne demande
« pas où est le bonheur, mais cherche si tu
« l'as mérité; la récompense n'est donnée
« qu'après le travail, et la lutte vient avant la·
« victoire. »

Dans la dernière quinzaine de novembre,
un jour qu'on ne chassait pas, les dames Richer proposèrent de faire une excursion dans
un bois assez éloigné de leur demeure. Saturnin était à Niort, où les farines se trouvaient
en hausse, et où, par conséquent, sa présence
était réclamée. Albert fut donc le seul cavalier servant. Il accompagnait ces dames à

cheval, tandis qu'Olympe conduisait avec un
aplomb merveilleux une sorte de poney-chaise
fort légère, mais un peu exiguë, relativement
aux proportions de la grosse madame Richer.
On avait emporté des provisions dans la caisse
de la voiture, et comme le temps était doux
et les trois promeneurs d'assez bonne humeur
ce jour-là, on alla loin dans la forêt. Mais,
vers trois heures, un vent violent commença à
mugir entre les arbres; d'impétueuses rafales
soulevaient les feuilles mortes et les laissaient
retomber en tourbillons pourprés; des nuages
légèrement bistrés se formaient en épaisses
phalanges sur le ciel d'un gris de plomb.
En même temps, un froid piquant commençait à gagner les promeneurs sous les
branchages humides des arbres. Il fallait donc
retourner en hâte au château. Olympe pressa
la marche de son équipage, Albert mit son
cheval à un bon trot, et bientôt ils arrivèrent
hors de la forêt, sur le chemin ouvert qui traversait la lande. Le vent, déchaîné avec toute
sa furie sur cette grande plaine, faisait on-
doyer comme des vagues les tiges grisâtres
des bruyères; quelques flocons de neige tom-

baient, rares et glacés, poussés violemment par
le souffle de la tempête. Pas un être vivant ne
se montrait sur la lande à cette heure sinistre ;
les bergers, grâce à leur expérience météoro-
logique, avaient rentré leurs troupeaux avant
que l'orage eût commencé. Pourtant, Albert
crut voir au loin une forme humaine se mouvoir sur le sentier ; bientôt il distingua les vêtements d'une femme. Le vent mugissait avec
fureur, la neige devenait plus épaisse, et pourtant l'intrépide marcheuse avançait toujours.
Quand les voyageurs furent arrivés tout près
d'elle, ils reconnurent mademoiselle de Mareilles. Renée, enveloppée dans un manteau
brun, coiffée d'un capuchon de laine rouge
d'où s'échappaient les tresses de ses cheveux
noirs, marchait d'un pas ferme et précipité,
sans s'inquiéter de l'ouragan de neige. Elle jeta
un regard calme et froid sur la calèche où
Olympe et sa mère se blottissaient effarées, puis
elle rougit en apercevant Albert. Celui-ci,
interdit de rencontrer la jeune fille seule,
sur cette route déserte et dans un pareil moment, fit cependant une admirable contenance.
Il s'inclina profondément sur sa selle en se

découvrant avec respect ; Renée le salua mo-
destement et passa outre , tandis que les dames
Richer, ébahies de cette apparition subite,
oubliaient la violence de l'orage pour regarder
la jeune fille s'éloigner. La voiture continua
de rouler, et le cheval d'aller au trot, mais Albert était inquiet et troublé. Où pouvait aller
Renée à cette heure, sans son père ou son frère
pour l'accompagner, alors que les pâtres et les
bûcherons les plus intrépides cherchaient un
refuge dans leurs cabanes? Elle venait de la
Maison-Grise et paraissait vouloir traverser la
lande dans sa longueur, course pénible et
presque impraticable par un temps aussi rude.
Quel motif pressant pouvait lui faire oublier
ainsi l'orage , le froid et l'heure avancée? Seule
surtout, quand le vent rendait sa marche si
incertaine. Et puis, elle avait rougi en apercevant Albert ; elle, si calme toujours. Le jeune
homme se faisait toutes ces questions, en sentant la fièvre de l'impatience et de la curiosité
lui monter au visage. Au bout de cinq minutes
il n'y tint plus.

« Pardon, mesdames, » dit-il soudain, en arrêtant son cheval ; « je vais être forcé de vous

laisser aller seules jusqu'au château. Je m'aperçois que ma chaîne s'est brisée et que j'ai perdu ma montre. Il me semble avoir senti tomber quelque chose sur ma botte au rond-point du bois, au moment où vous remontiez en voiture; c'était ma montre sans doute. J'y tiens beaucoup, c'est un souvenir de ma mère; je vais me hâter de la chercher en cet endroit avant que la neige soit devenue plus épaisse. Je suis vraiment honteux de vous quitter ; mais cette perte me contrarie beaucoup : d'ailleurs le château est bien près maintenant. »

Et s'inclinant après ces paroles courtoises, Albert mit son cheval à un galop furieux.

Les dames Richer le regardèrent s'éloigner avec stupéfaction.

« Qui a jamais vu un pareil écervelé ! » dit la mère. Regarde-le donc courir comme si tous les démons étaient à ses trousses. Pour rattraper sa montre, il va se rompre le cou. Ma foi, ma chère, plus j'étudie ce drôle de caractère, moins je le crois capable de faire un bon mari. Il n'a de cœur à rien, il ne se soucie de rien, il a toujours l'air d'un homme qui se réveille, et s'il ne nous bâille pas tout largement au nez, c'est qu'il se respecte encore un peu. Parlez-moi de monsieur Champion? En voilà un qui a de l'esprit, de la gaieté, un vrai boute-en-train, n'est-ce pas? et qui se connaît en culture, qui s'intéresse au jardinage, au labourage, à la laiterie. Voilà un homme! un homme comme je les aime, qui sait faire son chemin et qui a toujours le mot pour rire!

— Mais il est vulgaire au dernier point, » interposa la jeune fille.

« Ta, ta, ta, vulgaire au dernier point! en voilà des grands mots et des calembredaines. Quand, à trente-deux ans, on a cinquante mille livres de rentes et un commerce des plus huppés, on peut être sûr qu'à trente-cinq on sera au conseil général du département; et si avec cela on épouse une femme riche, on arrive un jour ou.l'autre à la Chambre, qui sait? Ce n'est déjà pas si vulgaire, ma mignonne.

— S'il savait au moins s'habiller! » interrompit encore Olympe.

« Bah! la belle affaire qu'une raie de plus ou de moins à son gilet! Je voudrais bien que le

nœud de cravate de monsieur Albert fût un peu
moins soigné et qu'en revanche sa conduite fût
irréprochable. C'est vrai qu'il a de beaux yeux,
et un fameux *la* de poitrine. Mais pour entrer
en ménage, ce n'est pas tout de chanter, vois-
tu. A ton âge, ma chère, j'ai eu aussi à choisir.
Ton père d'abord, qui était un peu trop gras
déjà et un peu trop rouge, et un commis de
papa, un grand romantique qui s'appelait
Oswald, et qui pinçait de la guitare. Je t'avouerai qu'il me plaisait davantage; mais j'ai eu le
bon esprit, au dernier moment, de préférer
ton père, quoiqu'il eût déjà un petit ventre
rondelet, et ma foi! je ne m'en repens pas.
Grâce à cette sage détermination, nous sommes
ici aujourd'hui, » dit-elle en indiquant du
doigt la façade blanche de son château.

« Mais est-ce bien réellement pour chercher sa montre, qu'il s'est enfui si précipitamment?» dit Olympe d'un air pensif en dirigeant
son cheval vers la grille. « Ne venions-nous pas
de rencontrer Mlle Renée? Il l'a saluée comme
il aurait salué une reine. Si je savais qu'il
fût assez fou pour distinguer cette petite sauvage sans dot, cette vicomtesse ruinée, je lui

tournerais le dos sur l'heure et j'épouserais
M. Saturnin. — Ah bien ! il ne faudrait que ça
pour tuer le père Giraud d'un coup d'apo-
plexie, » dit Mme Richer en descendant de voiture. « Pauvre cher homme! son neveu n'a pas
dans tout son corps la centième partie de la
cervelle qu'il a, lui, dans son petit doigt. »

Et, sur cette majestueuse sentence, la mère
et la fille rentrèrent pour se sécher devant un
bon feu.

Pendant ce temps, Albert, lancé à travers
la plaine, se dirigeait au galop du côté où
Renée avait disparu. Il avait quitté le sentier,
et faisait courir son cheval dans la bruyère,
pour ne pas révéler à la jeune fille son indiscrétion et sa témérité. Bientôt il l'aperçut,
toujours marchant sur la lande, à travers
la neige qui tourbillonnait avec rage. Elle
paraissait se diriger vers une chaumière isolée,
située à l'autre bout de la plaine, dans un léger
pli du terrain. Quelques arbres s'élevaient au
bord du sentier; Albert y attacha son cheval,
dont les pas pouvaient le trahir, et suivit de
loin la jeune fille. Bientôt il la vit entrer dans
la cabane, dont la porte se referma sur elle.

La solitude de cette habitation était effrayante,
on l'eût crue déserte ; car aucune fumée ne
s'échappait du toit, effondré en partie. Le
vent, s'acharnant sur le frêle édifice, en arrachait, par moments, des fragments de chaume
et de mousses flétries, qu'il éparpillait sur la
lande. La bise s'engouffrait à travers les planches disjointes de la porte à demi arrachée,
et de larges fentes sillonnaient les murs. Albert
se sentait à la fois saisi de crainte et aiguil-
lonné par la curiosité. Il s'approcha d'une des
crevasses, et regarda ce qui se passait dans
l'intérieur de la cabane.

CHAPITRE VIII.

Sylvaine.

L'unique chambre de la chaumière était nue
et glacée ; on voyait que le foyer en était depuis longtemps éteint. Un grand banc de bois,
une huche vermoulue, étaient les seuls meubles
qu'on y pût découvrir. Mais, au fond, dans une
espèce d'alcôve, il y avait un lit recouvert d'une
courte-pointe en lambeaux, d'une étoffe de
soie piquée étalant encore quelques couleurs
brillantes ; puis, au-dessus du lit, un grand
crucifix et un rameau bénit, comme dans toutes
les chaumières du Poitou et de la Vendée.

Renée, en entrant, avait laissé tomber sur le
banc sa mante et son capuchon ; elle s'avança
vers le lit sans même secouer ses tresses mouil-
lées. A son approche, une vieille femme se dressa
hors des couvertures, sorte de squelette humain
aux os saillants, aux joues terreuses et déchar-
nées, ombre qui n'avait plus de vivant que le
regard. Mais que ce regard était sinistre, étin-

19.

celant sous l'orbite creux, ardent de fièvre ou
de passion intérieure ! La jeune fille ne s'en
effrayait pourtant pas : elle alla droit à la
vieille malade, et lui prit une main pour la ré-
chauffer dans les siennes.

« Je viens d'apprendre que vous vous trouviez plus mal, Sylvaine, » dit-elle doucement,
« et je me suis hâtée de venir vous voir. J'aurais
voulu vous procurer un secours plus efficace ,
mais j'étais seule à la maison. Mon père est à
Niort avec petit Pierre ; mon frère est depuis
une semaine parti pour l'évêché ; sans cela il
serait venu lui-même vous consoler, mère Sylvaine, et vous donner du courage.

— J'aime mieux que ce soit vous, demoiselle, »
répondit la vieille d'une voix sifflante et entre-
coupée ; « je ne veux pas voir monsieur le curé,
ni monsieur de Mareilles, quoiqu'il soit bien bon.
Est-ce qu'ils comprennent ce que je sens, les
prêtres ? Savent-ils ce qu'il y a dans le cœur
d'une mère abandonnée ? Ils me disent toujours
qu'il faut pardonner d'abord, que je souffre
parce que je hais, que Jésus a pardonné à ses
bourreaux. Oui, mais ses bourreaux n'étaient
pas ses enfants...

— Sylvaine, » interrompit Renée avec douceur, « sont-celà les pensées qui devraient vous
venir à l'esprit, quand vous êtes seule et malade?

— Oh! c'est parce que je suis seule, toute
seule dans ma vieillesse et dans ma misère, que
je pense à eux et que je les maudis, les ingrats!
Savez-vous comme c'est horrible d'être abandonnée toute vivante, d'entendre le vent se
plaindre comme la voix d'un trépassé, et de
sentir la mort qui s'approche sans qu'il y ait
personne pour vous donner la main au moment
où elle viendra? Me laisser vivre et mourir ainsi,
moi qui les avais tant aimés, moi qui avais veillé
nuit et jour sur leurs berceaux. Oui, oui, je
vais mourir, je le sens bien; mais, d'ici là, je
les maudirai encore; je crierai bien haut pour
que Dieu m'entende : « C'est ma fille et mon
fils qui me tuent : mon Dieu, vengez-moi! »

— Calmez-vous, malheureuse mère; vous
avez certainement le délire, » dit Renée tristement.

« Me calmer! On voit bien que vous ne les
avez pas connus, demoiselle, pour me parler
ainsi. J'étais si heureuse jadis ! la baronne, ma

maîtresse, m'avait élevée et bien établie :
Dieu m'avait donné un fils et une fille. Dans
tout le village, ils étaient les plus beaux enfants, et moi, j'étais la plus heureuse des
mères. Même après que mon André fut mort,
je trouvais doux de vivre, parce que je vivais
pour eux. Je les aimais tant, que je ne savais
rien leur refuser. Je me serais passé de manger
deux jours pour que Louis eût un habit de
drap fin et que Périne portât des coiffes de
dentelles. J'étais si orgueilleuse de les voir
beaux et bien parés, que je me réjouissais quand
j'entendais les autres mères du village chucho-
ter derrière eux : « Oh! oh! la Sylvaine est
trop fière de ses enfants; cela lui tournera à
mal. » Je pensais que la jalousie les faisait parler ainsi, et je portais la tête encore plus haut.
Elles avaient bien raison pourtant. Périne
tourna mal la première; elle se prit d'amour
pour un mauvais garçon du village, et bientôt
je vis, lorsqu'elle passait, tous les jeunes gens
rire derrière elle, et les mères la montrer au
doigt. J'eus beau prier, pleurer, menacer.
J'avais été trop faible; l'ingrate ne me respec-
tait plus. Un jour, elle disparut avec le méchant

qui l'avait rendue la risée du village ; elle était allée se perdre tout à fait. Elle s'inquiétait bien de laisser sa vieille mère porter sa honte toute seule !

— Votre fille était bien jeune, » fit observer Renée. « Savez-vous si elle ne s'est pas amèrement repentie ? Et, si elle l'avait fait, ne lui auriez-vous pas pardonné ?

— Je sais qu'elle a bien regretté sa conduite, quand elle a été dans la misère, elle et son enfant. Elle m'a écrit pour me demander pardon, mais je lui ai renvoyé sa lettre. Je ne voulais pas revoir celle qui avait traîné dans la boue le nom de son père et le mien... Et après, » continua Sylvaine, dont la voix devenait plus faible et la respiration plus courte ; « après.. ç'a été le tour de mon fils... moi je commençais à devenir pauvre, et je n'avais plus d'argent à lui donner. Et... il est parti emportant la montre de son père, mon anneau de noce... tout ce qu'il pouvait vendre enfin... dépouillant sa vieille mère, comme l'autre l'avait déshonorée. Alors je les ai maudits tous les deux, et j'ai demandé à Dieu qu'il les fasse vivre misérables... et mourir seuls... seuls comme je mourrais si

vous n'étiez pas là. Car... je ne pouvais plus
vivre au village, après qu'ils étaient partis....
Je ne pouvais plus voir les petits enfants passer
devant ma porte... il me semblait qu'ils allaient
grandir aussi pour tuer leur mère. Et ils sen-
taient bien que je ne les aimais pas ; ils me
jetaient des pierres en criant : « Eh ! mère
Sylvaine ; dites-nous donc où tes enfants sont
allés? » Au moins, je ne les vois plus depuis que
je suis sur cette lande, où la mort vient me
chercher.

— Sylvaine, » dit Renée après un moment
de silence, «vous sentez-vous réellement aussi
mal que vous le dites ?

— Oui, mes yeux ne vous voient presque plus,
et il y a comme une main qui me serre déjà les
genoux.

— Je vais vous faire chauffer du vin, » dit alors
la jeune fille, « cela vous ranimera un peu. »

Et s'approchant du foyer vide, elle y jeta
quelques branchages desséchés, prit une bouteille qu'elle avait apportée sous sa mante, et
en versa une partie dans un poêlon cassé qu'elle
présenta à la flamme. Puis, comme la nuit était
venue, elle alluma une chandelle de résine aux

sarments du foyer. Albert, qui suivait tous les
mouvements de la jeune fille, voyait à l'expression de son visage qu'elle était préoccupée et
triste, dominée par une idée qu'il ne pouvait
deviner. Mais elle se retourna bientôt et alla
présenter le breuvage à la malade. Celle-ci
essaya d'en boire un peu; mais son gosier se
contractait déjà, et elle put à peine l'avaler.

« Merci, » dit elle en retombant sur son lit ;
«vous êtes bien bonne, demoiselle... mais c'est
inutile... le froid monte plus haut... la mort
n'est pas loin. »

Renée pâlit un peu ; mais son regard parut
exprimer une détermination subite ; elle s'a-
genouilla auprès de la malade et lui dit d'une
voix basse et solennelle :

« Sylvaine, que diriez-vous à vos enfants si
vous les voyiez auprès de votre lit de mort ?

— Ah !... je dirais... qu'ils viennent, pour
s'assurer si mes yeux sont bien fermés pour
toujours.... si ma bouche ne les maudira
plus !

— Et si vous les trouviez dans ce monde inconnu où vous allez entrer, devant le tribunal
du juge suprême qui prescrit à tous le pardon,

et qui s'est réservé le droit de maudire ou d'ab-
soudre? Que leur diriez-vous s'ils venaient à
vous et s'écriaient : « Mère, nous avons été
coupables; mais tu as été impie; tu as imploré
la vengeance de Dieu, et cette vengeance nous
a frappés; à présent, nous sommes morts, mais
morts en réprouvés; et c'est toi qui l'as voulu
quand tu nous as maudits. »

— Morts... mes enfants! déjà! » s'écria Sylvaine dans un dernier effroi. « Mon Dieu! ils
étaient si jeunes!

— Écoutez-moi, pauvre femme, et calmez-
vous, » dit Renée en s'asseyant sur le lit, et passant sa main douce sur les cheveux gris de la
mourante. « Je ne sais pas, malheureusement,
ce qu'est devenue Périne, mais nous avons eu
des nouvelles de votre fils. Après quelques
années d'une vie probablement coupable, il
s'était fait soldat et avait été envoyé en Afri-
que. Dans une rencontre, il reçut plusieurs
blessures et fut laissé pour mort sur la place.
On le releva, on s'aperçut qu'il vivait encore;
il fut transporté à l'hôpital. Mais son agonie
fut lente et douloureuse; l'aumônier de son régiment l'a écrit à Gabriel, qu'il avait connu au

séminaire. Le pauvre Louis souffrait à la fois des angoisses de ses blessures et des fautes de sa vie passée. Il n'avait pas un cœur aussi obstiné que le vôtre, Sylvaine ; quoiqu'il fût homme et soldat, Il pleurait, il se repentait : « C'est parce que ma mère m'a maudit que Dieu m'a condamné, et que je vais mourir, criait-il quand ses blessures le déchiraient ; si elle me voyait souffrir ainsi, croyez-vous qu'elle me pardonnerait? » Mais ce pardon qu'il implorait, il est mort sans l'avoir obtenu ; le lui refuserez-vous encore quand vous allez le retrouver dans l'autre vie; la vie mystérieuse, la vie éternelle ?

—O mon Louis! mon pauvre enfant!...» murmura la mourante d'une voix faible où l'âme vibrait tout entière. « Si j'avais été là... pour lui dire... de s'endormir en paix... »

Et d'âpres sanglots commencèrent à déchirer la poitrine de la mourante, mêlés déjà au râle sourd de l'agonie.

« Mon Dieu, » dit Renée en jetant un regard plein d'angoisses sur le crucifix, « vous permettez que je sois seule auprès de ce lit de mort, que je ne puis pas même quitter pour aller chercher votre ministre. Mon Dieu! donnez-moi au moins

la force de convaincre et le pouvoir de consoler? »

Sylvaine paraissait un peu plus calme;
mais ses yeux commençaient à devenir vitreux,
et sa respiration s'entendait à peine. Renée se
tourna vers elle et lui dit :

« Voulez-vous prier, mère? »

La mourante baissa et releva ses paupières
en signe de consentement. Renée continua.

« Je vais parler pour vous si vous voulez ; vous êtes trop faible à présent pour le
faire. »

Sylvaine répéta le même signe. Alors Renée
s'agenouilla devant le lit, tenant entre ses
deux mains jointes la main déjà roidie et glacée.

« A cette heure où l'éternité commence, » dit
la jeune fille, « écoutez mon humble prière; bé-
nissez ce lit de mort, ô mon Dieu ! Envoyez à
ce pauvre cœur troublé le trésor du pardon et
l'attente de votre méséricorde. Cette âme qui
se présente à vous, a péché par haine et par
vengeance ; mais, comme elle avait beaucoup
erré, elle a aussi beaucoup souffert. Si votre
justice est satisfaite, si vous daignez pardon-

ner à cette mère faible et malheureuse, adou-
cissez son agonie par un rayon d'espérance, et
faites qu'elle s'endorme en paix, comme son fils
avant elle s'est endormi. »

Ici, Renée s'arrêta un instant; elle sentit les
doitgs de la mourante serrer faiblement les
siens, comme pour témoigner qu'elle s'associait
de cœur aux paroles de la jeune fille. Alors elle
continua :

« Et de cette pauvre égarée, qui s'est perdue
dans le monde et qui s'est déjà repentie, sou-
venez-vous aussi, ô mon Dieu! Ses fautes sont
grandes; mais votre toute-puissance est infinie.
En quelque lieu qu'elle soit, pauvre, obscure et
méprisée, envoyez-lui une de vos inspirations
divines pour la convertir et l'éclairer; que la
voix d'un de vos anges lui apprenne que sa
mère est morte en la bénissant, et qu'il lui reste
encore un père au ciel! »

Ici, la jeune fille se tut et interrogea la mourante du regard. Celle-ci, sans voix et presque
sans souffle, souleva avec effort sa main livide,
et, par un geste solennel, traça en l'air le signe
de la croix, au-dessus de la jeune fille inclinée,
tandis que ses lèvres, en s'agitant, laissèrent

échapper ces paroles indistinctes : « Pour vous...
et pour elle ! »

Puis la main retomba pesamment sur la cou-
verture ; le regard devint fixe, et les lèvres se
contractèrent. Renée, muette et pâle, resta à
genoux, les mains jointes, les yeux fixés sur ces
yeux où la vie s'éteignait, sur ces lèvres d'où
le souffle ne s'échappait plus qu'à de rares intervalles. Au bout d'un quart d'heure environ,
il cessa tout à fait.

Renée alors se releva et regarda avec émotion
le visage de la morte : « Pauvre mère, » dit-elle,
« pauvre abandonnée, qui as vécu si tristement,
tu as eu une mort bien calme ! C'est que Dieu t'a
pardonné et que maintenant tu as retrouvé ton
fils. A présent, au nom de celle dont la place était
ici, et qui se repentira cruellement peut-être
de n'avoir pu te fermer les yeux et recevoir ta
dernière bénédiction, au nom de ta fille, laisse-
moi te dire adieu ! »

Et Renée, inclinant son beau visage, déposa
un baiser sur le front calme de Sylvaine. Puis
elle ferma doucement les paupières entr'ouver-
tes et ramena le drap sur le visage inanimé.
Elle alluma ensuite, à la mince chandelle de

résine, le cierge bénit que l'on conserve dans
les chaumières des paysans pour ces occasions
solennelles, et, l'ayant placé auprès du lit, elle
s'assit sur un escabeau, le visage recueilli et les
mains jointes.

Albert était encore derrière le mur. Son âme
avait passé dans ses yeux : il ne sentait ni les
larmes qui roulaient sur son visage, ni la
neige qui trempait ses vêtements.

CHAPITRE IX.

La décision.

Pourtant, au bout de quelques minutes, quand son émotion fut un peu calmée et que les battements de son cœur devinrent moins violents, Albert cessa de regarder dans la crevasse de la muraille, et jeta les yeux sur la vaste étendue qui séparait la chaumière des autres habitations de la contrée. Les flocons de neige qui déjà couvraient le sol d'un épais tapis, tombaient moins pressés ; le vent ne soufflait plus sur la lande, et les étoiles scintillaient, pures et brillantes, sur l'immensité du ciel ; la nuit était belle et calme, mais froide. Albert frissonna en pensant que Renée paraissait disposée à la passer tout entière seule en face de ce cadavre, auprès d'un foyer éteint, à la lueur d'un cierge funéraire. Le froid pouvait glacer la jeune fille, et ses forces l'abandonner. Albert, saisi de ces diverses craintes, fit taire

toutes ses hésitations, et marcha résolûment
vers la porte de la cabane. La neige criait sous
ses pieds, il crut entendre Renée tressaillir sur
son banc : « Mademoiselle Renée, » dit-il avant
de pousser la porte, « ne craignez rien, reconnaissez la voix d'un ami, d'Albert Maucroix.
J'ai commis une grande indiscrétion, je l'a-
voue; en vous rencontrant tantôt j'ai craint
pour vous la violence de l'orage; je vous ai suivie jusqu'ici. Voulez-vous me laisser partager
votre pieuse veille, ou puis-je aller chercher
quelqu'un pour vous remplacer? »

Renée, rassurée tout à fait, se leva et alla
ouvrir la porte au jeune homme avec un grave
sourire : «Entrez un instant, » dit-elle, « je vous
dirai ce qu'il faudra faire, puisque vous êtes
assez complaisant pour vouloir bien m'aider. » Elle parlait d'une voix basse et douce
comme on parle en présence de la mort;
Albert se découvrit et entra. Il marcha d'a-
bord vers le lit funèbre, au chevet duquel
Renée avait suspendu l'eau bénite et le rameau. A l'aspect du cierge, à la lueur vacil-
lante du linceul blanc révélant dans ses plis
la forme roide du cadavre, il vit soudain dans

son cœur le lit de mort de sa mère, le seul
auprès duquel il eût jamais pleuré. Alors,
vaincu par ce souvenir amer, par l'émotion
subite, par la majesté terrible de la mort et
par la solennité de l'heure funèbre, il sentit
une religieuse terreur dominer et renouveler
son être, et tomba à genoux en faisant le signe
de la croix. Il cacha sa tête dans ses mains,
et, quand il se releva, ses yeux étaient brillants
de larmes. Ceux de Renée étaient humides
aussi ; elle lui tendit la main : « Vous méritez
que je vous pardonne, monsieur Maucroix, » dit-
elle. « Pourtant vous avez été bien coupable
d'attendre ainsi la fin de cette scène, au lieu
d'aller en toute hâte chercher au moins des
secours religieux. Malheureusement, je le sais,
votre zèle eût été inutile ; car le presbytère est
trop éloigné pour que vous ayez pu y parvenir
à temps. Il était écrit que la pauvre Sylvaine
mourrait abandonnée comme elle avait vécu.
Maintenant, voici ce que vous pouvez faire pour
moi. Je passerais volontiers la nuit auprès de
la morte ; mais on serait inquiet à la maison,
où mon père peut arriver d'un moment à
l'autre. Si vous pouvez aller à la ferme des

Grandes-Haies, qui n'est pas loin d'ici, vous y
trouverez facilement quelqu'un qui voudra
bien me remplacer.

— Cela me sera d'autant plus facile, » dit
Albert, « que j'ai laissé mon cheval près d'ici,
sur la lande »

Alors la jeune fille lui indiqua le chemin
qu'il devait suivre, et le vit s'éloigner à grands
pas, tandis qu'elle reprenait sa place auprès
de la morte, roulant dans ses doigts effilés les
grains de son chapelet.

Le jeune homme avait fait diligence; en
moins de trois quarts d'heure, il revint; mais
à pied, ramenant la fermière et l'une de ses
servantes, qui allaient achever la veillée funèbre; il avait mis son cheval à l'écurie de la
ferme. Alors Renée reprit son capuchon et sa
mante, et se disposa à partir. Albert s'approcha
d'elle au moment où elle allait franchir le seuil :
« N'allez pas seule, mademoiselle Renée, » dit-
il, « laissez-moi vous accompagner ; le chemin
est long, la neige est épaisse et glissante ; vous
marcherez plus aisément en vous appuyant sur
mon bras. » Puis il baissa la tête avec une émotion visible : « Il faut que je vous parle, »

ajouta-t-il d'une voix presque étouffée. Renée
le regarda avec un étonnement candide; mais
voyant la nuit obscure et la longue plaine de
neige déroulée à ses pieds, elle n'hésita pas,
et prit le bras d'Albert sans timidité comme
sans coquetterie.

Les jeunes gens marchèrent d'abord en silence, éclairés faiblement par quelques rayons
d'étoiles. Albert semblait agité; sa poitrine
se soulevait parfois en retenant un soupir, et
il passait la main sur son front avec une expression d'angoisse. Renée lui dit doucement :
« Vous êtes encore bien ému, monsieur Man-
croix; la mort de la pauvre Sylvaine vous a
vivement impressionné : c'était vraiment une
triste scène.

— Triste, mais solennelle aussi, » répondit
Albert d'une voix tremblante. « En présence de
ce lit de mort, j'ai entrevu des lumières rayon-
nantes et soudaines ; tout un horizon nouveau
s'est ouvert à mes yeux, et les émotions que
j'ai ressenties alors sont, je le sens, de celles
qui changent et dominent une vie. »

Renée regarda le jeune homme avec surprise. Albert continua :

« Le monde dans lequel j'ai vécu n'envisage
qu'un côté de la vie, le côté facile et riant : toute
l'autre face de l'existence lui est inconnue ; il
en ignore les douleurs saintes, les devoirs austères, les joies du sacrifice accompli, la paix de
l'âme qui s'épure et se renouvelle. Pour ce
monde-là, le devoir s'explique par un mot : les
convenances ; on n'y demande pas si vous êtes
homme de bien, mais si vous êtes homme de
goût. C'est parce que j'y ai vécu que j'étais in-
décis, chancelant, inhabile ; que je suis resté enfant, en un mot. Mais j'ai vu aujourd'hui que,
dans maintes circonstances de la vie, surtout
lorsqu'il s'agit de consoler ceux qui souffrent, la
frivolité est coupable, l'indécision n'est pas per-
mise. J'étais arrivé enfant encore à la cabane
de Sylvaine : j'en reviendrai homme et chrétien.
C'est votre exemple qui m'a instruit, c'est votre
voix qui m'a convaincu ; c'est à vous que je
dois cette révélation, à vous... Renée, qui êtes
si noble et si grande, qu'à celui qui vous aime
vous faites aimer la vertu ! »

Renée, interdite, gardait le silence. Albert
reprit :

« J'étais bien insensé, hier encore. Je ne

demandais que des jouissances à la vie. Je voulais savoir où est le bonheur. Le bonheur est
là où vous êtes, Renée; vous près de qui les
mourants s'en vont en paix, avec l'espérance
dans le cœur et le nom de Dieu sur les lèvres!
Renée, fille chrétienne, femme humble et su-
périeure, acceptez ce cœur auquel vous avez
enseigné la vie et l'amour; soyez mon guide
et mon exemple, soyez ma femme bien
aimée! »

La jeune fille avait retiré son bras; muette
et immobile, elle tenait ses yeux fixés vers la
terre; mais Albert pouvait entendre les battements précipités de son cœur, distincts dans le
silence de la nuit. Au bout d'un instant pourtant, elle dit d'une voix qui commençait à redevenir calme.

« Monsieur Maucroix, j'ai d'abord une question à vous adresser. Êtes-vous donc libre, pour
me parler comme vous le faites?

— J'ai mérité ceci, » s'écria Albert avec une
violente amertume. Je ne pouvais impunément
être faible, flottant, irrésolu. Tout mon passé
d'enfant vient me jeter ma honte au visage au
moment où j'entrevois la route du devoir et du

bonheur, et où je veux m'y engager sans faiblir.
Vous avez raison, Renée, de me parler ainsi. Je
n'étais pas libre quand je ne voyais dans la vie
que les jouissances frivoles, et que, par mollesse
ou par crainte, j'embrassais docilement les projets de ceux qui voulaient me créer un bonheur
factice. On croyait me rendre heureux en me
faisant riche, et je croyais pouvoir sacrifier à
la richesse mon indépendance et les besoins
impérieux de mon cœur. Mais, j'allais me perdre : la Providence m'a retenu. Avant de me laisser aller à la Tourmelière, elle m'a guidé sous
votre toit ; avant de me faire voir la femme
vaine et brillante, elle m'a montré la chrétienne forte et résignée. Et depuis lors, je n'ai
pas cessé de penser à vous, Renée ; dans les
grands salons du château, dans le tumulte des
chasses, au milieu de la foule des invités, je
vous voyais toujours passer, douce et grave,
un sourire indulgent sur les lèvres, une larme
de pitié dans les yeux. Mais je ne pouvais pas
parler plus vite ; il m'a fallu du temps pour
mûrir : il m'a fallu surtout vous voir aujour-
d'hui, assez forte pour éteindre la haine et
adoucir l'horreur de la mort, ramenant pieu-

sement une âme à Dieu, et donnant un courageux baiser à une morte... J'ai vu tout cela,
Renée, et je vois aussi que je ne suis pas digne
de vous. Seulement, si vous voulez me donner
le temps de vous mériter, je vous promets de
ne pas hésiter, de ne jamais faiblir, parce que
je deviens homme, à présent que je vous
aime!... Un mot seulement, Renée; croyez-
vous à ma parole? Sentez-vous que c'est tout
mon cœur qui vous parle en ce moment?

— Oui, » dit la jeune fille, après une pause,
en laissant tomber sa main dans celle d'Albert.

« Oh ! » dit celui-ci, avec une joie profonde,
« si vous pouvez lire dans mon cœur, vous m'aimerez peut-être ; car vous verrez combien
vous y êtes vénérée et chérie. Et puis-je parler
à votre père ce soir, en arrivant?

— Quand vous voudrez, » répondit Renée
d'une voix timide et douce.

Le jeune homme serra avec transport la
main qu'il tenait dans les siennes, et tous deux
continuèrent leur route en silence, les yeux
baissés, le cœur palpitant.

Lorsqu'ils arrivèrent à la Maison-Grise, ils
virent de la lumière briller aux fenêtres du

rez-de-chaussée ; car le vicomte, revenu de
Niort, se préparait à aller chercher sa fille à la
cabane de Sylvaine. Il ne put retenir un geste
de surprise en la voyant revenir accompagnée
d'Albert. Celui-ci allait s'expliquer ; mais Renée, toujours calme et candide, alla embrasser son père et lui raconta la mort de la vieille
paysanne, sans passer sous silence l'espionnage
d'Albert à travers les fentes du mur et ses bien-
veillantes offres de service. Ce récit suffit au
vicomte de Marcilles ; car il savait bien que
Renée n'avait jamais menti.

Lorsque la jeune fille eut fini, elle salua et
s'empressa de se retirer.

« Ainsi, monsieur, » dit le vicomte au jeune
Maucroix, « vous allez encore être obligé d'accepter notre pauvre hospitalité. Ce sera la seconde nuit assez maussade que vous passerez
sous notre toit.

— Monsieur, » dit Albert avec émotion, « autrefois je croyais que c'était le hasard qui m'y
avait conduit ; maintenant je dirais que c'est
la Providence. En m'amenant ici, elle avait
ses vues éternelles ; soyez assez généreux,

monsieur le vicomte, pour les comprendre et les seconder. »

Le vicomte regarda Albert d'un air étonné. Celui-ci, rappelant alors tout son courage, confessa au père de Renée ses aspirations secrètes, ses oscillations, ses craintes ; l'attrait mystérieux qui le portait vers la jeune fille, et l'hésitation puérile qui le retenait. Nous craignons bien qu'Albert ne fût fort gauche en avouant ses gaucheries ; mais son émotion même était le plus sûr garant de sa candeur ; il se montrait trop peu éloquent pour n'être pas sincère. Heureusement le langage du cœur peut se passer des ornements de la rhétorique ; il est toujours émouvant quand il est vrai.

« Enfin, » dit Albert en terminant, « voilà ce qui s'est passé en moi après la scène de ce soir. Il m'a semblé voir l'une près de l'autre Olympe Richer avec sa dot et son clinquant, et mademoiselle Renée toute vertueuse et charmante. Voilà ce qui t'éblouit et voici ce que tu dédaignes, me disait avec un reproche amer la voix mystérieuse de mon cœur. La voix était irrésistible; ma faiblesse a été vaincue, et je vous supplie, monsieur, de croire à la fermeté de ma résolution et de m'accepter au nombre de vos enfants.

— Monsieur Albert, » dit le vicomte après un moment de réflexion, « je vois combien il y a de franchise et de loyauté dans tout ce que vous me dites; j'apprécie votre généreux désintéressement; mais il ne m'en reste pas moins quelques objections à vous faire. La première, c'est que vous êtes bien jeune.

— Je le sais, monsieur; j'attendrai, » répondit Albert doucement. « Il est facile de vieillir.

— Sans changer? » fit le vicomte avec un sourire.

« Sans changer, » répéta Albert résolûment.

« Admettons, » continua le vicomte. « Mais ma seconde objection est plus sérieuse encore. Regardez cette pauvre chambre nue, monsieur Maucroix, les pierres qui croulent de mes vieux murs, les ardoises que le vent emporte de mon toit, tout cela vous dit que ma fille est pauvre, tandis que vous...

— Hélas! monsieur, » interrompit Albert, « ce qui m'afflige, c'est que je n'ai pas non plus

de fortune à offrir à mademoiselle Renée. La
vie oisive et élégante que j'ai menée, le luxe
insouciant dont j'ai joui, étaient le fruit des
bienfaits de mon oncle, qui m'accordait sa
protection et me promettait sa fortune ; mais
qui me refusera probablement l'une et l'autre
si je ne me marie pas conformément à ses
vues. Je ne puis donc offrir à mademoiselle
Renée que mon travail et mon amour, et
c'est précisément ce qui me donne du courage ;
car je crois que, pour la mériter, il faut savoir
lutter et souffrir.

— Ceci devient très-sérieux, » fit observer le
vicomte. « Je ne pourrais permettre que votre
mariage avec ma fille vous brouillât sans
retour avec votre parent. Ce n'est pas tant la
perte de sa fortune que la perte de son affection qui me semblerait fâcheuse pour vous.

— Hélas ! monsieur, » dit Albert, « voyez à
quelle misérable condition votre délicatesse
me condamne. Dois-je, parce que mon oncle
a rêvé pour moi un mariage riche, me priver
des joies d'un mariage heureux ? Pensez à la
mère de Renée, monsieur le vicomte. Avez-
vous cherché en elle l'éclat de la richesse, la

splendeur d'une position brillante? Non, vous
vouliez une simple et douce chrétienne pour
la bien-aimée de votre cœur, pour la mère
de vos enfants. Vous avez dit : Cette jeune fille
est humble et pieuse, chaste et sincère ; son
âme peut croire et prier, et son cœur sait répondre au mien. C'est assez pour que nous
soyons heureux. Et vous avez dit vrai, monsieur de Mareilles ; et moi, je vous dis aujour-
d'hui que de mon mariage dépendent ma force
et mon bonheur, et que la belle âme de Renée
vaut plus pour moi que tous les trésors de la
terre. »

Le vicomte, ému malgré lui par les simples
paroles du jeune homme, lui serra affectueu-
sement la main.

« Réfléchissez bien, mon enfant, » lui dit-il.
Jusqu'ici la vie a été pour vous douce et facile.
Vous n'avez aucune idée des luttes qu'il faudra livrer, des privations qu'il faudra subir
quand vous vous trouverez livré à vos propres
forces, seul à seul avec la misère. Est-ce que
cet enthousiasme passager ne tombera pas,
quand vous vous trouverez aux prises avec la
nécessité écrasante et terrible, de travailler du

rement, non pour la gloire, non pour la réputation ou la fortune ; mais, vous le dirai-je,
pour votre pain de chaque jour ?

— Soyez sans crainte de ce côté, monsieur
le vicomte, » répondit Albert d'une voix calme
et résolue. « La nécessité dont vous parlez serait
dure pour des enfants, mais elle ne peut effrayer des hommes. Il y en a qui ont oublié la
faim et la misère devant un problème d'al-
gèbre, un chant d'Homère ou une Vierge de
Raphaël, parce qu'à leurs yeux ravis, la
science laissait tomber ses voiles, l'art et la
poésie faisaient flotter leurs mirages divins.
Ce qu'ont fait ceux-là pour la gloire, ne pour-
rai-je le faire, moi, pour mon bonheur ? Au
lieu de ces visions idéales, ce sera la chère
image de Renée qui passera devant mes yeux,
quand je serai pauvre et seul, qui me mon-
trera de loin le but et qui me dira de sa voix
douce : « Souffre, travaille, espère : le sacrifice est le premier acte de l'amour ; le devoir
est saint, le courage est béni. »

En parlant ainsi, Albert ressentait une
énergie inconnue ; son cœur ne battait pas
avec la fièvre de l'exaltation passagère ; mais

avec l'ardeur de la résolution forte qui voit
son but et saura l'atteindre sans faiblir.

« Vous parlez bien, mon enfant, » lui dit le
vicomte; je vois que vous êtes sincère avec
moi et avec vous-même. Que puis-je vous
promettre cependant quand vous êtes si jeune
et que l'avenir est si incertain? Je dois d'a-
bord causer avec Renée de votre demande.
De votre côté, retournez près de votre oncle,
parlez-lui avec franchise; conjurez-le de disposer de sa fortune comme bon lui semble,
mais de vous conserver sa tendresse. Et puis,
dans tous les cas, croyez, aimez et travaillez;
l'avenir sera ce que vous l'aurez fait. »

Comme le vicomte cessait de parler, une
lueur indécise commençait à briller à travers
les vitres, et Albert vit une légère teinte rosée
colorer le ciel au levant.

« Voici le jour qui se lève sur vos bonnes
paroles, monsieur le vicomte, » dit-il au père de
Renée; « c'est un heureux présage pour notre
avenir. Mais je dois songer d'abord aux devoirs
du présent, et, avant de retourner à Paris,
il me faut aller prendre congé des dames de
la Tourmelière. »

CHAPITRE X.

Avant le départ.

En quittant la Maison-Grise, Albert prit le
chemin de la ferme où il avait laissé son cheval la nuit précédente, et, une fois en posses-
sion de sa monture, il se dirigea du côté du
château. Le jour était venu pendant cette
excursion rapide, et le soleil, perçant son
voile de vapeurs, faisait étinceler comme des
diamants les flocons de neige encore sus-
pendus aux branches. Cette matinée de novembre, froide et transparente, n'était ni
sans charme ni sans gaieté, et les rêves brillants du jeune homme la lui faisaient trouver
plus radieuse encore. En traversant la lande
avant de prendre la grande route, il salua
de loin les girouettes rouillées de la vieille
maison et leur envoya un baiser et un sourire : « J'y reviendrai quand je serai riche, »
pensa-t-il le cœur battant d'orgueil et d'espoir ;

« je relèverai les murs qui croulent et qui doivent voir grandir mes enfants; j'arracherai les troncs décrépits pour faire place à un beau jardin ombragé; mais je garderai le vieux lierre, symbole de notre amour toujours vivant, et fidèle comme lui. » Ce fut au milieu de ces doux rêves qu'il entra dans la cour du château.

Il n'était pas neuf heures encore, on déjeunait ordinairement à dix, et Albert jugea convenable de réparer un peu le désordre de sa toilette. En effet, ses cheveux humides, ses bottes crottées, ses vêtements froissés, auraient fait une triste figure au milieu de la coquette salle à manger, en face des porcelaines de Sèvres et de la splendide argenterie. Pourtant, le jeune homme se sentit saisi d'un profond dédain quand, en entrant dans la chambre, il jeta un coup d'œil sur les élégantes babioles qui s'y trouvaient rassemblées, et auxquelles, la veille encore, il attachait bien un certain prix : « A quoi servent toutes ces misères! » se dit-il en repoussant avec mépris les babouches de velours préparées devant la cheminée. « Est-ce qu'un homme a besoin de toutes ces bagatelles parées, bonnes pour des sultanes frileuses? Comme je vais apprendre à m'en passer dans le grenier qui m'attend ; car, si je ne me trompe, mon oncle va entrer dans une indignation qui ne me laisse guère d'autre perspective de début N'importe, il faut, à présent, se raser et mettre un habit. Mademoiselle Olympe va voir diminuer sa cour ; un de ses adorateurs s'éloigne ; qu'il parte au moins galamment, avec un respectueux salut et un gilet irréprochable. Je dis aujourd'hui adieu aux vanités du monde, et, pour cette raison, je vais prendre ce que j'ai de mieux. »

Et, d'après ces considérations, Albert se para de ses vêtements les plus élégants, de ses plus coûteuses babioles, comme la novice qui revêt la brillante parure de mariée avant de prendre pour toujours la bure sombre et le voile noir. Puis il descendit à la salle à manger, où ces dames se trouvaient déjà et où il entra en faisant le plus cérémonieux de ses saluts.

« Enfin, vous voilà, monsieur Maucroix! » dit madame Richer d'un ton qui pouvait facilement tourner à l'aigre. « Savez-vous que vous

m'avez donné de fameuses transes? Je n'aurais
pas aimé apprendre à votre oncle qu'il vous
fût arrivé malheur chez nous. Je ne vous de-
manderai pas d'où vous venez, sûrement. D'a-
bord, cela ne me regarde pas, et puis, chacun
peut avoir ses affaires; mais je serais curieuse
de savoir si vous avez cherché toute la nuit
votre montre au clair de lune? »

Albert se rappela alors son mensonge de la
veille et se sentit rougir légèrement, mais il
essaya de faire bonne contenance et répondit :

« Non, madame, je n'ai pas cherché ma
montre toute la nuit; seulement il s'est présenté pour moi une circonstance dans laquelle
mes faibles services pouvaient être de quelque
utilité, et je me suis trouvé heureux de les
offrir.

— Ainsi, c'est par charité chrétienne que
vous avez bravé le vent et la neige de cette
nuit? » dit à son tour Olympe. « Vraiment,
monsieur Albert, vous êtes un autre Vincent de
Paule, un Fénelon en habit noir; ne s'agissait-il
point de quelque vache perdue, et avez-vous
été assez heureux pour ramener la bête à sa
famille éplorée?

22

— Non, mademoiselle, il ne s'agissait point de chercher une vache, » répondit patiemment Albert; « il s'agissait de veiller une morte.

— Une morte! vraiment vous êtes tragique, monsieur Albert, et vous nous dites cela avec un air funèbre fait pour donner le frisson. Ainsi, c'est auprès d'un cercueil que vous avez veillé cette nuit? Et moi qui croyais qu'en rêvant à votre montre perdue ou à quelque étoile filante, comme j'ai cru hier en apercevoir une, vous étiez tombé dans un fossé et vous y aviez passé la nuit, comme vous l'aviez fait jadis!

— Non, Mademoiselle, vous vous trompiez encore; ce n'est pas dans un fossé, c'est à la Maison-Grise que j'ai passé la nuit.

— A la Maison Grise! Mais il n'y avait pas là de morte, je suppose? car nous avons rencontré, hier, mademoiselle Renée marchant dans la neige avec une prestesse et une vigueur tout à fait rassurantes.

— Il n'y avait, en effet, personne de malade à la Maison-Grise; mais mademoiselle de Mareilles allait, lorsque vous l'avez vue, soigner une vieille paysanne qui est morte dans ses bras. Je... me suis trouvé... par hasard... assez

près du lieu de la scène, et j'ai été appeler
des fermiers pour veiller auprès du cadavre.

— Ah! j'y suis enfin, je commence à comprendre, » dit Olympe avec une inflexion mo-
queuse dans la voix. « Seulement, je me vois
forcée, monsieur Albert, de revenir un peu
sur les louanges que je vous donnais tout à
l'heure. Monsieur Maucroix ne brûle pas précisément d'un beau zèle philanthropique ; mais
il s'associe volontiers aux actes de bienfaisance
pratiqués par une jeune vicomtesse aux cheveux noirs. Il n'y a rien de tel que les beaux
yeux pour inspirer la charité chrétienne. C'est
pour cela que, dans certaines églises, on confie
la bourse de quêteuses aux paroissiennes les
plus jolies. Le moyen n'est pas tout à fait
neuf; mais il est toujours ingénieux.

— Avec cela, ma fille, c'est surtout fort at-
tendrissant de voir une grande dame porter
secours à une villageoise pauvre. Si des bour-
geoises comme nous le faisaient, cela ne se
remarquerait pas, bien sûr. On dirait : « Elles
font leur devoir. Les paysans les valent bien,
après tout. » Mais on a beau avoir la bourse
plate; on peut toujours se donner des airs

quand on a un *de* devant son nom, ou un
vieil écusson rouillé à sa porte. Quoique monsieur Giraud, qui est un ancien filateur, ne
soit pas sorti plus que moi de la cuisse de Ju-
piter, monsieur Maucroix oublie volontiers
cette parenté, fort respectable du reste, et fait
tous ses efforts pour frayer avec la noblesse.

— Permettez, madame, » dit Albert d'une
voix où l'irritation commençait à se faire
sentir; « c'est sur ce mot *noblesse* qu'il s'agit de
nous entendre. Pour moi, il y en a de deux
sortes : la noblesse de race, et la noblesse de
cœur : chez quelques personnes, la première
seulement s'est conservée; d'autres, assez
nombreuses malheureusement, n'ont jamais
eu ni l'un ni l'autre de ces glorieux priviléges.
C'est pour cela que je respecte d'autant plus
les familles qui les possèdent toutes deux, et
chez lesquelles la beauté de l'âme ajoute son
prestige à l'ancienneté du nom.

— Vraiment, monsieur Albert, votre voyage
en Poitou ne vous a pas été inutile; vous y
avez appris à dire de fort belles phrases, plus
ronflantes que polies, je vous l'avouerai. Je ne
sais pas seulement ce qu'en pensera monsieur

votre oncle, qui a pour tous papiers de famille
un bon portefeuille bien garni. C'est bien
malheureux que monsieur Giraud n'ait pas pu
trouver un marquisat derrière les métiers de
sa filature et qu'il n'y ait ramassé qu'un pauvre petit million qu'il se proposait de vous
offrir. Il changera peut-être d'idée, qui sait?
quand il verra que vous voulez du blason
avant tout. Je ne sais vraiment pas ce qu'il
dira de cette drôle de lubie.

— Je ne le sais pas non plus, madame, » dit
Albert en se levant; « mais je l'apprendrai
bientôt; car je partirai pour Paris aujourd'hui
ou demain. Veuillez donc, mesdames, agréer
mes respectueux hommages, et considérer
notre entrevue de ce matin comme une visite
d'adieu. »

En disant ces mots, Albert salua madame
Richer et sa fille avec la plus parfaite conve-
nance, et, quittant la salle à manger, alla
faire sa malle sans retard.

« Ne l'avais-je pas bien dit? » s'écria Olympe
avec humeur aussitôt qu'il eut fermé la porte.
Il est amoureux de cette mademoiselle de
Mareilles, et c'est pour cela qu'il nous tourne

22.

le dos et s'en va à Paris. Oh! la rusée vicomtesse sait ce qu'elle fait! Elle aura lu dans les
traités de morale chrétienne de monsieur son
frère que la vertu trouve toujours sa récompense, et elle s'en va faire de la charité en
plein vent quand elle est bien sûre de rencontrer un jeune niais qui ira droit s'engluer les
ailes. Elle a raison, sans doute; car son plan
lui réussit.

— Ne te dépite donc pas, ma mignonne, »
reprit sa mère. « Est-ce une si grande perte
après tout que ce précieux Maucroix avec ses
moustaches blondes et ses gilets blancs? On
trouve ses pareils à la douzaine. Un de perdu,
dix de retrouvés. D'abord il nous reste monsieur Champion, qui, selon moi, a bien son
mérite. Et puis nous avons le procureur général et le colonel, que j'ai vus à Niort et que
j'attends ici sous peu; deux hommes posés
ceux-là, qui ont de la barbe au menton et de la
considération dans le monde, et qui n'iront
pas courir les champs à la suite d'une petite
folle n'ayant pas le sou en poche, mais portant des girouettes blasonnées sur le toit de
sa misérable bicoque.

— Oh! pour monsieur Saturnin, maman, »
répliqua Olympe d'un air abattu, « qui sait si je
puis compter sur lui? Est-ce que je ne les ob-
servais pas tous deux, lui et Albert Maucroix,
depuis le jour de leur rencontre? Je n'ai pas
été dans le monde pour rien, cependant; je
savais comment m'y prendre pour paraître
tantôt préférer celui-ci, tantôt favoriser celui-là. S'ils avaient été vraiment amoureux,
n'auraient-ils pas été jaloux l'un de l'autre?
Eh bien! non; tous deux paraissaient d'une
bonne humeur, d'une tranquillité à faire
envie! Pas la moindre aigreur, pas le plus léger soupçon d'une haine rentrée! Saturnin
expliquait à monsieur Maucroix les curiosités
de la province, et celui-ci lui donnait des
conseils sur la coupe de ses paletots. N'est-ce
pas humiliant pour moi, dis? Avoir tenu,
pendant deux mois et demi, deux rivaux
sous le même toit, avoir été gracieuse pour
l'un et pour l'autre, et tout cela sans les faire
un instant sortir de leur caractère, sans entrevoir l'ombre d'une querelle ou d'une pro-
vocation! ,

— Bah! crois-tu que monsieur Champion

serait assez bête pour aller se couper la gorge
avec un blanc-bec sans cervelle et sans argent ?
Non, non, ma fille ; un homme prudent et
bien avisé, qui a de bonnes rentes et qui est
dans le commerce, ne commet pas de pareilles folies. Je connais mieux que toi monsieur Saturnin ; c'est un homme qui ira loin ;
je te l'ai toujours prédit, et j'ajoute, malgré
ta mine découragée, qu'il ne tiendra qu'à toi
de l'accompagner, et de devenir une des
grosses têtes du département. Il n'est pas
amoureux comme un poëte, et il se consolerait
de te perdre ; mais tu fais son affaire, et tu
peux compter sur lui ; je te le répète. ».

Et sur cette assurance consolante, madame
Richer quitta la salle à manger, pour aller
faire une tournée dans son parc, tandis qu'O-
lympe, restée seule, jeta un regard au miroir, en se demandant comment Albert avait
pu ne pas apprécier des yeux si vifs et un si
provoquant sourire.

Pendant ce temps, Albert avait terminé ses
préparatifs. Il appela un garçon d'écurie et le
pria de porter sa malle à l'auberge du père
Chavot. Pour lui, il se dirigea à pied vers la

Maison-Grise. Comme il était ému en marchant !
comme son cœur bondissait de joie et de regrets, de crainte et d'espérance ! C'était en
quelque sorte une visite de fiançailles qu'il
allait faire à Renée, mais c'était en même temps
une visite d'adieu. Il ne verrait plus les yeux
noirs de la jeune fille lui inspirer le courage
et la foi, son calme sourire le ranimer aux
heures d'abattement et de solitude. C'était bien
loin d'elle, à Paris, dans la foule, qu'il fallait
la conquérir, par le travail et la pauvreté.
N'importe ; Albert voyait le but maintenant, et
il y marchait d'un pas aussi ferme que l'oncle
Giraud l'avait fait jadis, lorsqu'à vingt-cinq
ans, pauvre contre-maître de filature, il s'était
juré de devenir riche envers et contre tous. Il
l'était devenu. Le but était différent ; mais la
ténacité était la même : celui-là réussit qui
sait attendre et persévérer.

Lorsque le vicomte de Mareilles vit entrer
Albert dans la salle, il alla à lui et lui tendit
la main : « J'ai causé avec ma fille, lui dit-il ;
Elle ne repousse pas votre demande ; seulement,
elle ne voudrait pas devenir une cause de dé-
sunion entre vous et le seul parent qui vous

reste. Que pensez-vous faire maintenant?

— Aller à Paris, » dit Albert résolûment. « Ce
soir je serai en chemin ; d'ici à quelques jours,
je vous aurai fait connaître la décision de mon
oncle ; mais, la mienne, monsieur, est irrévo-
cable. Seulement, il me faudra quelques années
peut-être pour la faire triompher. Ne vous
lasserez vous point de ce délai et retrouverai-
je Renée libre à mon retour ?

— Nous sommes trop pauvres pour que vous
ayez beaucoup de rivaux à craindre, monsieur
Maucroix, » dit le vicomte avec un triste sourire.
« D'ailleurs, quand Renée vous aura donné sa
parole, rien ne pourra la lui faire rétracter.
Dans notre famille on est fidèle à son serment.
Seulement, je vous en supplie, ne vous enga-
gez pas, si vous n'êtes pas sûr de vous-même,
sûr de pouvoir supporter la misère, le travail
et l'attente. Épargnez à ma fille un désenchan-
tement qui détruirait la paix de son cœur et
qui briserait le mien.

— Monsieur le vicomte, cessez de douter et
de craindre, » dit Albert avec résolution. « Ce
n'est pas à Renée que je fais un sacrifice en re-
nonçant à un mariage qui ne satisferait aucun

des besoins de mon cœur, à une fortune que je
devrais acheter au prix de mon indépendance.
C'est ma conscience et ma dignité d'homme qui
protestent contre ce trafic, qui se révoltent
contre cet abaissement; c'est pour leur obéir
que je commencerai, seul et courageux, l'é-
difice de ma fortune, qui sera partagée un
jour par la seule femme que je puisse aimer.

— Dieu fasse que vous puissiez persévérer
et que les épreuves ne soient pas trop rudes! »
dit le vicomte avec un soupir. « Mais si vous
partez ce soir, vous avez peut-être bien des
choses à dire à Renée; car vous ne la verrez pas
de longtemps; elle est au jardin, mon enfant,
allez-y. »

Albert descendit les degrés croulants, et s'a-
vança sur la pelouse. Renée y était, assise sur
un tronc d'arbre renversé, le dos appuyé au
piédestal de la Diane de marbre qui avançait
son bras blanc au-dessus de la tête de la jeune
fille, comme pour la protéger. Le feuillage
sombre du lierre courant autour de la statue
formait un encadrement splendide au doux
visage de Renée. Albert admira surtout le mé-

lange de fermeté et de noblesse qui se faisait
remarquer sur ces beaux traits un peu pâlis,
sur ce profil fin et accentué, mais charmant de
grâce féminine. La jeune fille tenait son ouvrage et ne l'entendait pas marcher dans le
gazon. Il s'approcha doucement, et vint s'asseoir aussi sur le tronc d'arbre.

« Renée, » dit-il en tendant la main à la jeune
fille, « votre père m'a envoyé près de vous.
Hélas! il me reste quelques heures à peine
pour vous voir et vous conter mes rêves. Il faut
que je parte ce soir pour Paris. Est-ce que
votre pensée m'y suivra?

— Oui, » dit la jeune fille avec candeur. « Je
ne pourrais pas oublier que vous êtes venu à
moi qui suis pauvre et isolée, que vous ne vous
êtes pas effrayé de notre vieux toit en ruines, et
qu'ainsi maintenant, outre mon père et Gabriel, il y a encore quelqu'un qui a bien voulu
m'aimer. Seulement, je ne sais pas ce que l'a-
venir nous réserve, et je ne voudrais pas, à
cause de moi, vous voir subir des épreuves
trop longues ou trop cruelles. La résignation
et la patience me sont bien faciles à moi, qui
ai dû les apprendre et les pratiquer dès l'en-

fance; à moi, qui ne connais rien des tentations
du monde, et qui ai grandi, protégée par le
noble cœur de mon père et par l'âme pure de
Gabriel. Mais vous êtes homme, vous êtes jeune,
vous avez été indépendant jusqu'ici. La pauvreté vous semblera bien rude peut-être. Eh
bien ! si elle vous lasse un jour, n'ayez pas de
fausse honte, ne vous obstinez pas à tenter le
sort. Écrivez-moi toujours ce que vous pense-
rez, ce que vous aurez résolu. Si la nécessité
vous force à m'oublier et à changer de route,
je ne vous en voudrai pas, je me dirai: «Il était
généreux et sincère, il m'a aimée : ce n'est
pas sa faute si la lutte était rude et si les forces
lui ont manqué !

— Vous me dites, Renée, à peu près ce que
votre père m'a dit avant vous. Je vous répon-
drai comme à lui : C'est pour ma dignité
d'homme, c'est pour mon bonheur d'époux
que je vais souffrir et travailler; de tels motifs sont assez puissants pour faire aimer la
souffrance et le travail.

— Avant tout, tâchez de ne pas irriter votre
oncle, je vous en conjure. Combien je serais

23

malheureuse si je savais qu'à cause de moi, il vous repousse et vous maudit.

— Je ne veux pas vous tromper, Renée ; je ne pense pas qu'il en puisse être autrement. Mon oncle est tenace dans ses idées ; il avait formé de beaux plans pour moi, et ne me pardonnera pas de les renverser. Mais je ne puis pas sacrifier aux exigences de mon oncle le repos et le bonheur de ma vie ; je ne troquerai pas contre un château mon indépendance et ma dignité. Un jour viendra peut-être où il comprendra mes motifs et saura les apprécier. Priez pour notre bonheur, Renée, jusqu'à ce que ce jour soit venu !

— Oh ! oui, » dit la jeune fille avec émotion ; « je prierai ! Autrement, que pourrais-je faire, moi qui penserai sans cesse à vos luttes et à vos épreuves, sans qu'il me soit donné de les partager et de les adoucir. Et vous, ne prierez-vous pas ? Savez-vous comment on prie ?

— Je ne le savais pas, » dit Albert, sérieux ; « mais hier soir vous me l'avez enseigné. Et je pourrai parler à Dieu à présent ; car je comprends tout ce qui est sublime, maintenant que je vous aime. Oui, Renée, je suis chrétien.

— Je crois en vous, et j'espère, » dit Renée
avec un rayon de joie dans les yeux. « Quand
nous allons être seuls, mon père et moi, dans
notre grande maison déserte, nous aurons deux
chers absents loin de nous; mais chaque soir
nous nous retrouverons tous unis par la prière,
au pied du grand crucifix, et vous reviendrez
un jour peut-être vous y agenouiller avec nous!

— Et d'ici là, vous ne m'oublierez pas, Renée? Et je vous retrouverai fidèle à notre amour
naissant, à nos vieux souvenirs? » dit le jeune
homme, en attirant à lui la taille souple de la
jeune fille.

« Oui, » répondit-elle avec émotion, « je
m'attacherai à votre souvenir comme le lierre
à cette statue. Ce n'est pas dans la solitude
qu'on oublie. Albert, ayez la force; moi, j'aurai
la constance. C'est là notre rôle à tous deux. »

Et les jeunes gens causèrent longtemps encore de leur amour et de leurs rêves, jusqu'au
moment où l'heure du départ arriva, et où
Albert, après un adieu plein d'amertume, vit
disparaître le toit de la Maison-Grise et regagna la route de Paris.

CHAPITRE XI.

A Paris.

Vingt-quatre heures environ s'étaient écoulées depuis les adieux à la famille de Mareilles, lorsque Albert, le cœur palpitant, descendit de cabriolet à peu près vers le milieu de la rue Duphot. A peine eut-il appris que monsieur Giraud se trouvait chez lui, qu'il s'élança sur l'escalier, laissant la portière se confondre en salutations et lui demander des nouvelles de son voyage. Le jeune homme voulait en finir au plus vite avec la crise fatale, à peu près comme le patient qui présente à l'opérateur sa mâchoire endolorie, et qui s'irrite de le voir choisir ses outils et examiner ses pinces avec une cruelle lenteur. Son coup de sonnette se ressentit de cette précipitation fébrile; car il tira brusquement d'un demi-sommeil l'oncle Giraud, qui venait de s'assoupir dans un de ses fauteuils de velours.

« Qui diantre carillonne ainsi ? » grommela

le bonhomme, pendant que la cuisinière introduisait le nouveau venu. Eh! pardieu, c'est mon neveu! Je comprends maintenant..... la joie, la précipitation, le saisissement. Tu pouvais m'écrire, certes, au lieu de me surprendre ainsi. Mais j'oubliais qu'il fallait bien venir à Paris pour tous les achats nécessaires. Eh bien! à quand la noce, mon heureux vainqueur?

— Laissez-moi d'abord vous embrasser, mon oncle; nous causerons tranquillement ensuite.

— Voyez un peu! le modeste jeune homme, qui rougit de son bonheur et qui se gêne pour en parler. Et cachotier avec cela, et mystérieux, Dieu me pardonne! Voilà six semaines que je n'ai pas reçu le plus petit mot de correspondance, parce que monsieur veut savourer sa félicité tout à son aise, sans perdre son temps à m'en faire part. Mais si tu n'as pas écrit, il faut parler maintenant. Ainsi, expliquons-nous, traitons l'amour et les affaires; et d'abord, pour commencer, dis-moi comment sont les chênes de la Tourmelière et à quelle somme on peut les évaluer?

23.

— Mon oncle, quant à leur valeur, je n'ai guère d'idées précises sur ce point; mais je puis dire qu'ils sont fort beaux, et que quelques-uns arrivent à un mètre et demi de circonférence

— Hein! madame Richer me les avait dépeints un peu autrement; mais, à la rigueur, on peut se contenter de cela. Seulement, je m'étonne que tu ne te sois pas donné la peine de prendre des renseignements positifs sur leur valeur, relativement aux besoins du pays, à la situation de la propriété. Voilà ce que c'est que d'être jeune et de faire l'amour à l'aveuglette. On agit en véritable étourdi, sans plus penser au solide que je ne pense à la découverte de l'Amérique. Les beaux yeux ne remplissent pourtant pas la poche, mon neveu, il faut encore autre chose avec.

—Mon oncle, » dit Albert, dont la voix tremblait un peu, car il sentait venir l'instant décisif; « je suis peut-être bien coupable, mais non de la manière que vous croyez; en tout cas, je réclame votre affectueuse indulgence. »

L'ex-filateur, légèrement inquiet, dressa l'oreille à ce début pathétique, et, se plaçant sur le bord de son fauteuil, le buste roide, l'œil sévère, les mains dans les poches de son pantalon, il exprima, par cette pose interrogative, son impatience et sa curiosité.

« Je vais tout vous conter en deux mots, mon bon oncle, » dit Albert, essayant de plaisanter pour se donner du courage. « Ce n'est pas un César victorieux que vous voyez devant vous, ramenant son butin d'amour et de conquêtes. C'est un pauvre fugitif, honteux de sa mauvaise chance ou de son mauvais goût. J'ai trompé vos espérances, mon cher oncle. J'ai été inhabile à exécuter vos projets. Vous m'aviez dit : Va, vois, sois vainqueur! Je suis allé, j'ai vu et... je n'ai pas vaincu.

— Que signifie tout ce galimatias. Cela veut dire qu'on te refuse?

— Non, pas précisément, » dit Albert en baissant la tête, « on ne me refuse pas, mais.... je m'en suis allé.

— Ah!... tu... t'en... es allé! » répéta François Giraud en accentuant chaque syllabe avec une majesté sinistre. « Et la raison, s'il vous plaît?

— La raison... (mon oncle, écoutez-moi pa-

tiemment, je vous prie). La raison, c'est que
je ne puis me décider à épouser mademoiselle
Richer. »

A ces derniers mots, François Giraud se
dressa sur ses pieds comme poussé par une
batterie électrique, et, l'œil chargé d'éclairs,
le corps penché en avant, il attendit quelques
secondes avant de pouvoir formuler une in-
terrogation nouvelle.

« Tu ne peux pas épouser mademoiselle
Richer? » répéta-t-il avec une colère contenue.
« Je voudrais savoir pourquoi?

— Parce que je ne pourrais pas l'aimer.

— Tu ne pourrais pas l'aimer? Comprend-
on une pareille bêtise? Une femme de vingt
ans, qui a cent cinquante hectares, des bois
superbes, une belle éducation et un château
par-dessus le marché! Pas l'aimer! Mais qu'ai-
merais-tu donc?

— Mon oncle, je ne sais pas, j'ai tort, sans
doute, puisque mes paroles vous irritent,
mais je ne puis changer sur ce point.

— Mais que veux-tu donc, triple sot? Une
fille avec des yeux et des colliers de diamants,
qui danse comme Taglioni, qui chante comme

un rossignol! Que te faut-il donc? Une duchesse, qui sait? ou une infante d'Espagne?
niais que tu es!

— Je reconnais à mademoiselle Olympe
toutes les qualités dont vous parlez, et mille
autres encore si cela peut vous plaire, » répondit
Albert un peu irrité. « Elle est belle, elle est
riche, elle est élégante; elle chante à ravir et
pose admirablement; en un mot, elle est
divine; mais telle qu'elle est, je ne l'aime
point. Épousez-la, mon oncle, si le cœur vous
en dit.

— Et si je l'épousais? mon neveu le philosophe!

— Je dirais: Dieu vous garde! mon oncle le
téméraire.

— N'avez vous pas honte, monsieur, de me
faire une pareille réponse, de me lancer de si
perfides insinuations. Mais cela vous tournera
mal, je vous le garantis. Que mademoiselle Richer ne s'effraye pas de mes cinquante ans et
de ma barbe grise, qu'elle me permette de lui
offrir mon bon gros portefeuille, et nous verrons qui de nous deux rira le dernier?

— Mon oncle, je n'insinue rien, » dit Albert

avec insistance. « J'apprécie toutes les qualités de mademoiselle Olympe, voire même l'énormité de sa dot; mais je n'accepterai jamais cette fortune : car, pour la posséder, il faudrait sacrifier mon bonheur.

— Et où voyez-vous votre bonheur, monsieur l'insensé?

— Dans l'union des cœurs, la sympathie des caractères; dans l'amour pur et confiant qui fait oublier les amertumes, et centuple les joies de l'existence. Croyez-moi, mon oncle, il n'est pas nécessaire, pour être heureux, d'avoir des perdreaux truffés à dîner et d'entendre chaque soir des roulades de Rossini. On peut être fort misérable dans un parc de vingt arpents, plantés de chênes de deux mètres de circonférence. J'ai vu que, pour moi du moins, le bonheur n'était pas là. Faut-il que je vous dise où je l'ai trouvé?

— Dites, monsieur. La découverte doit être des plus intéressantes.

— Eh bien! je l'ai trouvé dans une vieille maison en ruines, où les pierres des murs s'écroulent, où les ardoises tombent du toit. Il m'attend là, auprès d'un foyer antique, au

milieu d'une famille pieuse et honorée , il me
sourit dans les yeux d'une jeune fille qui n'a
pas le moindre arpent de terre, pas le plus
petit coin de forêt ; mais dont la vertu et la
beauté ennobliraient des reines.

— Nous y voilà ! » s'écria François Giraud.
« Il ne fallait rien moins que quelque sotte
amourette pour vous tourner la cervelle, au
point de vous faire méconnaître vos intérêts
et mes sérieuses recommandations.

—Vous vous méprenez, mon oncle. Ce n'est
point une amourette que cette conviction forte
et enracinée qui me fait voir dans mademoiselle de Mareilles le type de la jeune fille chrétienne, l'idéal de la femme et de la mère. Je
ne demande pas à la future compagne de ma
vie l'élégance du grand monde, les talents et
le brillant de la société. Ces dons-là sont char-
mants et faits pour remplir les heures futiles
des salons ; mais ils ne pourraient suffire pour
occuper les longs jours passés à deux, près
du foyer de famille , souvent dans l'inquiétude ou la douleur. Il me faudra , dans ces
jours-là, trouver près de moi un cœur qui
batte avec le mien, une âme qui s'élève en

entraînant la mienne, une voix qui me rende
l'espérance et m'apprenne le courage : ce n'est
pas en mademoiselle Richer que je trouverai
tout cela. O mon oncle ! si ma mère, que
j'ai tant aimée et que j'ai trop tôt perdue, si
elle était là encore pour me protéger et me
conduire, voici ce qu'elle me dirait : « Albert,
« ne sacrifie pas au luxe qui éblouit, l'amour
« vrai qui console ; tu veux le calme pour ta
« vie, la foi à ton foyer, la tendresse pour
« ton cœur ; tu les trouveras loin du monde :
« épouse Renée, mon enfant ! »

— Fort beau, sublime, en vérité ! » interrompit l'ex-fabricant avec un éclat de rire
ironique. « La fiancée de ton cœur, qui est
pour le moins une duchesse, si j'en juge par
le *de* qui décore son nom, t'a du moins rendu
un grand service ; elle t'a enseigné l'éloquence.
Cela pourra t'être utile, mon cher, dans ta
profession. Le moment est venu d'y débuter,
ou d'en choisir une autre ; car tu comprends,
mon ami, que tu n'as plus qu'à voler de tes
propres ailes. Je n'aurai pas fait élever un
neveu avec soin, je ne l'aurai pas lancé dans
le beau monde, à grands renforts d'écus, pour

qu'il vienne aujourd'hui me faire de ses coups
de tête et m'assommer de sa morale, et que je
doive le supporter patiemment. On a toujours
su compter dans notre famille, monsieur, on
ne s'est jamais payé de belles raisons, attendu
que les grandes phrases n'ont pas cours à la
Bourse. Les Giraud estiment les choses solides :
les bonnes terres au soleil, les napoléons bien
frappés, les bons sur le trésor; mais si vous
préférez la viande creuse, les grands mots et
les beaux yeux d'une comtesse nichée dans
quelque trou de hibou, vous en êtes parfaitement libre. Seulement, je m'en lave les mains.
Je n'ai jamais rencontré parmi les miens de
fou ni d'imbécile. S'il s'en trouve un par hasard, je le chasse et je le déshérite. Allez,
monsieur! »

Et le père Giraud termina son apostrophe
par un geste d'une éloquence significative.
Après quoi, il tourna sur ses talons et rentra
dans sa chambre à coucher. Albert, resté
seul, redescendit tristement l'escalier et se dirigea à pas lents vers son ancien logement de
garçon.

CHAPITRE XII.

Les jours d'épreuves.

Rentré chez lui, Albert Maucroix se prit à examiner d'un œil dédaigneux et triste tous les brimborions de luxe, souvenirs de sa vie passée, dont il lui fallait se séparer maintenant. « Tout cela me servira au moins, pensat-il, à me faire vivre pendant les premiers mois de recherches et de misère. Ne perdons pas courage ; jetons hardiment par-dessus bord, dans ce naufrage de ma fortune, tous ces colifichets inutiles, pour que le vaisseau, délivré de son lest, reprenne légèrement sa course sur les vagues. A la mer, tous les bibelots : les pipes d'écume, les nécessaires de toilette, les armes de luxe ; au Temple, les paletots de Dusautoy ! à l'hôtel des commissaires-priseurs, les statuettes de Dantan et les albums de Gavarni ! » Et le jeune homme fit comme il le disait, avec autant de célérité que de courage. Ne se ré-

servant qu'un peu de linge, quelques livres
et ses vêtements les plus modestes, il expédia
prestement tous ses meubles superflus vers
leurs nouvelles destinations. Seulement cette
vente courageuse ne produisit pas de fort brillants résultats : tout ce luxe évanoui ne rap-
porta pas quinze cents francs. Pour le moment,
la somme était précieuse ; mais le travail n'en
était pas moins nécessaire. Albert le sentait
et se promit bien de ne pas l'oublier.

Mais son premier soin fut d'écrire au vicomte
de Mareilles. Sa lettre était assez courte,
mais très-significative ; elle ne contenait guère
que ces mots :

« Monsieur le vicomte,

« Mon oncle, comme je m'y attendais, est
« fort irrité contre moi. Non-seulement sa for-
« tune m'est enlevée, mais sa porte même
« m'est interdite. Ne vous affligez pas trop
« pourtant, ni vous, ni ma Renée chérie,
« dans les yeux de laquelle je crois voir briller
« des larmes. La fureur de mon oncle ne sera
« peut-être pas éternelle ; qui sait ce que le
« sort nous apportera ? Vous rappelez-vous ;

« monsieur le vicomte, ce que vous me disiez
« la veille de mon départ : « L'avenir sera ce
« que vous l'aurez fait. » Eh bien ! soyez sans
« crainte ; je le ferai beau, brillant et assuré,
« parce que je travaille pour ma Renée que
« j'aime, et que, rien qu'en pensant à elle,
« la foi m'inspire et l'espoir me sourit.

« Je me suis débarrassé déjà de tout le luxe
« de ma vie passée : maintenant je vais cher-
« cher du travail pour avoir du pain d'a-
« bord, et plus tard l'aisance, la fortune
« peut-être. Si le succès dépend de la persévé-
« rance, de l'activité, de l'audace, croyez en
« moi, monsieur. Renée, envoyez-moi un
« sourire : je serai homme, et je réussirai ! »

Puis Albert se prit à réfléchir au genre de
profession qu'il convenait d'embrasser. Il s'a-
vouait avec découragement qu'il n'était préparé à aucune. Il possédait bien, à la vérité,
son diplôme d'avocat. Mais ce n'était pas là
une grande affaire. Il avait une idée générale
des articles du code et des principales dispositions de la loi ; mais s'était-il jamais astreint
à l'étude approfondie des mille détails de la
procédure, lui dont l'esprit rêveur et noncha-

lant semblait si peu créé pour la science pa-
tiente et minutieuse des Cujas et des d'Agues-
seau? Pourtant ce diplôme était un titre; il y
avait un premier pas de fait sur une route où
il fallait entrer résolûment et marcher sans
perdre haleine.

« Soyons avocat, » se dit Albert courageusement. « Entrons dans le monde des procédures
civiles et criminelles. Résignons-nous à parler
saisie, arrêt, contravention, dommages et intérêts, remise à huitaine. Un jour j'endosserai
la longue robe et la toque carrée, et je tâ-
cherai de les porter le plus convenablement
possible. Mais viennent quelques causes profi-
tables et un bon mois de vacances judiciaires
à passer en Poitou! mon ancienne gaieté se
retrouvera bien vite, et je jetterai, ma foi!
mon bonnet par-dessus... les girouettes! »

Le jeune homme se mit donc courageusement à l'œuvre. Il loua une modeste chambre
sur la rive gauche, y rassembla les ouvrages
nécessaires à ses nouvelles études, et devint un
visiteur assidu des salles du Palais-de-Justice.
Mais il lui fallait encore un guide pour l'é-
clairer, le conduire, et, au besoin, le mettre

en avant. Il pensa alors à un vieil avoué qui faisait jadis les affaires de son oncle. C'était un bonhomme jauni comme ses dossiers, poudreux comme ses cartons, incrusté dans les casiers de son étude, serré et vigilant en affaires; mais qui pouvait au besoin rendre un service ou donner un bon conseil. L'amour-propre disait bien à Albert qu'il était dur d'entrer l'air sombre et le chapeau bas dans cette étude où il apparaissait jadis en gants glacés et bottes vernies; mais Albert dit à l'amour-propre qu'il eût à le laisser en paix, et s'en alla affronter les regards narquois et les mines étonnées des clercs de l'étude, aussi bravement que s'il eût marché à l'assaut d'une redoute, en tête d'une compagnie de chasseurs de Vincennes. Aussi son courage se trouva récompensé : « Mon garçon, lui dit le bonhomme Floquet après qu'il eut écouté le récit de ses aventures, vous voulez devenir avocat, c'est fort bien : vous avez votre diplôme, c'est incontestable; mais je dois vous avouer que vous ne savez pas le premier mot du métier. Si vous pouvez vous résigner à endosser des bouts de manches de lustrine et à venir tous les

jours pendant un an déchiffrer et gribouiller
des masses de dossiers, en prenant avec cela
du goût pour toutes les roueries de la procédure, il est possible qu'au bout d'un certain
temps, vous ayez une certaine idée des affaires. Et alors, ma foi ! s'il se présente quelques
causes bien nettes, où l'on ne soit pas fort généreux en honoraires et où l'on n'ait pas peur
de prendre un commençant, je pourrai penser
à vous. »

La perspective n'était pas très-gaie, ni la
promesse bien brillante ; mais il fallait à Albert du travail et un protecteur. Il venait de
trouver l'un et l'autre, et il se réjouit de sa mince
trouvaille, dont il était fort reconnaissant. Dès
lors, il se montra fort assidu à l'étude, fouil-
lant sans relâche les dossiers les plus volu-
mineux, démêlant, à force de patience et de bon
vouloir, les procédures les plus ardues, aussi
humble et opiniâtre au travail que s'il n'eût
jamais failli posséder les cinquante mille livres de rente de l'oncle Giraud. Il avait le courage et la foi, la résignation lui était facile :
« Gabriel avait raison, » pensait-il parfois ; « la
Providence est partout. Elle m'a jadis envoyé

Mathurin Rondot pour me tirer du fossé et me
conduire à ma Renée chérie ; elle m'apparaît
maintenant sous les lunettes vertes, sous le
nez pointu du bonhomme Floquet, qui me sait
gré, je crois, de ma bonne volonté à débrouiller
les ficelles de la chicane. Seulement, ô bonne
Providence ! daignez remuer un peu le cœur
de mon oncle Giraud. »

Et le jeune homme, en rêvant ainsi, souriait à ses paperasses racornies, tandis que
Renée, gracieuse et belle, lui apparaissait
au-dessus de son pupitre, et laissait après elle
une trace lumineuse sur les cartons verts de
l'étude. Les compagnons d'Albert s'étonnaient
de sa mine rêveuse et souriante ; mais lui,
sans s'apercevoir de leurs moqueries, ayant
vu disparaître sa brillante vision, revenait
vite à sa besogne et n'en transcrivait que plus
lestement, d'une belle écriture courante : « L'an
mil huit cent cinquante-deux, le vingt-neuf
du mois de janvier, par-devant nous, maître
Floquet, etc. »

Vers le printemps, Albert eut une grande
joie. Un soir qu'il revenait de l'étude, et qu'il
achevait son souper frugal en étudiant une

affaire alors en cause, il entendit des pas sur le palier... Bientôt on frappa à sa porte, et lorsqu'il eut ouvert, il se trouva dans les bras de Gabriel. Le jeune prêtre allait s'embarquer au Havre pour rejoindre sa mission de la Sonora.

« Venez, mon ami, mon frère, » lui dit Albert en l'entraînant vers son mince fauteuil. « Venez me rendre la présence de ceux que nous aimons. Ce n'est pas une simple lettre qui m'arrive aujourd'hui : il me semble que Renée me parle dans votre voix et qu'elle m'envoie son sourire sur vos lèvres.

— C'est à peu près ce qu'elle m'a dit au départ, » dit Gabriel en souriant. « Mais ce départ était bien triste, et je les ai laissés dans les larmes. Qui sait si nous nous reverrons? Ils sont seuls maintenant, Albert, et ils ont deux absents au lieu d'un. Que deviendraient-ils si Dieu n'était pas là?

— Qu'ils ne souffrent pas pour moi, au moins! » dit Albert avec vivacité. « Je suis content, actif et résigné. Dites-leur ce que vous avez vu chez moi, Gabriel, quand vous leur écrirez. Un petit pain et un saucisson de deux

sous, à côté d'un volume de Faustin Hélie,
sur la table. Voilà, j'espère, une garantie de
travail et de frugalité.

— Oui, » dit Gabriel avec effusion; « je vois
que vous êtes ferme, et j'espère que vous serez
persévérant. Dieu merci! ma Renée aura encore un ami, et plus tard un protecteur peut-
être. Mais, Albert, n'avez-vous point cherché
à calmer votre oncle? Si vous saviez combien
nous regrettons que votre liaison avec notre famille ait été la cause de cette mésintelligence.

— Ne regrettez rien, » dit Albert. « Cette
mésintelligence eût probablement éclaté tôt ou
tard, à quelque autre occasion. Du reste, mon
oncle n'est pas peut-être irrité à tout jamais.
Seulement, pour qu'il se réconcilie avec moi,
il me faudrait une condition essentielle : le
succès. Le monde pardonne volontiers à ceux
qui réussissent. Je crois que les oncles fâchés
sont un peu de cette trempe-là.

— Vous êtes mordant, Albert. Ne devenez
pas misanthrope. Votre oncle avait mis en
vous toutes ses espérances, il voulait votre
bonheur à sa façon. Il vous aimait, mon frère,
et vous ne pouvez pas l'oublier.

— Ce qu'il aimait en moi, » dit Albert en secouant la tête, « c'était la réalisation de ses rêves. Il me voyait récoltant des moissons innombrables, abattant des chênes prodigieux. Quand j'ai bouleversé tous ses projets, il m'a tourné le dos. Qui sait ce qu'il dirait si je lui apportais un jour son château en Espagne dans un pan de ma robe d'avocat ?

— Que Dieu le permette ! » répondit Gabriel. « Écoutez-moi, Albert ; demain matin je quitte Paris ; dans deux jours j'aurai quitté la France. Je vous parle peut-être pour la dernière fois. Promettez-moi, mon frère, de ne pas conserver de rancune au fond de votre cœur, pour que le Ciel vous protége et pour que je puisse, en toute confiance, appeler sa bénédiction sur Renée et sur vous.

— Je vous le promets, Gabriel, » répondit Albert en serrant la main du jeune prêtre. « Mon oncle me trouvera toujours disposé à écouter ses conseils et à reconnaître son autorité, quand il ne faudra pas pour cela sacrifier ma dignité et mon bonheur. »

Ils causèrent longtemps encore pour dérober le plus d'heures possible au temps de la

séparation, éternelle peut-être. Quand Albert
revint le lendemain matin de la gare du chemin de fer du Havre, il avait les larmes aux
yeux.

Il ne pouvait plus attendre de visites des
hôtes aimés de la Maison-Grise. Désormais il
était seul; seul, dans le tumulte et l'immensité de la foule, comme Renée et le vicomte
dans la solitude de leurs bruyères.

Albert avait renoncé à la route fleurie; il
avait embrassé le sentier austère du sacrifice
et du travail. Il entrevoyait le bonheur au
bout; mais, pour y arriver, le voyage était
long et le chemin aride.

Plus d'un an s'écoula ainsi, passé tout entier dans l'étude du bonhomme Floquet et
dans les hautes salles du Palais-de-Justice. Au
bout de ce temps, Albert put écrire à Renée
la lettre suivante :

« Je viens, Renée, de plaider et de gagner
« ma première cause Une grave affaire, cer-
« tes! N'allez pas en rire, surtout! Il s'agissait
« de quelques pouces de plus à un mur mi-
« toyen. J'ai parlé avec autant d'émotion que
« si j'avais défendu la vie d'un homme. C'est

« que c'était la réussite, l'aisance, c'était vous,
« enfin, que je voyais derrière ce mur fatal,
« dans la ténébreuse affaire de monsieur Ma-
« ton contre monsieur Pichot. C'est pour cela
« que j'étais si pâle et que ma voix tremblait
« si fort. Enfin tout a été pour le mieux ; mon
« éloquence a tout emporté : le mur relèvera
« la tête, le voisin baissera la sienne , et mon
« client m'a serré la main en me remettant
« mes minces honoraires. Mes premiers hono-
« raires, Renée ! Avec ceux-là et d'autres bien
« entendu, nous ferons un jour le budget de
« notre ménage et la dot de nos enfants. Mais
« je suis certain que vous auriez ri, méchante,
« si vous vous étiez trouvée par malheur dans
« la salle du Palais, et que vous eussiez pu
« voir la robe traînante, la contenance grave
« et la mine embarrassée de

       « Votre aimant et tout dévoué serviteur,

         « Maître Albert MAUCROIX. »

Renée lui répondit ainsi :

« Non, Albert, je n'aurais pas ri. Quand je
« vous aurais vu, tremblant, soutenir avec tout

                                                25

« l'élan de votre cœur, une cause qui devenait
« importante parce que notre bonheur y était
« attaché; je n'aurais pas eu l'idée de sourire,
« j'aurais plutôt senti des larmes dans mes
« yeux, mais des larmes de joie, d'espoir et
« d'orgueil peut-être. Oui, je deviens orgueil-
« leuse en effet quand je pense que, pour moi,
« vous luttez avec la misère, vous voulez
« grandir par le travail. Oui, vous me rendez
« orgueilleuse, mais triste aussi, triste de vos
« souffrances, de votre isolement, de vos lon-
« gues épreuves. Eh bien, vous le dirai-je?
« Mon père n'est pas de mon avis, et s'afflige
« moins que moi de la dure position où vous
« êtes : Renée, m'a-t-il dit l'autre jour, quand
« je lui ai montré votre lettre, ne déplorez pas
« pour Albert ces luttes qui trempent son ca-
« ractère et développent son énergie. La vie
« est une arène encombrée et tumultueuse;
« c'est par de courageux efforts qu'on s'y fait
« sa place au soleil. Le jeune homme qui com-
« bat a raison; il fait ce que j'aurais dû faire,
« ma fille, pour mon bonheur et le vôtre. Mais
« il faut nous pardonner, mon enfant, à nous
« autres vieillards, élevés dans l'exil, nourris

« dans le culte du passé, et nous enveloppant
« de ses ruines comme d'une pourpre flétrie.
« Les jeunes gens ont mieux compris leur de-
« voir et leur temps : ils traduisent en actions
« leurs plus fécondes pensées; ils savent que
« selon le mot d'un grand poète : *Ceux qui*
« *vivent, ce sont ceux qui luttent.* Voyez Gabriel,
« ma fille : il n'est pas resté oisif dans notre
« vieille maison, regrettant la splendeur éteinte
« de sa famille; il combat aujourd'hui pour la
« gloire de Dieu et le bien des hommes ses
« frères, comme Albert pour la réalisation de
« ses espérances et la sécurité de sa future fa-
« mille. Bénissons-les; inspirons-leur l'amour
« et le courage, mais ne les plaignons pas, ma
« fille; ils font leur devoir d'hommes et de
« chrétiens !

« Voici, Albert, ce que mon père m'a dit,
« et sa sagesse m'encourage, quoiqu'elle ne
« me console pas. Vous trouverez sans doute
« qu'il est beau d'être persévérant et fort; mais
« je suis moins résolue que vous. Je vous aime;
« vous êtes loin de moi, vous souffrez : ne
« vous étonnez pas si je tremble et je pleure. »

Et tout n'était pas fini cependant; il fallait

encore se résigner et attendre. On ne devient
pas en un jour un Chaix-d'Est-Ange ou un
Berryer : le plus souvent même on ne le devient
jamais. Avant d'arriver aux belles et grandes
causes, il faut consacrer son temps et ses veil-
les aux infiniment petites. Albert le fit opiniâ-
trément. Pendant deux ans encore, il eut à
traiter beaucoup de graves affaires de murs
mitoyens, de ruptures de baux, de parcelles
de terre en litige; mais rien ne lui semblait
mesquin de tout ce qui pouvait lui donner du
pain et lui faire un nom. Aussi réussit-il en
partie, et maître Maucroix, quoique jeune encore, commença à jouir d'une considération
bien méritée parmi ses confrères du barreau.

CHAPITRE XIII.

Le plaidoyer.

Quatre ans s'étaient écoulés déjà depuis le voyage d'Albert dans les Deux-Sèvres et sa rupture avec l'oncle Giraud. Le jeune avocat commençait à voir poindre sa réputation et grossir ses honoraires. Il avait fait une petite excursion à la Maison-Grise et y avait puisé beaucoup de courage et de bonheur. Mais on n'était pas assez riche encore pour se marier. Il fallait bien une année pour mettre à flot le jeune ménage, et surtout quelques causes de plus. Il s'en présenta une pour Albert. Elle n'était pas fort bonne peut-être, mais elle pouvait devenir brillante. Voici de quoi il s'agissait. Un homme jeune encore, assez connu à Paris dans le monde des affaires, avait formé contre sa femme une demande en séparation De notoriété publique, le mari était cupide, égoïste, indifférent ; la femme était jeune, brillante et coquette. Jusque-là il n'y avait rien d'extraordinaire assuré-

25.

ment : de tels cas se rencontrent dans les ménages parisiens. Mais voici les motifs qu'alléguait
l'époux irrité : Madame, qui du reste avait apporté une dot considérable, la prodiguait tout
entière dans les recherches du luxe. Placée au
nombre des reines de la mode, elle sacrifiait
tout pour conserver avec gloire ce rang éner-
giquement disputé. A bout d'argent comptant,
elle avait contracté des dettes, quelques-unes
avouées hautement, d'autres, plus nombreuses,
enveloppées d'un voile discret, jusqu'au jour
néfaste où elles étaient venues fondre en masse
sur le mari épouvanté, le foudroyant de leur
total formidable. Il paraît aussi que les diamants de famille avaient, dans un jour de détresse, été remplacés par d'éblouissantes imi-
tations. S'il y avait d'autres sujets de plaintes
on ne les formulait pas hautement, sauvegar-
dant autant que possible le nom de la famille
par de délicats sous-entendus. Sur ce point,
une accusation formelle eût été injurieuse ; les
torts les plus graves de Madame D*** étaient de
ne prendre aucun souci de son intérieur, d'aimer par-dessus tout le monde et le luxe, et de
vouloir en jouir à tout prix. Tout cela est fort

blâmable assurément ; mais peut-on chasser
une femme parce qu'elle ne sait pas compter ?
Tout au plus faudrait-il, dans ce cas, la mettre
en pénitence et lui enseigner l'arithmétique.

Or, Albert, qui avait été introduit dans ce
triste ménage par l'entremise de maître Floquet, fut choisi par madame D*** pour repousser
la demande en séparation. Il se sentit ému, faut-
il le dire, par le trouble et les larmes de cette
pauvre jeune étourdie, éclairée trop tard sur
les fâcheux résultats de ses caprices, et frémis-
sant au scandale qui s'agitait autour de son
nom. S'il y avait une chance de salut pour elle,
c'était dans la retraite et la protection du foyer
où elle pouvait, après cette épreuve, revenir
humble, éclairée et modeste. Albert, du moins,
en jugeait ainsi ; puis il pensait autre chose
encore, et cette cause lui paraissait d'autant
plus acceptable qu'elle se rattachait, par un
certain côté, à ses plus intimes convictions. Il
se chargea donc de présenter la défense.

Lorsque vint le jour des débats, la foule était
nombreuse au Palais. Monsieur D*** était assez
connu à Paris, pour que ses infortunes de ménage y eussent soulevé un retentissement consi-

dérable. Et puis, manque-t-on jamais de s'in-
téresser aux péripéties conjugales? Elles exci-
tent généralement ce sentiment de satisfaction
égoïste, qui fait qu'on se console de ses petites
misères en considérant les misères plus grandes
de son voisin. Du reste, les malheurs de
M. D*** inspiraient plus de curiosité que de commisération. Beaucoup de personnes savaient
que l'importance de la dot avait été pour lui le
seul attrait du mariage, et quand il déplorait
tout haut les fâcheux résultats de cette spéculation si bien conçue, bien des gens étaient tentés de lui répondre qu'il était puni par où il
avait péché. Tout cela n'empêchait pas que les
débats ne fussent fort intéressants et qu'il n'y
eût foule à l'audience.

L'adversaire d'Albert parla le premier :
c'était un vétéran blanchi dans les luttes du
barreau. Il avait la parole tranchante comme
un scalpel, précise comme un chiffre. Son exposé des faits fut rapide, mais concluant. D'ailleurs, n'étaient-elles pas là, les dettes fatales,
éblouissant les yeux de la pauvre pécheresse
éplorée de leur queue formidable de zéros? Le
cœur n'a rien à dire où l'arithmétique a parlé;

il n'y a pas d'éloquence qui vaille l'éloquence
des chiffres. Messieurs de la Cour, mettez vos lunettes ; donnez-vous la peine de faire le total
de l'addition, et reconnaissez avec moi que la
caisse est en danger. Une fois le fait constaté,
l'arrêt est sans réplique. Telle était, à peu près,
la substance de ce discours.

Albert ne tenta pas de suivre son adversaire
sur ce terrain. S'il l'avait fait, il aurait ruiné sa
dernière espérance, brisé sa seule planche de
salut. Le jeune avocat se sentit saisi d'une inspiration subite. Il crut voir que l'avocat du
mari avait exposé habilement les effets, mais
sans approfondir les causes ; qu'il avait vigou-
reusement manié les faits matériels, sans s'é-
lever aux considérations qui, seules, pouvaient
les éclairer. Il résolut donc de faire vibrer
cette corde. Elle convenait mieux, du reste, à sa
jeunesse et à la nature de son talent. Sans entrer d'une manière bien précise dans les détails
de la cause, il présenta d'abord quelques considérations générales. Il parla de la position difficile de la femme dans la société, de la femme
du monde surtout, qui s'enivre de ses succès
et se perd par ses triomphes ; de la femme

sans enfants aussi, dissipant dans les fêtes et les
rêves frivoles l'activité inquiète qui ne trouve
pas à s'alimenter auprès du foyer silencieux. Sa
mission n'est pas remplie; son but est voilé; est-
il étonnant qu'elle se méprenne et s'égare? Elle
n'a pu concentrer son trésor d'amour sur une
petite tête blonde; voilà pourquoi elle le gas-
pille en hochets et en joyaux. Elle n'est femme
qu'à demi, celle qui n'est pas mère. La raison lui
vient alors qu'il faut l'enseigner à son enfant.

Puis, s'adressant au plaignant, dans une pé-
roraison plus énergique, peut-être, que polie,
Albert termina ainsi son plaidoyer : « Pour
« vous, monsieur, dit-il, qui vous montrez si
« sévère, avez-vous bien réfléchi avant de for-
« muler votre accusation? Reprenons un peu
« vos griefs : je veux les examiner avec vous.
« La femme qui porte mon nom, dites-vous, n'a
« nul souci de mon bonheur domestique, elle a
« dissipé sa fortune, entamé la mienne; par elle
« ma sécurité et mon avenir sont compromis. »
« Mais savez-vous, monsieur, si dans ce grand
« mécompte, il n'y a pas une part énorme à
« attribuer à vous-même? Quand vous avez
« songé au mariage, y avez-vous rêvé l'amour

« et le bonheur? Lorsque vous avez passé votre
« anneau de fiançailles au doigt de la jeune
« fille, aimiez-vous la femme en elle? N'était-
« ce pas au contraire la dot que vous esti-
« miez? Si vous avez voulu un mariage d'ar-
« gent, monsieur, acceptez-en aujourd'hui les
« conséquences et les déboires. Ce n'étaient
« pas les vertus et la tendresse que vous
« prisiez dans votre femme future, c'étaient les
« liasses de billets de banque. Vous ne cher-
« chiez pas la sérénité de votre foyer, mais bien
« la prospérité de votre caisse. S'il en est ainsi,
« et votre conduite actuelle le fait croire, vous
« avez profané l'amour, avili la sainteté du
« mariage : d'un sacrement vous avez fait une
« spéculation. Étonnez-vous donc après cela
« de voir crouler l'édifice de vos rêves, bâti sur
« un sable mouvant. Il est juste que cet or, ac-
« quis par le trafic du cœur, s'éparpille et s'é-
« chappe aujourd'hui de vos doigts avides. Ce
« que vous avez semé n'était que poussière,
« et vous recueillez des cendres... Il y avait
« cependant dans votre mariage un beau rôle
« à remplir : vous deviez vous faire le gar-
« dien et l'appui de cette jeune fille frivole et

« insouciante, parce qu'elle était naïve et
« inexpérimentée. Vous auriez pu lui inspirer
« le respect, et éveiller en elle la confiance et
« l'amour. Cette mission-là, vous ne l'avez pas
« comprise, monsieur, ou vous l'avez dédai-
« gnée. Ne vous plaignez donc pas des fruits
« amers que vous avez recueillis. Songez plu-
« tôt à réparer, par le pardon et l'indulgence,
« des torts dont vous êtes le premier coupable.
« Donnez le bonheur et vous pourrez le trouver.
« N'immolez pas votre femme à vos mécomptes
« de fortune... Qu'ils sont plus heureux et plus
« sages, ces ménages obscurs, ces cœurs hum-
« bles et résignés qui, aux splendeurs d'un ma-
« riage riche, préfèrent les joies d'un mariage
« chrétien, et qui, la main dans la main, s'avan-
« cent et se soutiennent dans la vie, consolés
« par un amour que la douleur accroît, que
« la vieillesse sanctifie, et que la mort n'é-
« teint pas, parce qu'il a été allumé et bénit
« plus haut que la terre et la tombe! »

Les paroles d'Albert vibrèrent dans l'auditoire au milieu d'un silence solennel; la foule
était émue de cette voix sympathique où se
révélait une âme si forte et si croyante; les

vieux juges se demandaient où ce jeune homme
presque inconnu avait su trouver des accents
d'une conviction aussi sincère. Personne ne
pensait qu'il les avait puisés dans sa conscience,
affirmés par son sacrifice, et que son plaidoyer
était aussi une profession de foi. Personne,
disons-nous ; qui sait? Quelqu'un peut-être
avait entendu les paroles de notre ami Albert
et avait reconnu, dans son for intérieur,
qu'elles exprimaient la pensée intime du jeune
avocat. En tous cas, cette harangue, bien que
sortant un peu des habitudes du barreau, avait
un certain cachet d'originalité et de puissance :
c'était la vérité du sentiment qui lui avait
donné la vie.

Peut-être exerça-t-elle quelque influence
sur la conviction des juges , car ils décidèrent,
par leur arrêt, que les griefs énoncés ne paraissaient pas d'une nature assez grave pour
motiver une séparation complète, et qu'on pouvait, tout au plus, accorder en pareil cas la séparation de biens. Après ces conclusions, les
magistrats quittèrent leurs siéges, et la foule
s'écoula lentement, encore émue et animée.

Albert se retira un des derniers de la salle

26

d'audience ; son succès l'avait rendu joyeux, mais il était sérieux pourtant en pensant à Renée, qui n'avait pas été là pour l'encourager de son beau sourire. Aussi traversait-il la salle des Pas-Perdus l'air rêveur, le regard fixé à terre, lorsqu'il se sentit tout à coup frapper amicalement sur l'épaule. Il se retourna vivement et aperçut... la face rose et épanouie de l'oncle Giraud.

« Eh bien ! mon garçon, je n'ai pas besoin de demander comment vont les affaires ; je sors de là, » dit-il en indiquant la salle d'audience ; « mais je suis curieux de savoir comment va la santé.

« Fort bonne, Dieu merci, mon oncle, » répondit Albert avec amitié ; « à vingt-huit ans, le travail ne nuit pas.

— Tu as raison, mon neveu ; tu parles en garçon raisonnable. Je te trouve un peu pâli pourtant, mais n'importe ; tu as maintenant des favoris bien fournis, une vigoureuse carrure, te voilà un homme enfin, et un homme avec un métier. Je ne puis que t'en faire compliment. Mais, dis-moi, comment goûterais-tu une petite récréation ? Maître Floquet m'a dit,

je crois, que tu vivais comme un cénobite.
Est-ce que ta gravité s'offenserait d'un dîner
au café de Paris?

— Pas le moins du monde, mon oncle. Ma
gravité ne s'effarouchera de rien en votre
compagnie.

— Eh bien, c'est entendu, mon neveu, je
te débauche pour ce soir. Nous allons prendre
un cabriolet, et nous causerons en route. »

Et là-dessus, François Giraud, débouchant
avec Albert dans la rue de la Barillerie, héla un
fiacre et y prit place avec son neveu.

« Vous n'avez pas changé, mon oncle, depuis que je ne vous ai vu, » dit le jeune avocat, examinant avec amitié la figure joviale de
l'ex-filateur. « Floquet me donnait bien de vos
nouvelles de temps à autre; mais je suis heureux de voir que ces quelques années ne vous
ont aucunement vieilli, et que vous êtes toujours le même.

— Toujours le même! hein! Non, non, farceur que tu es. Si je n'avais pas changé, est-ce
que je serais ici, hein! Est-ce que nous roule-
rions tous deux, à l'heure qu'il est, pour aller
dîner au cabaret ensemble? »

Albert ne répondit rien et regarda son oncle en souriant.

« Il faut que je te dise, mon brave, » continua celui-ci, « comment je me suis trouvé aujourd'hui au nombre des admirateurs de ton éloquence. J'ai un peu connu ce pauvre D***, et quand Floquet m'a appris que tu étais mêlé à cette affaire, j'ai été curieux de savoir comment tu t'y prendrais pour défendre Madame. Une précieuse petite écervelée, ma foi ! et qui, à ma connaissance, a donné dix mille francs pour deux vases de Chine ! Enfin, n'importe, venons à notre affaire. Je trouve, quant à moi, que l'avocat du mari avait parfaitement raison ; au moins, entends-moi bien, sous un certain point de vue. Que diable ! quand votre associé vous fait un pareil déficit à la caisse, il me semble qu'on n'a qu'à lui montrer, clair comme le jour, le résultat de la balance, et à le mettre bien vite hors de la raison sociale ! Mais il paraît qu'il y a une manière de comprendre les choses autrement. C'est au moins ce que tu nous as prouvé, mon neveu, à moi et à tous mes voisins de l'auditoire. Eh bien, je vais te dire ce qui m'a jus-

tement frappé. C'est que ton discours n'est pas
une étiquette, mon ami. Tu ne nous as pas
lancé du prospectus; tu nous as fait ta confes-
sion. Voilà ce que j'ai trouvé beau, et rare! Il
peut bien arriver à tout le monde de vous jeter
des grands mots à la figure; j'en ferais peut-
être bien autant après deux bouteilles de
chambertin; mais parler comme on pense, et
agir comme on parle, diantre! cela ne se rencontre pas tous les jours. Voilà ce que j'ai dit
à deux de mes voisins qui, après ton plaidoyer, s'extasiaient à pleine gorge sur la vigueur de tes principes : « Messieurs, ai-je dit,
« le mérite de ce garçon que vous voyez là-
« bas, et qui me fait l'honneur d'être mon
« neveu, ce mérite consiste surtout à se con-
« duire d'après ces principes que vous admirez
« tant. Figurez-vous que ce garçon-là m'a
« tourné le dos, il y a quatre ans, à moi et à
« cinquante mille livres de rentes, parce que
« je voulais lui faire épouser une belle jeune
« femme avec cent cinquante hectares et un
« château, et qu'il avait donné son cœur à
« une petite pauvresse riche de dévotion et
« de vertus. Trouvez-moi donc beaucoup de

« gaillards de cette force-là ! Il s'est planté
« dans un grenier ; il a vécu d'amour et d'eau
« claire, il ne gagne peut-être pas trois mille
« francs par an, lui qui pouvait devenir un
« de nos grands propriétaires. Avec cela il ne
« se plaint pas ; il est gueux et content. C'est
« qu'il dit vrai sans doute, puisqu'il a la force
« de faire ce qu'il dit. » Avais-je raison, hein ?
mauvaise tête.

— Oui, vous aviez raison, mon oncle ;
avouez aussi que je n'avais pas tort, puisque je
vous ai convaincu.

—Convaincu, et vaincu, » ajouta l'oncle Giraud avec un gros rire. Oui, mon neveu, tu
es le premier homme que j'aie vu ne pas jeter
de poudre aux yeux et ne pas biaiser sur les
principes. Mais pardon ! je me trompe : j'allais oublier que tu es le second.

— Je suis le second ! Vraiment, vous me
ravissez, mon bon oncle ; je vois que vous
commencez à croire à la sincérité. Où donc
avez-vous trouvé ce phénomène vivant, qui a
terrassé votre scepticisme ?

— Où je l'ai trouvé ? Où tu as trouvé le bonheur, mon neveu : en Poitou.

— En Poitou ! » répéta Albert avec une émotion visible.

« Oui, dans une vieille maison en ruines, où les murs s'écroulent, où les ardoises tombent du toit ; » c'est, à peu près, ce que tu m'as dit il y a quatre ans, n'est-ce pas, quand nous nous sommes brouillés à propos de mademoiselle Renée de Mareilles ?

— Renée ! vous savez son nom ! Vous la connaissez donc ? » s'écria Albert transporté.

« Oui, et son père aussi, l'homme dont je te parlais tout à l'heure. Mais nous voici arrivés, mon cher, et je vais te conter tout cela plus à l'aise, en découpant une poularde. »

Bientôt, en effet, François Giraud et son neveu se trouvèrent attablés dans un petit salon, devant une table confortablement servie, et, après la bouteille de sauterne, le vieil épicurien, dont les yeux commençaient à pétiller, s'adressa ainsi à son neveu :

« Figure-toi, mon cher, que cet automne, je me suis décidé à aller rendre visite aux dames de la Tourmelière. Dames, c'est le mot, car il n'y a plus là de demoiselle : mademoiselle Olympe étant mariée... Eh bien ! tu ne m'interromps pas, tu n'es pas curieux de savoir avec qui, drôle de philosophe que tu es? Enfin n'importe, continuons, puisqu'il n'y a pas chance de t'émouvoir sur cet article. Je ne te parlerai pas longuement de cette maison-là, dont tu ne te soucies guère. Je te dirai seulement que la maman Richer est une bonne femme au fond, qui n'a pas gardé rancune à l'oncle à propos de la mauvaise tête du neveu. Seulement, quand je lui ai parlé de toi, elle m'a dit que je faisais bien de te tenir la dragée haute, et qu'il n'y a rien de si bon pour la jeunesse que de manger beaucoup de vache enragée.

— Merci du souhait! Je la reconnais bien là, » dit Albert en souriant.

« Dame! tu comprends, mon garçon; du moment que tu as refusé sa fille, tu ne peux pas manquer de passer dans son esprit pour un fameux écervelé? Elle ne serait pas mère autrement.

— C'est juste, » dit Albert. « Je lui donne l'absolution. *Requiescat in pace!*

— Mais, pour en venir au fait, » continua l'oncle Giraud, «après que j'eus passé quelques

jours à la Tourmelière, et que l'on m'eut parlé
cent et cent fois des habitants de la Maison-
Grise, de ces sauvages, de ces vicomtes ruinés
qui vont tête haute et poches vides, il me prit
une furieuse envie d'aller les visiter moi-
même, et de voir ce qui avait pu tourner si
complétement la tête de mon sage neveu. D'a-
bord ta persévérance pendant ces quatre années commençait à me faire faire des réflexions, et il me semblait que tu n'étais peut-
être pas aussi fou que tu en avais l'air. Pourtant ma visite n'était sans doute pas fort dé-
sirée chez les Mareilles ; mais à la rigueur elle
était compréhensible. Je me mis donc en
route un beau jour, sans dire à madame Richer dans quel endroit je me proposais d'aller.

« En chemin il me vint une idée qui me
parut lumineuse, et que je me hâtai de mettre
à exécution. J'avais toujours pensé que ce fier
vicomte avait flairé le petit million de l'oncle
Giraud, et que c'était à cause de cela qu'il
poussait au mariage, comptant sur un retour
de ma faveur : « On estime et on craint en
moi l'oncle millionnaire, pensai-je ; que fe-
rait-on si je me présentais en oncle ruiné ! »

L'exécution de mon projet était facile ; j'avais
ce jour-là une toilette des plus ordinaires ; je
fis glisser mon diamant dans ma poche et je
dissimulai la chaîne de ma montre. C'était
un moyen de comédie, un peu usé ; mais il
devait réussir si j'avais affaire aux gens que
tu m'avais dépeints. J'arrivai d'un pas leste en
face de la grille démantibulée. Elle était entr'ouverte ; j'entrai, et je me dirigeai vers le
perron. Je vis, par une fenêtre ouverte du
rez-de-chaussée, une jeune fille assise, la tête
penchée sur son ouvrage. Une belle brune,
ma foi, avec une natte de cheveux noirs
aussi grosse que le poing, et l'on voyait que
ce n'était pas du faux. « Au moins mon neveu
a du coup d'œil, » pensai-je en me dirigeant
vers la salle. La jeune fille s'était levée, je la
trouvai dans le corridor : « Mademoiselle,
dis-je, peut-on parler à monsieur le vicomte
de Mareilles ?

— Oui, monsieur ; je vais chercher mon
père, » me répondit-elle d'une petite voix mignonne. « Veuillez vous asseoir en attendant. »

Elle m'introduisit dans une grande salle
qui ne brillait, ma foi, ni par la quantité ni

par le luxe du mobilier. Avant de m'asseoir, je
me retournai vers elle et lui dis :

« Mademoiselle, je suis monsieur Giraud,
l'oncle d'Albert Maucroix. »

La jeune fille pâlit, mais elle s'inclina avec
beaucoup de politesse : « Mon père va venir
à l'instant, monsieur, me dit-elle; permettez-
moi d'aller le prévenir. »

Renée revint au bout d'un instant, avec son
père, un grand maigre à cheveux gris, qui ne
laisse pas d'avoir bon air, malgré sa redingote
râpée.

« Monsieur le vicomte, » lui dis-je, « mademoiselle vous a sans doute appris mon nom?

— Oui, monsieur, et ce nom suffit pour
que nous vous recevions sous notre toit avec
joie et respect.

— Hum! avec joie? Ça ne peut pas être fort
réjouissant pour vous de voir un oncle qui a
déshérité son neveu à cause des beaux yeux de
mademoiselle; car Albert vous a sans doute
informé de notre brouille?

— Oui, monsieur, et cette mésintelligence
entre vous est, pour nous, une sérieuse cause
de douleur.

— Je le crois bien, diantre! » répondis-je,
avec le sans-façon d'un homme qui veut pousser son interlocuteur à bout. « Ce n'est pas seulement ma belle amitié qui a été perdue pour
mon neveu; mais encore cinquante bonnes
mille livres de rente. Ça peut se regretter, je
le conçois.

— Vous vous méprenez, monsieur Giraud,
sur la cause de nos regrets, » me répondit le vicomte avec hauteur. « Ce que nous regrettons
pour monsieur Maucroix, ce n'est pas la fortune, c'est l'affection d'un parent qui, jusque-là, lui avait tenu lieu de père. Vos richesses lui auraient-elles aussi bien servi,
monsieur, que son travail et son opiniâtreté?
Le luxe et l'insouciance l'avaient laissé enfant,
et voici que la pauvreté en fait un homme.
Croyez-moi, monsieur, vos bienfaits passés ont
mis Albert sur une bonne route, et vos rigueurs
présentes l'ont contraint d'y persévérer. Il n'a
fait que gagner dans sa position actuelle, et,
d'une manière ou de l'autre, il vous devra son
bonheur.

— Vous parlez fort bien, monsieur, » lui
dis-je, « et vos conseils, aussi bien que votre

langage, auront sans doute déterminé Albert
à faire son métier d'avocat. Mais, dites-moi,
la main sur la conscience, si vous ne pensez
pas qu'un beau petit million serait tombé fort
à point pour monter le ménage de mon neveu
et de mademoiselle?

— Je ne sais, monsieur, ce qu'il en serait
résulté pour le ménage de votre neveu ; mais
tout me porte à croire que ma fille n'en eût
pas profité.

— Par quelle raison, monsieur le vicomte?

— Parce que ma fille est pauvre, monsieur
Giraud, et que j'y aurais regardé à deux fois
avant de laisser un homme riche épouser une
fille sans dot. La pauvreté de Renée eût fait
tache dans une famille opulente, dans une société fastueuse. Mon enfant aurait été traitée
en inférieure, en parvenue. On n'aurait pas
tenu compte de la noblesse de son cœur, mais
peut-être lui aurait on reproché l'indigence
de son père. Non, monsieur, ma fille ne vivra
qu'avec ses égaux. La misère a son orgueil
aussi. Elle nous a laissé le culte des souvenirs, la dignité de notre nom, le respect de
nous-mêmes. Ce sont là nos richesses, à nous;

nous les gardons avec fierté, nous les prisons trop peut-être, mais nous n'en trafiquons jamais.

— Vos raisons sont fort justes, monsieur de Mareilles; mais vous n'aurez malheureusement pas de motifs pour vous opposer sous ce rapport au mariage de mademoiselle, car vous voyez devant vous un homme ruiné.

— Ruiné! » répéta le vicomte avec étonnement, tandis que Renée, relevant la tête, me regardait avec commisération.

« Oui; je m'étais laissé entraîner, depuis ma querelle avec mon neveu, à de fortes spéculations de Bourse; ces jours derniers, la chance a tourné contre moi. Il ne me reste rien, sauf une rente de mille francs, une misère! Albert ne sait rien encore, ni la vieille amie qui me donne l'hospitalité; mais le fait est réel et la catastrophe accablante.

— Je compatis bien sincèrement à la douleur que vous éprouvez, monsieur, » me dit le vicomte avec intérêt. « Il est bien dur de perdre ainsi le fruit du travail de toute une vie. Mais il vous reste une espérance pourtant. Grâce à vos bienfaits, votre neveu est devenu homme, c'est à lui maintenant de vous soutenir et d'adoucir votre vieillesse. C'est là son premier devoir; il pensera plus tard à son bonheur. N'est-ce pas, Renée?

— Oui, » dit la jeune fille avec émotion. « Albert travaillera à vous rendre heureux, comme je le ferais, moi, pour mon père. Il est trop généreux pour n'être pas reconnaissant. »

Le vicomte parut réfléchir quelques instants, puis il me dit, avec une certaine hésitation : « La vie de Paris doit être fort dispendieuse, monsieur; elle vous sera peut-être pénible quand vous devrez changer vos habitudes. Si je ne craignais pas pour vous l'ennui d'une vie à la campagne, je vous proposerais de vous fixer dans nos environs. Ce séjour vous paraîtrait un peu monotone peut-être, mais vous n'y seriez pas seul. On dit que le monde délaisse les affligés; mais nous ne sommes pas du monde, » ajouta-t-il avec un sourire, « et vous ne regretteriez peut-être pas de trouver un peu d'affection et de soins pour vos vieux jours.

— Oh! oui, » dit Renée avec chaleur; « venez près de nous, monsieur; Albert y reviendra un jour aussi, et nous apportera l'aisance. Mais, en attendant, nous ne formerons plus qu'une famille où tous seront pauvres, mais où tous seront unis! »

La jeune fille parlait avec tout son cœur naïf et chaleureux comme ses paroles. Elle était charmée vraiment de me voir ruiné pour pouvoir me caresser et m'enjôler à son aise. Son souhait m'aurait médiocrement réjoui; mais sa franchise et sa bonne amitié commençaient à me gagner le cœur, aussi bien que la loyauté et la droiture de son père. Je leur tendis la main à tous deux.

« Merci, monsieur le vicomte, merci, mademoiselle, » leur dis-je de l'air le plus pénétré que je pus prendre. « Vos offres me sont précieuses, parce que je les vois sincères. Je dois retourner à Paris, où j'ai quelques petites affaires à terminer; mais je n'oublierai pas ma visite ni votre proposition. Attendez-vous donc quelque jour à voir le bonhomme Giraud s'installer dans votre voisinage, pour vous faire patienter, mademoiselle, jusqu'au retour de son neveu. » Est-ce que ce n'était pas galant et

joli, cette conclusion-là ; dis, mon garçon? Là-
dessus je pris congé, et je retournai à la Tourmelière, d'où, il y a huit jours, je suis arrivé
ici. La générosité du vicomte et de sa fille m'a-
vaient ébranlé, ton éloquence a fait le reste :
viens, mon ami, recevoir ma bénédiction. »

Et l'oncle Giraud donna une cordiale acco-
lade à son neveu. Après quoi, il fit apporter
du champagne frappé pour boire à la santé de
la future.

Le lendemain, il écrivit à Renée la lettre suivante, en lui envoyant un écrin :

« Mademoiselle,

« Albert vient de gagner une cause splen-
« dide; il a triomphé d'un vieil oncle qui ju-
« geait les hommes et les choses de travers et
« voyait le bonheur au fond d'un coffre-fort.
« Mais vous-même, mademoiselle, aviez déjà
« commencé cette conversion; aussi doit-il
« vous revenir une part de la victoire.

« La cause a été non moins lucrative que
« glorieuse; et nous pensons, mon neveu et
« moi, que les honoraires pourront servir à
« monter le ménage et à réaliser un plan de-
« puis longtemps projeté. Quand je vous ra-

27.

« mènerai de l'autel,le jour de la noce, j'au-
« rai mon pardon à vous demander pour la
« ruse d'un vieux hâbleur qui a eu la scéléra-
« tesse d'attendrir votre petit cœur chari-
« table sur son prétendu désastre. Je compte
« d'avance sur votre absolution, et comme
« vous avez si généreusement accueilli l'oncle
« Giraud ruiné, j'espère que vous accepterez
« pour voisin l'oncle Giraud millionnaire. »

Cinq ans se sont écoulés depuis le mémorable plaidoyer d'Albert Maucroix; quatre ans
et demi depuis le jour de son mariage. Sa famille commence à s'augmenter; il a deux enfants au teint rose, aux cheveux noirs comme
ceux de leur mère, qui tirent les favoris du
jeune papa, et la barbe grise de l'oncle. François Giraud n'a pas vieilli, et le vicomte de
Mareilles semble redevenir gai, confiant et
jeune. Il ne manque au bonheur de tous que
la présence de Gabriel, l'exilé du sol natal;
mais ses lettres sont toujours affectueuses et
douces; il se réjouit de la prospérité des siens
et accomplit courageusement sa mission bénie. Dieu s'est réservé celui-là : son bonheur
est dans ces mots.

Mademoiselle Olympe a épousé Saturnin
Champion, qui est conseiller général du département des Deux-Sèvres. Comme il n'est
pas guéri de la manie de compter ses affaires
à tout le monde, il pourra fort bien, quelque
jour d'élection à la Chambre, saisir une belle
occasion de parler de soi, dans une profession
de foi adressée aux électeurs de son arrondis-
sement. Il a ajouté à son nom celui du château
de sa femme et signe maintenant Champion
de la Tourmelière, qualification ronflante et
sonore qui ferait, certes, bon effet, dans une
liste de majorité. On a un peu ri dans le pays
de cet anoblissement; mais déjà l'on s'y ha-
bitue. Les petits Champions seront vicomtes.

La Maison-Grise s'est légèrement rajeunie,
quoiqu'on ait respecté le vieux lierre des murs.
Mais la pelouse est maintenant verte et fleurie,
et les enfants s'y roulent aux pieds de la Diane
chasseresse.

Souvent, dans les beaux soirs d'été, la famille va se promener sur la lande, et il arrive
parfois que l'oncle Giraud, en donnant le bras
à Renée, lui indique de loin un certain fossé
et lui dit : « Qui jamais aurait pensé, ma mi-

gnonne, que mon étourdi de neveu, en se perdant dans le brouillard, fournissait la première étape du mariage, et qu'au fond de ce fossé-là il trouverait le chemin du bonheur?»

LE SECRET

DE MA GRAND'MÈRE.

Si vous aviez vu, lecteur, comme elle était
jolie, sur ce portrait mignon, au milieu de
son grand cadre doré! Il était placé dans la
grande salle du château et se détachait vigou-
reusement sur le papier vert sombre de la
muraille, entre un pastel de Greuse et un paysage de Lantara Avec cela, cadre imposant,
aspect grave et magistral, qui s'accordait si
peu avec cette rieuse et charmante figure de
fillette. Figurez-vous une pensionnaire de
seize ans, aux cheveux blonds comme des
épis mûrs, aux yeux du bleu velouté des
bluets d'août, aux lèvres vermeilles et pressées
comme deux roses jumelles, aux sourcils noirs
et fins légèrement soulevés par un étonne-

ment candide, au cou mince et rond, au sourire à la fois naïf et éveillé. Aurait-on pu jamais se figurer une grand'mère dans cette petite espiègle de seize ans !

Avec cela, son joli costume Louis XV, coquet
sans être effronté, gracieux sans être incon-
venant. La robe de soie à raies roses et blanches, un peu échancrée en cœur, les manches
courtes terminées par le jabot de dentelle, le
fin petit velours noir noué autour du cou enfantin, l'œil de poudre sur les cheveux blonds,
la mignonne rose à peine épanouie posée en
assassine un peu sur le côté gauche, et, avant
tout, par-dessus tout, le sourire malin et in-
nocent, plus chatoyant que la robe, plus trans-
parent que la dentelle, plus épanoui que la
rose ! O la jolie grand'mère, ami lecteur !
grand'mère qui avait toujours seize ans !

Aussi je me souviens bien de mes années
d'enfance, pendant lesquelles je trouvais à
ce portrait tant de charme et de grâce infinie.
Combien de fois ai-je passé des heures, bouche
béante, nez en l'air, yeux ouverts tout grands,
m'attendant à voir à chaque instant remuer
ces longues paupières blanches, s'agiter les

petits doigts roses et les boucles blondes vo-
leter ! Et combien je faisais la moue au grand
portrait qui lui faisait face, vieux et roide
conseiller au Parlement, dont le rabat empesé, l'air magistral et la lourde perruque à
marteaux me semblaient jeter un voile de tor-
peur et d'ennui sur cette fraîche et souriante
figure !

Une chose m'intriguait surtout dans le portrait de ma grand'mère : c'était un objet sur
lequel elle paraissait s'appuyer, et dont je
cherchais à deviner l'emploi. C'était un coffret
de Boule d'assez grande dimension et d'une
richesse de travail exquise. Les fines incrustations de cuivre, d'écaille et de laque cra-
moisie, se tordaient en spirales, se roulaient
en volutes, s'enlaçaient en anneaux, se croi-
saient en losanges, en triangles, en arabesques
de fantaisie, revêtues d'un éclat métallique
et chatoyant. Les quatre pieds du coffre étaient
surtout d'une admirable délicatesse, sortes de
petites mains de sphinx ou de griffon qu'on
aurait cru détachées d'un trépied de pytho-
nisse, et qui donnaient au petit coffre un aspect bizarre et mystérieux. En un mot, ce

coffre était bien joli , puis , étant fermé , il me faisait l'effet de la boîte à la malice , et ma grand'mère paraissait sourire en le regardant. Grand attrait pour ma curiosité. Bonne maman appuyait sur le coffret sa petite main potelée et tout son avant-bras gauche , absolument comme si elle eût voulu dire : « Là est mon secret : Profanes, ne l'interrogez pas ! » Mais, dans la main droite , elle tenait une clef , une petite clef d'or aux fines ciselures , suspendue à une chaînette d'argent, et , approchant la clef de la serrure , elle tournait, de l'autre côté , son frais visage et son sourire enfantin comme pour demander, à quelque spectateur, inconnu et invisible : « Faut-il ouvrir ? ne me gronderez-vous pas? »

Comprenez-vous maintenant pourquoi je m'intéressais au portrait de ma grand'mère? C'est qu'il me semblait y découvrir un mystère caché sous la toile , un petit drame enfoui dans ce coffret ; c'est que cet attribut et cette pose n'étaient point un attribut et une pose de convention. Tout jeune que j'étais , je distinguais fort bien que, d'ordinaire , sur les portraits de famille, les magistrats ont des

rabats et des perruques ; les militaires, des
épées et de grands cordons ; les beaux sei-
gneurs, des tabatières d'or et des collets de
dentelle ; les grandes dames, des bouquets
ou des éventails. Mais aucun autre de mes ancêtres ne faisait parade d'un coffret. Qu'est-ce
que ce coffret voulait donc dire ?

Mais si j'étais enfant curieux, j'étais surtout
enfant rêveur.

Je ne haïssais point les énigmes, les sym-
boles mystérieux, les choses obscures qui
permettaient à ma fantasque imagination de
se livrer à toutes sortes d'hypothèses et de
chimères ardemment caressées. C'est pour
cela que le coffret m'intéressait singulièrement. Je préférais me forger cent explications
plutôt que d'aller en demander une. D'abord,
au temps où ma nourrice me berçait encore
de contes de fées, j'aurais cru qu'il y avait
dans ce coffre quelque baguette magique,
quelque talisman précieux qui devrait donner
à son heureuse maîtresse la beauté, le sourire
et la joie. Plus tard, quand je lus les *Mille et
une Nuits*, il me semblait voir, au fond du
coffre, des diadèmes de diamants et d'éme-

28

raudes, des aigrettes d'opales et de rubis, de
monstrueuses escarboucles parsemées sur un lit
de perles orientales. Ces brillants trésors m'é-
blouissaient au point que je fermais les yeux
pour mieux les voir, et je m'étonnais que ma
grand'mère, sur le point de les contempler,
eût le sourire si malin et l'œil si tranquille.

Ensuite je me figurais quelque livre sybil-
lin, quelque hiéroglyphe mystérieux, gisant
au fond du coffret de Boule, en attendant
que la petite main satinée vînt l'exposer aux
regards du public. Ou bien, qui sait? quelque
gage d'amour ou de deuil, quelque brin d'é-
charpe en lambeaux, quelque bouquet flétri,
ou quelque boucle coupée, comme je l'avais
lu en cachette dans un ou deux romans. Mais
il fallait être bien niais ou bien jeune pour
croire que le petit coffret fût si mal habité.

Ma grand'mère paraissait trop fine pour
être sentimentale, et sous le règne du bon roi
Louis XV, on ne cultivait pas encore le fatras
romanesque des beaux jours de la Restaura-
tion. Pardonnez à ma naïveté, lecteur, je
n'avais encore aucune teinte d'histoire litté-
raire.

Malgré tout, cherchant et combinant toujours, je ne devinai jamais quel était l'objet
mystérieux qui faisait sourire ainsi ma grand'-
mère. A bout de suppositions, de doutes, de
rêves, je finis par jeter ma langue aux chiens,
et par laisser le soin de la découverte au temps
et au hasard, ces grands révélateurs de sym-
boles, ces grands pourvoyeurs de l'oubli. Vous
avez, sans doute, déjà fait comme moi, lecteur, et si vous voulez connaître le secret de
ma grand'mère, il vous faudra me suivre
pendant deux chapitres, au travers des feuil-
lets jaunis d'un vieux journal à demi rongé
par les vers. Je le trouvai lorsque j'avais vingt
ans, et il était signé du nom de mon grand-
père, Antoine-Henri, colonel du Royal Champagne et baron de Nancré.

FRAGMENTS DU JOURNAL.

CHAPITRE Ier.

Avant.

17 octobre 175...

Par la moustache de mon colonel! je suis vraiment un homme heureux! J'ai vingt-cinq ans, grand air, bonne mine, la démarche noble, l'œil vif et la jambe bien faite. Je suis capitaine au régiment de Champagne et, à Versailles, Sa Majesté le Roi m'a souri! Je n'avais que dix-huit ans quand le maréchal de Saxe m'a tapé sur la joue; c'était le lendemain de Fontenoy. J'ai un des plus beaux noms de France; un château, un grand parc, des terres étendues et des tenanciers dociles; j'ai surtout un père qui ne rêve que mon bonheur et qui, parce que je suis fils unique, veut bien se relâcher à mon égard de sa toute-puissante

gravité. A l'armée, on me cite comme une des
meilleures lames ; à Versailles, on me recherche comme un des plus beaux danseurs ; j'ai
toujours des chevaux admirables, des amis dévoués et de l'or plein ma bourse, tout ce qui fait
la jeunesse gaie, et la vie douce, en un mot.
Et si j'ai jamais soupiré, ç'a été en regardant
le portrait de ma mère, morte à vingt-cinq
ans. A trente ans, je puis être colonel ; à trente-
cinq, avoir mes entrées à Versailles ; à trente-
huit, faire la partie du roi ; à quarante, porter
le grand cordon de l'ordre du Saint-Esprit.
Puis, il y a les Anglais et la guerre, et le bâton
de maréchal ne se ramasse pas en coupant des
choux. Or, je connais les bons endroits où il
se trouve, et, par le ciel, je ne craindrai pas
d'aller l'y chercher. Allons, quand on a vingt-
cinq ans, la moustache frisée, les épaules
larges, et l'humeur intrépide, le présent est
couleur de rose, et l'avenir n'est que rayons
de soleil. Par la moustache de mon colonel ! je
suis vraiment un homme heureux.

20 octobre 175...

On dirait qu'une ombre a passé sur mon

28.

bonheur : il ne s'enfuit pas, mais il se voile.
Il se voile des brouillards de la réflexion et de
l'examen sérieux. Sérieux! Me faudra-t-il
déjà l'être à mon âge? Il paraît qu'on le devient
si vite, lorsqu'on est marié! Oh! marié! A
vingt-cinq ans! Ma foi, voilà le grand mot
lâché. Récapitulons un peu ce que m'a dit
mon digne père.

Lorsque, ce matin, il m'a fait appeler dans
son cabinet, j'ai été frappé d'abord de la solennité de son accueil et de sa toilette. J'ai vu,
au premier coup d'œil, qu'il s'agissait d'une
affaire grave : il était coiffé à l'Oiseau Royal.
D'ordinaire, lorsque mon père réside à Nancré
et se livre au repos de la vie champêtre, il se
contente d'un simple catogan; s'il s'agit de recevoir un général ou Monseigneur le gouver-
neur de Champagne, mon père adopte une
perruque ronde à la Condé; mais je ne lui ai
jamais vu cette frisure imposante et solennelle
qu'en une seule mémorable occasion. Ce fut
le jour où ma tante d'Aigrelande étant morte,
mon père, en sa qualité de chef de la famille,
dut recevoir solennellement l'investiture de
la tutelle, et faire procéder à l'ouverture du

testament. Or, aucun de nos parents n'est mort,
que je sache ; mon père n'avait reçu personne
au château ; c'était moi qu'il faisait compa-
raître devant lui ; la redoutable frisure ne me-
naçait donc que moi-même. Aussi, le cœur
ému, je me mis à la considérer avec un certain
effroi.

« J'ai à vous parler d'affaires, mon fils, »
commença mon père en se redressant sur
son fauteuil et m'indiquant gravement une
chaise.

« Je suis à vos ordres, » répondis-je, toujours les yeux fixés sur la cime de l'Oiseau
Royal.

« Je crois, mon fils, que vous n'avez
point à vous plaindre de la destinée qui vous
est faite ?

— Non certes, monsieur, car, grâce à vos
bontés..... »

Mon père agita la main comme pour m'empêcher de poursuivre, et continua gravement :

« Vous avez trouvé devant vous un chemin
facile et largement ouvert; je vous ai donné
quelques leçons et vous les avez assez docile-

ment suivies. Mais, pour me conduire envers
vous en père plein de sollicitude et de prévoyance louable, il me reste à vous parler des
devoirs que vous avez à remplir. »

Ici je crus voir que l'Oiseau Royal commençait à faire son office, et je jugeai prudent
de l'arrêter.

« Est-ce de mes devoirs envers vous, que
vous voulez parler, monsieur? » répondis-je.
« Je les connais depuis longtemps : amour, respect et soumission. Est-ce de mes devoirs
envers le roi? Je crois les avoir pratiqués de
même : loyauté, dévouement, fidélité à mon
serment et à mon drapeau.

— Vous parlez fort bien, monsieur mon
fils, » répondit mon père en agitant solennellement sa frisure; « mais vous m'accorderez
bien, je l'espère, la permission de parler avant
vous. Ce dont il s'agit, c'est de vos devoirs
envers votre race, envers vos ancêtres, qui
vous ont transmis un patrimoine honorable et
un nom sans tache, pour qu'à votre tour vous
puissiez les transmettre sans tache à vos des-
cendants. »

Mon père s'arrêta un peu, et je commençai

à sentir un léger frisson en me voyant assimilé à mes ancêtres.

« Monsieur, » continua mon père, « quand on a comme vous, vingt-cinq ans, une bonne mine, un beau grade, la croix de Saint-Louis dans sa famille, et qu'on s'appelle Henri de Nancré, il faut se marier au plus vite pour donner de nobles rejetons à la famille et de bons serviteurs à Sa Majesté. »

La conclusion était tant soit peu amère et imprévue; mais je ne trouvai en cet instant aucune bonne raison à lui opposer, et, légèrement attristé, je fis la moue et je baissai la tête.

« Une fois marié, » continua mon père, qui ne s'arrêtait pas en si beau chemin et tenait à me développer son thème, « vous continuerez à servir le roi pendant quelques années, puis vous vous fixerez dans vos terres pour surveiller vos affaires et vos enfants. Alors, si Dieu me rappelle à lui, j'aurai la consolation de laisser mon fils en tout point digne de ses ancêtres. »

C'est-à-dire grave, posé, et coiffé à l'Oiseau Royal, pensai-je. O douleur! Et je me voyais,

hérissé d'une solennelle frisure, faisant lire
à un jeune drôle de quinze ans la vie de Monsieur de Turenne, ou l'Art de la Guerre du
chevalier Folard.

« Et comme ce projet me tient, depuis longtemps, fort au cœur, » continua mon père,
« j'ai déjà même fait choix d'une épouse... »

Ici mon épouvante devint telle que, relevant
la tête, j'ouvris la bouche et je voulus parler...
Mon père, d'un geste, m'imposa silence :

« Notez bien, mon fils, » continua-t-il, « que
je ne vous impose point ma volonté ; tout ce
que je désire, c'est de guider la vôtre. Maintenant, voici ce que vous ferez. Vous partirez
dans peu pour Paris, vous y ferez connaissance avec le baron d'Auvrat, mon ancien
ami. Il a une charmante fille qui possède, à
ce que je crois, toutes les grâces et les qualités
de votre très-regrettable mère. Vous la verrez,
vous la jugerez, et... tout me porte à croire que
vous l'aimerez. Voilà, mon fils, tout ce que
j'avais à vous dire. »

C'était, ma foi, bien assez, et je compris
alors pourquoi mon père avait revêtu ce jour-
là sa frisure des occasions solennelles. Enfin,

le projet ne me plaisait pas très-fort, mais ne
me désespérait pas non plus. Il est vrai que
je n'ai encore aucune tentation de mener la
vie de patriarche; mais, après tout, un gentil
mariage a bien ses douceurs, et j'espère qu'on
ne me mariera pas contre mon gré. D'ailleurs
mon père a dit « une charmante fille, » et ces
mots m'ont agréablement tinté au cœur. Seulement une fille charmante aux yeux d'un père
grave coiffé à l'Oiseau Royal, l'est-elle autant
à ceux d'un fils jeune, espiègle, à la moustache relevée?

La conversation en resta là, et comme le
dernier geste de mon père avait semblé m'in-
diquer la porte, je me suis retiré en silence,
avec un majestueux salut.

22 octobre 175...

C'est demain matin que je dois partir pour
Paris : on prépare mon équipage. Picard nettoie
la chaise de poste; Lorrain fait mes malles; La
Grenade fourbit mes pistolets, étrille mes chevaux. Mon père m'a donné sa bénédiction et
a, en même temps, rempli ma bourse, ce qui
m'est une consolation. Il m'a même remis un

petit écrin contenant quelques diamants de famille, pour en faire, m'a-t-il dit, mon cadeau
de fiançailles. Mon père va vite en besogne.
On voit bien qu'il a fait ses premières armes
sous les ordres du grand Condé.

Enfin, je quitterai le château dès demain ; je
serai en route à sept heures, et j'écris ces quelques lignes au moment où j'ai terminé mes
dernières dispositions. Je vais rêver toute la
nuit à la fiancée qu'on me destine, à l'inconnue qui m'attend au bout des longues rou-
tes et des jours d'incertitude. Est-elle brune
ou blonde, belle ou laide, sérieuse ou enjouée,
pétrie de malice ou gonflée d'orgueil ? A-t-elle
beaucoup d'écus dans les coffres de Monsieur
son père, ou porte-t-elle son sceptre de reine
charmante dans le creux de sa petite main ?
Sa vue me transportera-t-elle au paradis,
ou me fera-t-elle fuir en Champagne ?

Et, de son côté, me trouvera-t-elle charmant
ou ridicule ? Verra-t-elle en moi un prétendu
maussade ou un aimable amoureux ? La ferai-je
soupirer, ou pleurer, ou rire ? Aime-t-elle rire,
d'abord ? Je serais tenté d'en douter. Mon père
l'a choisie, et mon père est si grave ! La trou-

verai-je parfilant du galon, ou lisant une Orai-
son funèbre? M'invitera-t-elle à la suivre au
sermon ou à danser un menuet?

Et sa famille? Elle est fille unique, m'a dit
mon père; mais ses respectables parents? La
mère va-t-elle à la cour, aime-t-elle les cartes
et met-elle des mouches? Son père se coiffe-
t-il à l'Oiseau Royal? Oh! quel monde de perplexités!

23 octobre 175...

J'ai commencé ce matin mon voyage, et
j'ajoute à mon journal ces quelques lignes
précipitées, dans la mesquine chambre d'auberge où je m'arrête pour passer la nuit.

Quelle affreuse journée! et comme elle est
bien faite pour encourager un beau capitaine
s'en allant en conquête! Je n'étais pas à deux
lieues du château qu'une pluie insupportable
a commencé. Non pas une de ces averses brus-
ques, violentes, torrentielles, qui s'abattent en
bruyants ruisseaux, avec la rage et la soudai-
neté d'une tempête et qui s'apaisent bientôt
en laissant les champs plus verts, les oiseaux
plus joyeux et le ciel plus azuré; mais une
pluie lente, froide, persistante, tombant à

gouttes fines et silencieuses qui tracent de petits cercles continus dans les flaques d'eau des
chemins. Pas même un souffle de vent pour
rompre le silence et la monotonie de cette tristesse universelle! Et les vitres de ma chaise
de poste toutes couvertes de ces gouttes de
moiteur à travers lesquelles les arbres parais-
sent le long de la route, étendant leurs longs
bras décharnés. Ah! quelle insipide journée;
qu'elle est peu faite pour servir de cadre à ma
charmante vision de tantôt! Vision si fugitive,
si suave, si délicieusement naïve, qui s'est
bien voulu montrer à moi, du fond d'une
vieille berline, semblable à l'arche de Noé!

La plus délicieuse figure que j'aie jamais
vue, blanche, rieuse et blonde, sous son capuchon de peluche rose et frottant de ses
doigts effilés les carreaux de la portière afin
d'en écarter le rideau de vapeur. C'est à la
poste de B* que j'ai fait cette rencontre; j'a-
vais vu de loin la respectable berline arrêtée
devant la poste, et, lorsque je suis arrivé, le
postillon finissait d'atteler les chevaux. Au
bruit qu'a fait ma chaise de poste roulant
grand train sur le pavé, une certaine curio-

sité s'est produite parmi les passagers de la
berline, et c'est alors que la jolie blonde a passé
ses petits doigts sur les vitres pour voir qui
arrivait ainsi, avec fracas, au grand galop.
Un de ses regards est tombé en plein sur moi,
au moment où je mettais la tête à la portière,
et, Dieu me pardonne, je crois l'avoir vue
rougir. Ce n'est pas que je sois fat, assurément; mais je ne pense pas avoir la vue trouble, et chacun sait que le Royal Champagne
est le régiment des beaux capitaines.

Dites-moi, mon amour-propre, vous seriez-
vous par hasard trompé? Au même instant,
on ouvrait la portière opposée, et la jeune
fille a-t-elle rougi sous la froide morsure du
vent ou au crâne aspect de vos moustaches
noires? Mais la promptitude avec laquelle s'est
éclipsé le mignon capuchon rose, n'est-elle
pas une preuve concluante en faveur de ma
vanité? Quand, ébloui et amorcé par ce premier regard, j'ai voulu en saisir un autre en
penchant la tête tout à fait hors de la voiture,
je n'ai plus vu ni capuchon, ni doigt mignon,
ni fin regard briller à la portière opposée; mais
bien le profil austère et le bandeau de velours

noir d'une chanoinesse de Remiremont se des-
siner à travers les vitres bien closes.

Le changement à vue était trop brusque et
trop soudain ; je me serais fort bien contenté
de mon premier décor, et j'ai fait tout mon
possible pour le faire reparaître en scène. J'ai
appelé les valets, demandé des chevaux,
grondé la Violette ; je suis même sorti de ma
chaise de poste en faisant beaucoup de bruit
pour rien ; mais tout mon manége a été inutile,
et je n'ai dès lors aperçu derrière la vitre que
la chanoinesse au bandeau de velours. Mais le
maître de poste a mis fin à ma torture inutile ;
il a livré à ces dames les moins maigres rosses
de son écurie, les valets les ont attelées prestement, le postillon du dernier relais a reçu
son pourboire des mains de la dame respectable, et le lourd carrosse s'est ébranlé, emportant la silhouette grise de la grave personne
et le capuchon rose de l'étourdie, ma chimère
et ma désillusion.

Voilà assurément pourquoi depuis ce moment la pluie me paraît encore plus âpre, le
ciel plus sombre, et pourquoi, sortant parfois de mon assoupissement monotone, je

suis de loin en loin, d'un regard rêveur, la lourde machine qui me précède sur la route et qui emporte ma vision aux doigts légers.

26 octobre 175...

Oh! ma vision, je l'ai revue. Elle m'a parlé et fait la révérence, je l'ai tirée de la berline et fait sortir du fossé. Elle est ici, près de moi, sous le même toit, dans la même auberge. Elle a soupé dans la salle basse, et sa chambre est au bout du corridor. A table, j'ai eu l'honneur de lui servir une aile de poulet, et une côtelette de mouton au petit chien de sa tante. Elle m'a souri et Pistache m'a mordu. Oh! qu'il est facile d'être heureux en ce monde!

C'est pourtant au mauvais temps d'aujourd'hui que je dois mon bonheur : à ce ciel gris que je maudissais, à cette pluie que je trouvais froide, à cette brume que je trouvais sombre, à la pesanteur de la berline, et à la maladresse du cocher. Je disais tout à l'heure qu'il est bien facile d'être heureux; je crois vraiment que je, me trompais. Pour établir mon bonheur, quel concours de circonstances!

D'abord le mauvais temps, qui n'est assu-

rément pas rare en octobre ; puis la persistance
de ma chaise de poste à suivre la berline de
ces dames , persistance qui s'explique par de
bons pourboires accordés aux postillons. Puis
l'obscurité de la nuit, se joignant au brouillard, puis l'influence d'un petit vin du pays
qui avait obscurci la vue du vieux cocher de
ces dames, puis surtout ce bienheureux tas
de pierres grises au bord de la route , sur lequel la roue de la berline s'est obstinée à grim-
per. Puis l'épaisse couche de vase si secou-
rable en cas de chute , sur laquelle la berline
s'est abattue comme sur un moelleux tapis.

Et pendant que la Providence me ménageait
toutes ces circonstances secourables, pendant
que mon bonheur attendait là-bas ; au bord
du fossé , je me livrais dans un coin de ma
chaise, à une mauvaise humeur sombre, écoutant siffler le vent et tomber la pluie qui venait
fouetter mes carreaux. Tout à coup, arrivé à
un certain coude de la grande route, j'entends
un appel , des rumeurs plaintives , et j'entrevois une masse confuse barrant le chemin dans
l'obscurité. Puis il me semble distinguer des
jurons furieux, une invocation à saint Raphaël

et une petite voix douce, et mon cœur me dit
que c'est là la berline où repose la jolie fille au
capuchon.

Dire comment je me suis trouvé soudain
hors de ma chaise, comment mon valet a saisi
la lanterne, et comment nous avons vu avec
terreur la berline renversée près du tas de
pierres, serait presque impossible, vu l'extrême agitation de mon cœur. Pourtant,
après un instant, surmontant mon émotion
première, et grimpant sur le brancard de la
voiture couchée de côté, je suis parvenu à
ouvrir en tremblant une portière de la berline.

« Mesdames, êtes-vous blessées? » ai-je demandé d'abord en me penchant par l'ouverture.

Aussitôt l'impatient Pistache s'est élancé,
comme un hargneux qu'il est, vers son dévoué libérateur, et une voix quelque peu cas-
sée m'a répondu avec un ton de l'ancienne
cour : « Mille grâces, Monsieur; nous n'avons
« éprouvé, je crois, aucun grave accident
« dans la chute de notre voiture; mais seu-
« lement ma nièce Louise a été vivement ef-
« frayée. » Quand bien même elle ne m'eût

pas parlé de sa nièce, j'aurais su parfaitement
à qui j'avais affaire ; elle avait un âge, cette
voix-là.

« Mademoiselle est-elle évanouie? » deman-
dai-je en étendant le bras du côté de la chanoinesse.

« Pas positivement, Monsieur, mais très-
émue, presque hors d'elle, par suite de son
excessive frayeur. Louise, mon enfant, remet-
tez-vous, je vous en supplie ; voici un gentilhomme qui paraît avoir été envoyé du ciel
tout exprès pour s'occuper de nous. »

Un soupir prolongé répondit d'abord seul
aux paroles de la chanoinesse, soupir de
vierge craintive, soupir de biche effarouchée,
souffle frais, aérien et candide qui ne pouvait
soulever qu'une poitrine de quinze ans. Puis,
après avoir soupiré, la jeune fille parla ; après
le souffle ému, la voix douce.

« Tante d'Armoy, vous êtes bien bonne
d'encourager votre petite peureuse, et ce gentilhomme est bien bon de s'occuper de nous.
Seulement ce n'est pas du ciel, mais bien de
la poste de B. qu'il arrive, car il me semble
que.... »

Ici, la voix douce s'arrêta brusquement, et je jugeai que le pied de la chanoinesse avait pu rencontrer celui de sa nièce étourdie, même à travers ce dédale de corbeilles et de mantes, de sacs à ouvrage et de coussins. Il était évident que la jeune Louise m'avait reconnu, grâce à la clarté pâle qui environnait, au dehors, mon visage penché sur la portière. Mon amour-propre s'éleva de dix degrés au-dessus de zéro.

« Je vais sortir la première, si vous le permettez, ma tante; il vous sera plus facile de quitter la berline aussitôt que je n'y serai plus. »

Et bientôt je sentis une petite main finement gantée qui vint trouver la mienne, tandis qu'un petit pied mignon écrasait l'oreille de Pistache, qui se prit à hurler affreusement.

Bientôt la jeune fille, en un saut léger, eut atteint la portière ouverte et s'y tint un moment debout, éclairée en entier par les rayons de la lune qui commençaient à percer le voile de brouillards.

Oh! la charmante apparition que je n'oublierai de ma vie.

Elle était enveloppée d'une pelisse de satin
brun à longues manches garnies de fourrures,
du bout desquelles s'échappait une petite main
timide. Son capuchon rose s'était un peu dé-
rangé au moment de la chute ; il était rejeté en
arrière sur les épaules de cette Louise jolie, et il
laissait à découvert une forêt de boucles blondes
et crispées s'étageant autour d'un front admirable de forme et de poli. Son regard, brillant toujours, mais légèrement troublé, semblait chercher les miens pour y puiser du
calme et de la confiance, et une larme, une
seule larme, honteuse et bien vite séchée,
tremblait comme un diamant au bord de ses
cils. Ce joli visage, un peu pâli par la peur,
se couvrait peu à peu d'une teinte rosée,
et ces lèvres fines, contractées par l'émotion,
recommençaient à essayer de sourire. Une de
ses petites mains se cramponnait à la mienne,
une autre retenait avec précaution les plis de
sa robe de satin blanc à raies roses. La lanterne de ma chaise de poste, que La Violette
tenait à la main, projetait de grandes raies
de lumière et d'ombre sur les buissons qui
bordaient la route, sur la sombre masse ren-

versée et sur la robe soyeuse à plis bouffants.
Et moi, pour aider à descendre cette ravissante petite fille, j'avais mis chapeau à la main
et genou à terre comme si, ma foi! j'allais recevoir Sa Majesté la Reine au bas du grand escalier de Versailles.

Mais mon extase ne put pas durer longtemps : Louise, de plus en plus rassurée,
sauta légèrement à terre, et je me penchai
de nouveau sur les profondeurs de la voiture
versée, pour en retirer la tante d'Ormoy,
noble chanoinesse du chapitre de Remiremont.

Cette fois encore on saisit ma main pour
monter; mais cette fois l'allure était moins
leste, l'étreinte était moins douce, et, au
lieu d'une charmante petite pensionnaire, je
vis bientôt apparaître une haute et puissante
dame du temps passé, grande, mince, un
peu fanée, mais belle encore. Cette fois, je ne
trouvai pas nécessaire de prolonger longtemps
l'examen, et, pour faire ma cour à la dame,
je pénétrai moi-même dans l'intérieur de la
voiture afin d'en retirer Pistache.

Tout le monde était donc sauvé; mais la

bise était âpre, la nuit sombre et froide, il fallait songer au plus tôt à s'éloigner de ce chemin désert, et j'eus bientôt pris mon parti.

« Madame, » dis-je à la tante en m'inclinant le plus respectueusement qu'il me fut possible, « je crois difficile de relever cette berline, qui ne pourra guère se remettre en route qu'à la pointe du jour. Mais, comme il est nécessaire que vous puissiez avoir un bon gîte pour cette nuit, voudriez-vous me faire l'honneur de vous placer dans ma chaise de poste, dont le postillon vous conduira au relais le plus voisin. Si je me permets, Madame, de vous faire cette proposition, croyez que vous n'aurez point à rougir de l'avoir si facilement acceptée; je me nomme Henri de Nancré, seul fils du baron de ce nom, et je suis capitaine au régiment de Champagne.

— Monsieur, » me répondit la chanoinesse avec douceur, « je n'avais pas besoin de connaître votre nom pour savoir que vous êtes un parfait gentilhomme. Votre conduite me l'avait déjà appris Madame la baronne d'Ormoy et sa nièce vous sont très-reconnaissantes de vos dévoués services, et vous le prouvent par leur empressement à les accepter. »

La jeune fille n'ajouta rien au petit discours de sa tante, et se contenta de s'incliner gracieusement. Aussitôt, j'installai ces dames le plus commodément possible dans ma chaise de poste, dont j'occupai la banquette de devant, et, laissant mon domestique pour veiller sur la berline renversée, je sentis bientôt les chevaux m'emporter au galop, en compagnie de ma jolie novice en capuchon. Les premiers compliments une fois échangés, ces dames restèrent assez silencieuses. Elles étaient évidemment mal à l'aise en se trouvant ainsi seules, dans la nuit, sur une grande route, en compagnie d'un étranger, d'un inconnu. J'appris par quelques paroles qu'elles échangèrent, qu'elles se rendaient à Paris et que la jeune fille, élevée par sa tante dans l'intérieur du chapitre, allait rejoindre ses parents. C'était une charmante petite espiègle que cette Louise, une enfant toujours en mouvement et en joie. Elle frappait l'un contre l'autre ses petits pieds blottis dans du satin, elle perdait son mouchoir, cherchait sa bonbonnière, bai-

30

sait les mains de sa tante et tirait l'oreille à
Pistache. Ma présence la retenait un peu , car
je voyais bien que , sans cela , elle se fût li-
vrée à son babil charmant de caprice et de
naturel.

« Un joli voyage ! n'est-ce pas , tante ?
plein d'événements et de péripéties. A Épinal
s'est brisé l'essieu de la berline ; au relais
suivant, nous avons perdu Pistache, et cette
nuit, nous avons roulé dans un fossé. Je pourrai bien me permettre d'écrire nos aventures,
pour qu'on les lise au chapitre, le dimanche,
entre les vêpres et le souper... Mais il nous
manque quelque chose encore..... Des voleurs
à l'affût au coin d'un bois. Oh ! comme ce serait
joli... Des coups de feu d'abord... (s'ils n'attei-
gnaient personne) Pistache qui aboierait de fureur, les chevaux qui prendraient le mors aux
dents, Monsieur qui s'élancerait par la portière,
l'épée au côté et le pistolet au poing. Ah ! pardon, Monsieur... avez-vous une épée et des
pistolets ?

— Mademoiselle, j'ai eu l'honneur de vous
dire que je suis capitaine au régiment de
Champagne.

« — Ah! c'est vrai, je l'avais oublié. Et un bon capitaine ne s'embarque pas sans biscuit... Pas plus qu'une dame de chapitre sans sa bon-bonnière, » ajouta-t-elle, en me tendant avec un geste d'enfant la petite boîte d'émail qu'elle tenait à la main.

J'y pris une dragée que je porte encore sur mon cœur, et elle reprit son beau château en Espagne.

« Mais n'est-ce pas, monsieur, c'est dans les grandes forêts sombres que se trouvent les brigands. Est-ce qu'il n'y en a pas sur notre route?

— Mademoiselle, nous n'en avons plus qu'une à traverser, mais c'est la bonne. Entre Paris et nous, se trouve la fameuse forêt de Bondy.

— Ah! ah! nous compléterons peut-être nos aventures, ma tante, » s'écria Louise en sautant sur la banquette et en frappant dans ses petites mains.

« Vous oubliez, ma chère, que la forêt de Bondy est loin encore, et que nous ne jouirons de la compagnie de monsieur que jusqu'au plus prochain relais.

— Ah! quel dommage! » fit Louise avec regret en laissant tomber ses mains et en penchant la tête. Puis elle ajouta d'un air triste.....
« Et j'aurais tant aimé les voleurs! »

Était-ce moi ou les voleurs qu'elle regrettait
si sincèrement? Était-ce le pied de la chanoinesse qui lui avait inspiré cette correction un
peu tardive, et, dans sa première explication,
son cœur seul avait-il parlé?

Louise, désappointée, resta désormais silencieuse, et je me mis à méditer dans mon coin.
Je n'en eus pas longtemps le loisir, car bientôt
nous vîmes briller les feux de notre prochain
village; les aboiements des chiens annon-
cèrent notre entrée, et la chaise de poste roula
bientôt dans la cour du *Soleil d'or*. Nous étions
arrivés et mon bonheur allait finir.

J'essayai de le prolonger du moins; j'intro-
duisis ces dames dans la salle du rez-de-
chaussée, où nous soupâmes ensemble; mais
mes compagnes n'avaient que peu d'appétit,
et Louise, si hardie et si babillarde dans
l'ombre de la chaise de poste, était devenue
beaucoup plus timide en présence du quin-
quet et des flambeaux d'argent dont l'hôtelier

avait jugé convenable de nous gratifier. Pistache et moi fîmes surtout honneur au repas, lui en sa qualité d'épagneul câlin affamé, moi pour soutenir la réputation du régiment de Champagne, et je pris congé de ces dames au bas de l'escalier, en me promettant de les revoir demain et peut-être de les suivre.

Oh! demain, elles seront encore là; Louise la frileuse aura défait sa mante devant le feu flambant de l'hôtelier, elle me tendra sa petite main, elle me saluera de son gai sourire. Ai-je autre chose à rêver, à attendre? Oh! que Paris me semble loin, avec sa foule tourbillonnante et sa fiancée inconnue, et comme je voudrais voyager toujours, toujours par le vent et la pluie, sous le ciel gris de novembre, si j'avais là, devant moi, le gai rayon de ce sourire, et si, au lieu de chaud soleil, je voyais ces yeux bleus scintiller!

27 octobre 175...

O douleur! ô rage! ô trahison! elles sont parties! Parties sans m'avoir dit un mot, sans m'avoir même salué de loin! A dire vrai, d'abord, j'ai été stupide. Ce matin, à huit heures,

30.

elles montaient dans leur berline, tandis que
je dormais paisiblement dans mon lit. Nature
grossière, accablement niais! Devrait-on jamais dormir quand on est amoureux?

Amoureux... le suis-je pour le quart d'heure?
Voyons, mon cœur, soyez traitable, confessez-
vous de bonne foi... Suffit-il, pour que vous
preniez l'éveil, qu'on ait vu sourire une fillette, qu'on l'ait sauvée d'une berline, qu'on
ait décliné son nom à sa tante et qu'on ait marché sur la patte de son chien? Ne sont-ce pas
là les circonstances les plus ordinaires, les
lieux communs les plus usités?

Oui, mais cette fillette est blonde, elle est
gracieuse, elle est naïve, elle a de la tendresse
plein la voix et de l'esprit plein les yeux. Elle
a je ne sais quoi enfin qui démonte les moustaches les plus intrépides, qui renverse un
vaillant capitaine que, jusqu'à présent, beaucoup de fines œillades n'avaient pas même effleuré !

Et pourtant, que ferai-je de ce sentiment
jusqu'alors ignoré?... Y céder est absurde; y
résister impossible. Vivrai-je d'un souvenir et
d'un rêve, de l'image d'une enfant admirée un

jour et disparue le lendemain ? Et mon père qui
me trouve une épouse, et la famille d'Auvrat
qui m'attend ! Il me faudra donc achever ce
voyage fatal que j'avais si tristement commencé, le cœur plein de regrets et dépourvu
d'espérances, et aller m'offrir sottement à une
femme que je ne connais pas, et que je n'ai-
merai jamais !...

Si, du moins, je l'avais revue !... J'ai ques-
tionné l'hôtelier pour apprendre les plus petits détails sur les instants qui ont précédé son
départ. Il m'a répondu qu'elle était descendue
dans sa mante brune, toute souriante et jolie
après cette nuit de repos. Il paraît qu'elle a
cherché des yeux, dans les profondeurs de la
salle vide, et comme la berline roulait devant
la porte de l'auberge :

« Ma tante, » a-t-elle demandé, « allons-
nous donc partir sans dire adieu à ce jeune
gentilhomme ?

— Il dort, ma chère amie ; il serait peu convenable de troubler son repos.

— Mais, sans lui laisser un remercîment,
un...

— Mon amie, si celui qui nous a aidés hier

eût été un manant, je l'en aurais récompensé
en lui donnant ma bourse ; mais puisque c'est
un noble qui a eu cet honneur, il en sera récompensé par le souvenir de sa bonne action
et de sa galanterie... Montez la première, mon
enfant. » Et là-dessus, dit l'hôte, les por-
tières de la berline se sont refermées et la voiture est partie. Il m'a semblé voir que la jolie
tête de la demoiselle se penchait un peu pour
regarder en l'air.

Et moi, je ronflais pendant ce temps, triple
sot !

28 octobre 175...

Demain, j'entrerai dans Paris ; après-demain, j'irai à l'hôtel d'Auvrat, je verrai la
fiancée que m'a choisie mon père. C'est fini,
Louise est partie, Louise m'a oublié ; je ne sais
pas même son nom. Peut-être me conservera-
t-elle un vague souvenir, mais il sera si incertain, si fragile ! Quand elle se rappellera les
incidents de son voyage, mon image se présentera peut-être à sa pensée, placée sur le
même rang, sans doute, que celle du vieux
postillon qui a versé sa berline, ou du gros

aubergiste qui lui a préparé à souper... J'ai
fait un rêve d'une nuit, voilà tout.

Seulement. il faut être raisonnable à présent : il faut se montrer bon fils et gentilhomme modèle. Mon devoir est de me marier.
O mademoiselle d'Auvrat, mon devoir me de-
viendra-t-il doux ? Quand vous rougirez à votre
première révérence, quand vous me regarde-
rez à travers vos cils, en faisant mine de baisser les yeux, vous ne devinerez pas, sans
doute, que votre triste fiancé vous dédaigne
à cette heure, que votre futur mari vous repousse, et qu'il voudrait mettre son nom, son
cœur et son épée aux pieds d'une petite inconnue de seize ans !

29 octobre 175...

En entrant dans Paris, j'ai changé la direction de ma chaise de poste pour passer devant
l'hôtel d'Auvrat, rue Culture-Sainte-Catherine.
Le père de ma fiancée appartient à la noblesse
de robe ; on s'en douterait en voyant sa demeure. L'édifice est sombre, large et carré
comme le tribunal d'un juge ; les faîtes des
cheminées, noircis par la fumée et un peu éva-

sés par le haut, figurent une rangée de toques
magistrales, et deux grands escaliers de pierre
neuve et massive, descendant de chaque côté
du perron, s'étendent sur la façade sombre,
comme le rabat empesé sur la poitrine d'un
avocat... Peut-être, en m'attendant, ma douce
fiancée copie un plaidoyer, ou feuillette les
dossiers d'une *affaire*.

Oh! horreur! Pendant ce temps-là, Louise,
sans doute, croque un bonbon, ou tire les
oreilles à Pistache. Qu'il y a donc des chiens
heureux!

1er novembre 175...

Oh! la belle Toussaint, oh! le jour charmant,
l'heureuse fête! En ce moment, la pluie tour-
billonne et il fait nuit. Les cloches du jour des
Morts commencent à lancer dans les airs leurs
tintements lugubres; le vent emporte au loin
ces plaintes et y mêle ses gémissements. Et
pourtant, dans ce deuil solennel, au milieu de
cette nuit qui frissonne et de ces voix qui pleu-
rent, je me sens si transporté, si confiant, si
heureux, que j'en ai presque oublié de prier
pour ma mère. Et je n'y manquais jamais,

pourtant, dans la sombre veille des Trépassés !
Oh ! que mon père avait bien choisi, que la
Providence est bonne, et que la vie est douce !

Ce matin, après la grand'messe, j'ai pris
mon uniforme neuf; je suis monté dans une
chaise et me suis fait conduire à l'hôtel d'Auvrat. J'avais pris un courage sincère, une résolution sombre; je m'étais décidé à obéir, si
faire se pouvait. Et je me disais en route :
« Adieu, bonheur ! adieu, amour ! adieu, jeu-
« nesse ! Le mariage n'a point le charme des
« sourires tendres et des rêves dorés; il est la
« chaîne des sacrifices réciproques, des devoirs
« austères, et c'est lui qui m'attend là-bas,
« dans cette grande maison de robe et de bon-
« net carré. »

Aussi, en y arrivant, avais-je l'œil humide
et le regard sombre. En traversant la grande
cour où je marchais la tête basse, je paraissais
compter les pavés; tandis qu'en réalité, je
comptais les instants qui me séparaient encore
de celui où mon destin allait être fixé. Je ne
sais pas très-bien encore comment je franchis
le vestibule haut et sombre, le large escalier
de pierre à balustrade sculptée; mais, je cher-

chai à reprendre contenance en pénétrant
dans le salon. Il était haut, sévère et peu
éclairé, comme le reste de l'édifice ; une lourde
table de chêne sculpté en occupait le centre ;
il était tendu de damas vert sombre à crépines
de velours rehaussées par un fin liseré d'or.
Quelques grands portraits d'ancêtres, à mine
roide et imposante, semblaient me regarder
avec dédain, et se demander quel était ce
gendre de mauvaise humeur qui pénétrait,
l'oreille si basse, dans ce sanctuaire de famille.
Tout cela me faisait l'effet d'un nuage sombre,
d'un brouillard terne ; je ne voyais pas encore
le soleil qui se cachait derrière ces vapeurs.

J'avais dit mon nom au valet, et bientôt le
baron et la baronne parurent, et me reçurent
avec de grands témoignages d'affection. Ce fut
le baron lui-même que je considérai d'abord
avec le plus d'intérêt. Grand, bien fait, coiffé
à l'Oiseau Royal comme mon père (je ne pouvais moins attendre de la sympathie qui les
unit), il avait, somme toute, une belle et respectable figure de vieillard, où l'affabilité du
gentilhomme se mêlait à la pénétration du
juge. De grands yeux bruns fort clairvoyants,·

vifs encore sous leurs noirs sourcils, qui, en
se fixant obstinément sur moi, rendaient encore plus pénible l'embarras de cette première
visite ; une bouche bienveillante, un nez de
race, caractérisaient ce visage affable et distingué. Après m'avoir salué cordialement, il
m'engagea à me rapprocher de la baronne.

« Ma chère Blanche, » lui dit-il, « quoique nous voyions aujourd'hui pour la première fois le fils de notre cher ami, que ses
devoirs et les soins de son commandement ont
toujours retenu aux armées, il nous suffit de
la parole du digne baron de Nancré pour le
recevoir en ami et pour le traiter en gendre.
Engagez-le donc, ma chère, à se mettre tout
à fait à l'aise avec nous ; en votre qualité de
femme, il vous sera certainement plus facile
de l'apprivoiser. »

Ces paroles du baron prouvaient clairement
qu'il avait remarqué mon air embarrassé et
ma mine sombre ; aussi je fis tous mes efforts
pour me remettre, et je présentai mes compliments à la baronne, que je considérai dès lors
avec attention. Elle était de petite taille, très-
élégante, et mince encore. Déjà vieille, et le

31

visage un peu ridé ; mais que de finesse dans ses yeux bleus ! quelle grâce aimable dans son sourire ! Avant qu'elle m'eût parlé, elle m'avait conquis déjà, et je sentais que je me résignerais fort bien à avoir une semblable belle-mère. Ah ! si sa fille pouvait lui ressembler !

« Monsieur le capitaine, » me dit le baron après les premiers compliments, « ne trouvez-vous pas un peu étrange la conduite des deux papas?... Il y a, dans deux familles, deux enfants jeunes, bien élevés, soumis ; bien chéris tous les deux, tous les deux aimables (ici je fis un salut), on les choisit, on les fiance ; ils apprennent à se connaître et à s'aimer, et, en ce cas, on les marie. Trouvez-vous quelque chose à redire à mon plan, monsieur Henri de Nancré? — Non assurément, monsieur. » C'était la politesse qui me faisait parler ainsi ; cependant mon cœur ne pouvait trop longtemps garder le silence : « A moins « que, » poursuivis-je... Ici, le courage me manqua.

« A moins qu'ils ne se prennent en grippe? » reprit le baron en riant. « Ma foi ! le cas n'a pas été prévu ; mais, en supposant qu'il avienne, rassurez-vous, monsieur Henri. Vous n'avez pas encore juré fidélité devant mon ami, le curé de Sainte-Catherine, et pour ma petite-fille, eh bien! il n'y aurait qu'un fiancé de perdu.

— Mon ami, je crois que vous y allez trop vite, » observa doucement la baronne. « Monsieur Henri arrive de voyage ; il a roulé quatre jours sur des chemins affreux ; il doit être à demi mort de froid et épuisé de lassitude, et, quand il se présente ici au débotté, vous lui parlez mariage. Donnez-lui donc un peu le temps de remettre ses esprits. Pensez donc à tout ce qu'il peut y avoir, dans un pareil voyage, de fatigues et de soucis, de périls et d'aventures? »

Est-ce que la baronne voulait se moquer de moi?... Je la regardai en ce moment, et je vis le sourire à la fois le plus railleur et le plus bienveillant me montrer ses dents encore belles. « Supposez-vous donc, madame la baronne, qu'un capitaine au régiment de Champagne, qui a vu le feu depuis dix ans, et qui a fait ses premières armes à Fontenoy, ait les nerfs aussi délicats qu'une duchesse ou une présidente? » C'était le baron qui parlait. « Vous lui faites tort, en vérité, et je suis sûr que le fils de mon vieil ami n'est pas homme à se lasser d'une route entreprise dans le but d'aller conquérir la main d'une dame.

— D'une dame inconnue, ajoutez, monsieur le baron.

— Raison de plus pour avoir hâte de la connaître, n'est-ce pas, mon chevalier ?

— Sans nul doute, » répondis-je, commençant à sourire.

« Et vous vous demandez, sans doute, pourquoi nous ne vous la montrons pas? » continua mon futur beau-père. « Toutes sortes de suppositions fâcheuses peuvent vous traverser la cervelle et troubler votre cœur d'amoureux. Eh bien, rassurez-vous, monsieur l'impatient. Pas plus tard qu'aujourd'hui, vous allez la connaître.

— Nous avons voulu, » reprit la baronne d'Auvrat, « lui épargner l'embarras d'une présentation officielle. Vous ne savez pas, monsieur Henri, jusqu'à quel point nous aimons cette enfant gâtée. C'est le trésor de notre vieillesse, la seule restée, la dernière venue, au moment presque où mes cheveux allaient blanchir.

— Avec cela, elle est timide et sauvage, » dit le père. « Élevée loin de nous, dans un couvent, elle ne connaît ni les fêtes, ni les belles manières de Paris, et je suis sûr, monsieur le capitaine, que vous la trouverez bien gauche, et point assez coquette. Cela vous sera désagréable au premier abord; mais, après le mariage, je ne crois pas que vous en soyez fâché. »

Après le mariage!... Il parlait comme si j'eusse été coffré déjà, ce cher baron.

« Tenez, mon ami, assez de préambules, reprit-il. « Si vous avez faim, acceptez d'abord une tasse de chocolat, afin de vous remettre; si vous avez déjeûné, passez par cette porte et allez au jardin. C'est là que vous trouverez ma fille, si je ne me trompe, dans les alentours du petit pavillon. Faites connaissance d'abord; vous me rendrez réponse ensuite.

— Pas aujourd'hui, certainement, » dit la mère, « il faut que la connaissance soit plus ancienne. Allez, monsieur, allez, » dit-elle

31.

en me voyant hésiter. « Vous vous chargerez de ramener notre fille ici, de ma part. »

Et, m'ayant donné ce message pour vaincre mon hésitation visible, elle m'ouvrit elle-même la porte vitrée, et je descendis les degrés en tremblant.

Au bas du perron s'étendait une allée de tilleuls bordée d'une épaisse charmille. L'allée était sablée; mais on était en automne et les feuilles rougies s'amoncelaient en touffes sous les pieds. Seulement, de chaque côté des tilleuls, s'étendaient deux vastes pelouses vertes et veloutées, bordant un piédestal de marbre où se dressait quelque dieu antique. Au delà des pelouses, des touffes de houx et de sorbiers qui conservent leur corail et leur verdure, même pendant les jours tristes de l'hiver. Ce jardin ne manquait ni de fraîcheur, ni d'élégance, mais il était bien régulier, bien froid; je le voyais en automne, et c'était bien là l'apanage d'un conseiller au Parlement.

Le silence y régnait surtout, interrompu seulement de temps à autre par le pépitement d'un moineau ou la chute d'une feuille sèche. A mesure que j'avançais dans l'allée, je sen-

tais mon cœur défaillir, et il me semblait que
j'allais trouver au bout une fiancée morne,
lente, à l'œil éteint et au teint grisâtre, sombre
comme l'automne, froide comme le jardin.

Au détour de la grande allée, j'aperçus le
pavillon ; mais je ne voyais rien autre chose encore. Il était entouré d'un bosquet conservant
son feuillage et où mon œil ne pénétrait pas.
Tout à coup, je crus entendre le frôlement rapide d'une robe de soie parmi les branches,
et le bruit de petits talons craquant sur le sable
mêlé aux glapissements d'un chien. Mon cœur
battit... Cette voix d'épagneul, il me semblait
l'avoir connue. Ce petit aboiement sec, âpre,
irrité, suivi d'un sourd grondement ronflant
et sonore. Oh ! si c'était Pistache ! Un moment
je fermai les yeux. Quand je les rouvris,
Louise était devant moi.

Oui, Louise, avec ses cheveux blonds crêpés, sa robe de satin à raies roses ; Louise,
dont les joues, le front, le cou même, sont
devenus pourpre en m'apercevant. Comme
elle était étonnée, comme elle avait peur, la
pauvre petite, la pauvre chérie ! Pour moi j'é-
tais radieux, j'étais fou de surprise et de joie.

« C'est vous qui êtes Louise ! c'est vous qui êtes mademoiselle d'Auvrat ! »

Je ne trouvai d'abord rien autre chose à lui dire. Elle était si tremblante et si émue que je la fis asseoir sur un banc dans l'allée.

. « Savez-vous que je venais à Paris par l'ordre de mon père pour vous connaître, quand, là-bas, je vous ai rencontrée ? Savez-vous que je ne voulais plus vous épouser, c'est-à-dire épouser Mlle d'Auvrat, parce qu'en vous voyant, j'avais commencé à vous aimer ? Oh ! que le hasard est grand et que je suis heureux ! C'est-à-dire que je serai heureux un jour... si vous parvenez à m'aimer comme je vous aime. »

J'avais tort assurément, et je ne me serais point permis un aveu si brusque ; mais la surprise m'avait entièrement bouleversé. Louise commençait un peu à se remettre.

« En quittant le *Soleil d'Or,* » repris-je, « vous vouliez encore témoigner votre reconnaissance à ce gentilhomme. La lui avez-vous conservée ? Puis-je espérer que vous y joindrez un peu d'affection ?

— Comment aurais-je pu vous oublier, » répondit-elle avec une timide malice, « quand Pistache lui-même se souvient de vous? Regardez, Monsieur de Nancré. »

En effet, l'épagneul, tout joyeux, flairait mes bottes, la queue frétillante et la mine éveillée.

Je ne sais plus trop ce que je lui ai dit, ni ce qu'elle m'a répondu; je suis pourtant parvenu à comprendre que si Monsieur le capitaine, par amour pour Louise, ne voulait point épouser Mlle d'Auvrat, celle-ci, sans méchante rancune, entrait cependant assez bien dans les vues de ses parents à l'égard de Monsieur Henri, le capitaine. Et lorsqu'après avoir causé à peu près une demi-heure, laissant attendre la baronne et s'inquiéter Monsieur le baron, nous sommes rentrés dans la grande salle, j'ai été presser chaleureusement la main de mon futur beau-père, l'assurant que mon plus cher désir était d'avoir ma fiancée pour femme, et que je me présenterais sans crainte devant monsieur le curé, son ami.

20 novembre 175...

Voici déjà vingt jours que je n'ai touché à

ce journal. Mais à quoi bon écrire. Mes jours
sont si pleins, mon cœur est si satisfait ! Si
je voulais le continuer chaque jour, je n'aurais
que la même chose à redire. De la joie sans
fin, du bonheur à chaque page. Mon devoir
est d'accord avec mon amour; mon rêve a
pris un corps et s'est fait femme, et je suis
aimé de Louise d'Auvrat.

Nous formons le cercle le plus intime, la
famille la mieux unie. Le baron et la chanoinesse en forment l'élément grave, la baronne,
Louise et moi, l'élément jeune et léger. Puis,
nous avons le jeune Paul qui forme à lui
seul une espèce de tiers-parti. Il est neveu du
baron d'Auvrat, et cousin de Louise. C'est
un orphelin de vingt ans, dont le père est
mort lieutenant sur un vaisseau de guerre.
Paul est souvent triste quand sa cousine est
gaie; quand elle fait l'insouciante, il devient
rêveur. Louise m'a dit à l'oreille qu'il a une
grande passion en tête, je ne sais trop pour
qui, et, du reste, ne m'en inquiète guère. Il
est brun, il a le profil accentué et la mine
noble du baron; il a un cœur excellent, une
complaisance à toute épreuve et de char-

mantes manières; il me comble de prévenances, et je suis sûr que j'aurai en lui un
ami dévoué.

Louise me parle souvent de lui avec une
amitié charmante. Dans son enfance, il a été
son frère, son compagnon, son ami. C'était
lui qui faisait le plus souvent les devoirs de
l'étourdie, qui allait demander sa grâce quand
elle avait mérité d'être mise en pénitence, qui
lui dénichait des oiseaux et bêchait son petit
jardin. Un jour, il s'est mis à la recherche
d'une perruche envolée et l'a rattrapée à force
d'adresse et de courage, à l'extrémité d'un
des grands acacias qui bordent la pelouse. Une
autre fois, il a défendu Louise contre les coups
de bec furieux d'un grand cigne, qui se pavane
encore aujourd'hui sur l'eau verdâtre du bas-
sin.

Comment n'aimerais-je pas celui qui, avant
moi, a protégé, a amusé ma Louisette? C'est
elle qui me redit tous ces souvenirs d'enfance,
avec toute la grâce de son babil coquet et mutin. Elle commence toujours ainsi : « Quand
j'étais enfant... ou Quand j'étais petite... »
comme si elle se figurait qu'elle fût à présent

bien grande en effet. Mais, la jolie petite baronne que ce sera, cette petite femme de
quinze ans.

6 décembre 175...

Je viens de recevoir une lettre de mon père :
il est enchanté de me voir entrer dans ses idées
avec une ardeur aussi réelle.

Il quittera le château au commencement de
janvier, et c'est vers la fin de ce mois qu'aura
lieu notre mariage. Aussitôt après la cérémonie, nous partirons pour Nancré, ma petite
pensionnaire et moi, et nous y passerons seuls
les trois ou quatre premiers mois de notre
union. Aucun des parents ne nous y suivra,
parce que nous nous proposons de faire là une
espèce d'école buissonnière : « Je m'en irai
« en vacances, nous a déclaré Louise à cette
« occasion, et comme j'ai l'intention de jouer
« à la grande dame pour la première fois de
« ma vie, il faut me laisser libre et ne pas me
« gronder. C'est pour cela que ma tante d'Or-
« moy, papa, maman, et votre père resteront
« ici pendant quelques semaines, juste le temps
« nécessaire pour que j'apprenne à me tenir
« droite, à ne pas perdre mes clefs, à com-

« mander mes toilettes , et à ne pas faire une
« pirouette en entrant au salon. Après cela,
« quand Madame la baronne de Nancré aura
« fait son apprentissage , ils seront les très-
« bienvenus, et j'irai les recevoir, à une lieue
« en avant du village, en carrosse à deux che-
« vaux, et en toilette de cour, avec des mou-
« ches , du rouge et un collier de diamants.
« Je ne permets donc à personne de nous em-
« pêcher, Henri et moi, de prendre récréation
« complète , et de nous faire des niches tout
« le long du jour, excepté à vous , Paul,
« ajouta-t-elle en se tournant vers son cousin.
« Allons, vous n'êtes pas encore très-vieux,
« quoique vous fassiez parfois vos yeux noirs
« et votre mine maussade, comme, par exem-
« ple , en cet instant. C'est dit; si vous vous
« sentez envie de patiner sur les étangs et
« de jouer à pigeon-vole, vous viendrez à
« Nancré, où Monsieur le baron et Madame
« la baronne auront toujours un fauteuil et
« une escarpolette à votre disposition. »

C'est ainsi que Louise décide , invite, règle
les joies de notre présent, et les projets de

notre avenir, car elle est le guide, la maîtresse et la bonne fée de ma vie.

20 février 175...

Notre mariage a été célébré, il y a trois jours, à Paris, dans l'église Saint-Paul. Immédiatement après la bénédiction du vieux prêtre, nous avons reçu celle de nos chers parents, et, de la sacristie, nous nous sommes rendus sous le portail, devant lequel stationnait la chaise de poste. Là, ont commencé les adieux, les pleurs, les embrassements : « Au revoir, cher père, « au revoir, maman, » a sangloté Louisette. « Maman, priez pour moi soir et matin, afin « que je puisse être une personne raisonnable, « une bonne femme et une bonne ménagère. « Tante d'Ormoy, envoyez mes respects à nos « mères, et... soignez bien Pistache! » C'est que Pistache lui-même n'est pas venu. Louise a voulu laisser à Paris jusqu'au dernier souvenir de ses enfantillages, afin de se donner toute à moi et à ses devoirs sérieux. C'est Paul qui l'a prise dans ses bras pour l'aider à monter en voiture : « Adieu, Paul, ne soyez pas trop « triste de ne plus me voir, » lui a-t-elle dit,

« et venez à Nancré quand vous voudrez.
« Maman, n'oubliez pas de m'envoyer la recette
« du gâteau d'amandes. » Là-dessus, la voiture
s'est ébranlée et notre attelage est parti au
galop. Alors j'ai pris Louise dans mes bras,
et je l'ai tenue longtemps sur mon cœur, pour
la première fois depuis que je la connais, depuis le jour où je l'ai aperçue à travers les
vitres de la berline.

Le soir du jour suivant, nous sommes descendus au Soleil-d'Or. L'hôtelier avait été prévenu de mon arrivée; mais il ne devinait guère
quelle petite femme je ramenais à Nancré.
Quelle mine effarouchée il a faite sur le seuil de
la porte, la bouche béante, les yeux grands
ouverts et son bonnet de laine s'échappant
presque de sa main ! « Enfin, je suis bien bête
« de me surprendre, » nous a-t-il dit après
son salut. « Quand un beau jeune gentilhomme
« secourt une charmante demoiselle, et que la
« charmante demoiselle se sent reconnaissante
« envers le beau cavalier, il est tout naturel,
« ma foi! que cela finisse par un mariage. Le
« souper est servi, monsieur le baron. » Alors
j'ai fait asseoir Louise, et je l'ai servie comme

autrefois. lui choisissant les meilleurs morceaux
et remplissant son verre. Ah ! comme mon cœur
était plein, et comme le Soleil d'Or me paraissait transformé !

Le lendemain matin, nous nous sommes mis
en route de bonne heure, afin d'arriver le soir
même à Nancré.

Après avoir roulé une heure ou deux sur la
grande route, nous avons aperçu, à travers les
teintes grises du jour naissant, le fameux tas
de pavés. Une des roues de notre chaise l'a
même effleuré de très-près. Louise m'a souri
en se penchant à la portière. « Je suis sûre que
« nous ne verserons pas aujourd'hui, m'a-t-
« elle dit aussitôt. C'était bon dans ce temps-là,
« pour que nous puissions faire connaissance.
« Aujourd'hui j'en serais moins contente, car
« je craindrais tout pour vous, les pavés, les
« blessures, et les voleurs, mon bon Henri ! »

Enfin nous sommes à Nancré, et nous allons
savourer, seul à seul, le bonheur qui vient de
commencer pour nous et qui doit durer toute
notre vie. J'ai installé Louise dans l'ancienne
chambre de ma mère, qui a été toute tapissée et
meublée à neuf à cette occasion. La chambre

est toute lilas et blanc, son boudoir est rose.
Elle y trône comme une petite reine, comme
une petite fée; elle est chez elle, elle est chez
moi. Il me semble qu'il y a quatre mois seulement que j'ai commencé à vivre.

14 mars 175...

Ce matin, je dormais encore quand Louise
est venue m'éveiller en me tapant sur la joue.
«Réveillez-vous, monsieur le paresseux, » m'a-
t-elle dit en riant. « Est-ce qu'un capitaine ne
« devrait pas rougir d'être au lit longtemps
« après que la diane a sonné? Pour moi, j'ai
« déjà couru dans les prés; regardez plutôt
« ma gerbe. » Alors j'ai vu qu'elle tenait à la
main un gros bouquet de primevères, les unes
d'un rose clair, les autres sombres et veloutées.
« Vous ne savez pour qui est ce bouquet? » m'a-
« t-elle dit. « Eh bien! votre père m'a dit autre-
« fois que le 14 mars est le jour de votre nais-
« sance, et j'ai bien marqué la date dans ma
« mémoire, qui est un excellent calendrier.
« J'aurais pu vous offrir à cette occasion une
« paire de boucles neuves ou un grand bau-
« drier brodé; mais j'ai mieux aimé vous ap-

32.

« porter les pemières fleurs du printemps et le
« premier amour de mon cœur. Allons, bel
« endormi, si vous en êtes content, levez-
« vous ! »

J'ai embrassé en pleurant de joie Louise et
son bouquet, et, après le déjeuner, nous sommes allés le porter sur la tombe de ma mère.
C'est elle qui, à pareil jour, m'a donné la vie,
c'est-elle qui m'a fait naître au bonheur et qui
n'en a pas joui. Il est juste que notre tribut
d'amour et de reconnaissance lui appartienne
comme une compensation.

22 mars 175...

Nous avons résolu, Louise et moi, de nous
mettre à étudier ensemble. Elle a fort besoin
de leçons sous ce rapport, ma petite femme,
car elle ne sait guère que son catéchisme, quelques fables, un peu d'orthographe, encore
moins de géographie, et le catéchisme histori-
que de l'abbé Fleury. Or, nous avons beaucoup
de loisirs à Nancré ; les journées allongent et
le travail nous est nécessaire. Il est vrai que
Louise s'occupe beaucoup de notre intérieur.
Elle voit traire les vaches, nourrit elle-même

les poules de sa basse-cour, et manie les clefs
de sa lingerie avec un zèle digne d'admiration.
L'autre jour, je riais à mourir en la voyant
perchée sur une escabelle, devant une grande
armoire, se haussant sur la pointe des pieds
pour atteindre une pile de draps. La vieille
femme de charge, à côté d'elle, lui adressait de
vives représentations, assurant que ce n'était
point l'affaire de madame la baronne de prendre elle-même ses draps, et que madame la
baronne courait risque de tomber. Or, madame la baronne avait tout bonnement l'air de
vouloir atteindre un gâteau ou dénicher un
pot de confitures.

Je l'ai prise dans mes bras, et la baisant au
front, je lui ai dit : « Ma chère, vous êtes une
« petite ménagère modèle ; un jour vous de-
« viendrez une vraie Cornélie. — Cornélie?
« qui était-ce? » m'a-t-elle répondu. Je lui ai
raconté l'histoire de la mère des Gracques, qui
n'avait pour bijoux que ses enfants bien-aimés :
« Et son mari, » m'a-t-elle répondu, « pourquoi
n'en parlait-elle pas? — Elle était veuve.

— Raison de plus pour se souvenir, » m'a-t-
elle répondu. J'ai trouvé la pensée charmante,

j'ai embrassé Louise avec transport ; mais, le même soir, nous avons commencé à étudier l'histoire romaine.

27 mars 175...

Mon père vient de m'écrire pour m'annoncer qu'il ne reviendra pas encore à Nancré. Les parents de Louise vont faire un voyage dans leurs terres du Berry, et il se propose de les accompagner. La chanoinesse d'Ormoy est retournée à Remiremont, et on nous annonce la prochaine arrivée de Paul, qui va nous ramener Pistache. En conséquence, Louise fait préparer un lit et des tartelettes pour cette solennelle réception.

Je ne sais si je suis fort heureux de voir troubler sitôt notre aimable solitude. La société de Louise me suffisait : il y a tant de grâce dans toutes ses actions, tant de vivacité et de chaleur dans son naturel, tant de gaieté dans ses saillies ! Quoique vivant seul avec elle, j'étais séparé d'elle une partie du jour ; mais je ne pouvais pas être jaloux des pauvres du village qui me dérobaient une bonne part de son temps, et quand je la voyais gravir le sentier sur la colline, la maute en désordre,

les cheveux flottant au vent de mars et les
joues tout empourprées par la bise, il me semblait que je ne l'avais pas vue depuis deux
mois, tant, en l'apercevant, j'étais heureux.

Mais Louise est enchantée, la petite folle, de
l'arrivée de son cousin et de son épagneul :
« Je suis sûre qu'il est toujours triste, » dit-
elle en parlant de l'un, « et que son poil est
« mal frisé, » dit-elle en pensant à l'autre. « Oh !
« le joli voyage que Paul aura avec monsieur
« Pistache ! il n'a jamais pu le souffrir, et
« quand il devra le prendre pour lui faire
« donner à manger, le mauvais petit lutin
« sera capable de le mordre. Mais je lui suis
« bien reconnaissante en voyant qu'il cher-
« che à me faire plaisir. Ainsi, je vais lui
« faire préparer une bonne chambre à ce cher
« cousin, et un coussin pour Pistache, dans
« mon boudoir. »

4 avril 175...

Paul n'est pas encore arrivé, Louise est
triste et inquiète; ce ne peut pourtant pas être
l'absence de Pistache qui l'afflige à ce point.
Je n'aurais jamais cru que ce petit cœur
aimant et léger fût accessible à la tristesse,

et je cherche en vain les raisons qui peuvent
la désoler ainsi. Elle ne se plaint pas, au contraire ; elle cherche à payer de bonne mine,
à me dissimuler son chagrin ; mais je vois
bien souvent que sa poitrine se gonfle, que
ses yeux se voilent, qu'elle soupire après quelque chose qu'elle n'a pas. Mais ce que c'est,
je ne saurais le dire. Je lui ai rempli sa bourse,
pensant qu'elle manquait d'aumônes pour ses
indigents ; je lui ai fait venir de Paris deux
caisses de robes et de dentelles ; je lui fais
construire une jolie serre où ses tulipes fleu-
riront en hiver ; mais tout cela est inutile, et
Louise a perdu sa gaieté. Triste déjà, quand
nous sommes mariés depuis deux mois à
peine !

8 avril 175...

Le cousin est enfin arrivé et ç'a été toute
une petite scène. Quand nous avons entendu
le bruit des roues dans l'avenue sablée, nous
sommes descendus sur le perron, Louise et
moi. La voiture s'est arrêtée, Paul s'en est
élancé, pâle et sombre, tenant Pistache dans
ses bras. Il m'a serré la main et a affectueuse-
ment embrassé sa cousine. Louise lui a pris l'é-

pagneul des mains : « Et rien autre chose ? »
a-t-elle murmuré. — Je l'ai regardée avec surprise. Paul a été confondu; j'ai vu qu'il se
retenait pour ne pas se frapper le front : « N'a-
« vez-vous pas pour moi des lettres de ma
« mère ? » lui a-t-elle demandé en rougissant.
« Si, si, elles sont dans ma valise, « a-t-il
répondu; « je vous les donnerai aussitôt. » Là-
dessus, nous sommes entrés au salon, et le
premier moment passé, Louise a recommencé
à sourire. Elle a joué avec Pistache, taquiné
son cousin et moi; mais il me semblait voir,
de temps en temps, son regard devenir humide et sa poitrine se gonfler d'un soupir.

CHAPITRE II.

Après.

15 avril 175...

Louise paraît assez tranquille maintenant, quoique légèrement pâlie, mais c'est Paul qui semble parfois beaucoup souffrir. Je ne l'avais pas bien observé le jour de son arrivée, car c'était l'émotion de ma femme qui m'occupait surtout. Mais je trouve au jeune homme l'air moins franc et moins assuré qu'il ne l'avait lorsque nous avons fait connaissance; il a maigri, changé, et son regard est très-abattu.

« Qu'a donc votre cousin, ma chérie? » ai-je demandé hier soir à Louise.

« Il est amoureux, et il souffre. Tout le monde n'est pas heureux comme nous. »

Je l'embrassai pour cette bonne parole.

« Comme moi surtout, vous voulez dire. Mais pourquoi souffre-t-il? De qui est-il amoureux?

— Voilà bien des questions auxquelles je ne pourrais guère répondre. Je sais seulement qu'on lui a refusé la main de celle qu'il aime parce qu'il est jeune, sans fortune et qu'il n'a pas un grade assez élevé.

— Mais quelle est la jeune fille en question ?

— Je ne la connais pas, Henri. Vous savez que je suis venue tout droit de Remiremont à Nancré, d'un couvent à un autre, monsieur l'inquisiteur.

— Et vous vous affligez, sans doute, de la tristesse de votre cousin ?

— Sans doute ; est-ce que je ne m'affligerais pas de la vôtre ?

— Mais, je suis votre mari, moi.

— Et Paul est presque mon frère. Je le connais et je l'aime depuis tantôt seize ans. Il y a seulement six mois, Monsieur, que j'ai vu votre aimable visage ; mais, vous avez bien su, il est vrai, me faire réparer le temps perdu. »

On ne peut pas se fâcher contre Louise, pas même la bouder un instant, quand bien même on commencerait à devenir sombre, inquiet, et... jaloux. O l'horrible mot ! je n'aurais pas voulu l'écrire.

33

18 avril 175...

Mon Dieu! mon Dieu! ai-je rêvé? Qu'est-ce que tout cela signifie?

Hier j'étais allé visiter une ferme assez éloignée. Lorsque je suis revenu, il était à peu près huit heures, et il faisait sombre déjà; mais la nuit était belle et l'air parfumé. A l'entrée de l'avenue, je laissai mon cheval à mon domestique, et je voulus traverser le parc avant de rentrer au château. En longeant une allée étroite qui s'étend le long des charmilles, j'entendis dans le feuillage la voix de Louise qui semblait supplier. Je tressaillis brusquement, et je m'arrêtai pour écouter sans savoir ce que j'allais faire : « Paul, vous partirez demain, n'est-ce pas?» lui disait-elle. «Sans cela je vous en voudrais, vous seriez dur et méchant.

— Je ferai tout ce que vous voudrez, Louise.

— Mon bon Paul, je vous aime, je ne vous chasse pas; mais il faut que vous fassiez ce que je vous demande. Songez que si je ne suis pas satisfaite, je serai languissante, désolée, je négligerai mes devoirs et le bonheur de Henri, qui s'apercevra bien de mon air malheureux.

'Ainsi, c'est convenu, vous partirez, n'est-ce pas?

— Je partirai, Louise.

— Et vous m'enverriez... Ici je n'entendis plus rien » et il me sembla deviner que ma femme se penchait pour lui parler bas, à l'oreille.

« Je vous le promets.

— Merci, mon bien cher Paul. Vous êtes triste aussi, espérons que vous vous consolerez un jour. »

Ici, ils s'éloignèrent en silence et je retournai épouvanté à la maison.

. . . .

Il est nuit, je suis seul dans ma chambre, j'écris, et ma tête brûle. Que veulent dire ces prières, ces larmes, ce commandement impérieux, de se dévouer, de partir? Louise a-t-elle aimé son cousin avant moi, plus que moi, et, toujours vertueuse et dévouée, veut-elle éloigner d'elle tout ce qui pourrait l'arracher au respect de son nom et de son honneur? Etait-ce elle que Paul aimait, et n'a-t-il pas eu la force de lui cacher cette tendresse, une fois qu'il a su qu'elle devrait s'éteindre sans espoir? Et

que doit-il lui envoyer encore ? Je roule dans
un abîme de perplexités. On m'écrit de Châlons que j'ai un procès qu'il me faut suivre,
et je n'ai pas la force de m'arracher d'ici,
au moins avant le départ de Paul.

20 avril 175...

Enfin Paul est parti; je vais me mettre en
route. Louise ne sait rien de mes angoisses,
j'ai encore eu la force de lui cacher mes soup-
çons. A mon retour, je ferai en sorte de les
éclaircir.

2 mai 175...

Me voici de retour à Nancré. A Châlons j'ai
eu bien vite terminé mes affaires, laissant à
mon procureur le soin de mon procès, je
suis venu ici prendre le soin de mon bonheur.
Il paraît que Paul a été fidèle à sa promesse,
car j'ai su de la femme de charge que, cinq
jours après mon départ, un exprès de Paris
avait apporté un paquet à l'adresse de Madame.
Louise a sauté de joie et battu des mains en
l'apercevant, et, le saisissant aussitôt, elle a
été se renfermer dans sa chambre.

Demain ou après-demain au plus tard, je

saurai ce que ce paquet renferme. Aujour-
d'hui, il est minuit; elle dort; je suis fatigué
de la rapidité du voyage et de l'inquiétude qui
m'assiége. Laissons-la dormir en paix. Mais il
y a décidément quelque trame coupable,
quelque mystère funeste!

5 mai 175...

Oh! décidément, si je suis le plus heureux
des maris, j'en suis aussi le plus ridicule!
Que le souvenir de cette absurde aventure me
serve à jamais de leçon!

Ce matin, je suis entré dans la chambre de
Louise au moment où elle venait de se lever,
et je suis arrivé au moment où elle venait
d'envoyer la femme de chambre à la recherche de quelque objet de toilette. Voici ce que
j'ai vu en entrant dans l'appartement. Louise,
toute fraîche, toute rose, dans son peignoir
de satin et de dentelle, les cheveux sans
poudre, mais toujours bouclés et retenus par
un nœud de ruban, les pieds nus dans ses
petites mules roses, était assise sur le tapis.
Autour d'elle, épars sur le parquet, étaient
quelques morceaux d'étoffes de différentes

couleurs que j'ai pris pour des échantillons de robe. Elle tenait une petite clef d'or à la main et s'apprêtait à ouvrir un coffret incrusté posé près d'elle, à terre. Je n'avais jamais vu ce coffret, c'était là sans doute l'objet mysté-rieux.

J'entrai comme un ouragan, et, au bruit que fit la porte, Louise tressaillit, pâlit et se dressa sur ses pieds :

« Qu'avez-vous, Henri? » dit-elle, en regar-dant avec stupeur ma figure bouleversée.

« J'ai... j'ai.. que faites-vous, Louise? Que signifiaient vos larmes, vos prières, le dé-part de Paul, et... ce coffret? Qu'est-ce que ce coffret? » m'écriai-je en furie. « Que contient-il? Ne me retenez pas. Je veux le voir, je veux le savoir. »

Et écartant brusquement Louise qui éten-dait les bras, je saisis le coffret, et je le posai brusquement sur la table.

« Oh! mon Dieu! » s'écria ma femme avec un tressaillement douloureux.

« Ouvrez-le, Louise, vous en tenez la clef. Ouvrez-le, je vous l'ordonne.

— Henri, par pitié, ne me le demandez

pas ! Croyez-moi, pardonnez-moi, ne me forcez pas à l'ouvrir. »

Elle tournait vers moi ses yeux bleus, ses
yeux fidèles, tout pleins d'épouvante et de
prière, tout baignés de larmes. Et je voyais
ses lèvres trembler et pâlir, la clef d'or fris-
sonner dans sa petite main. J'aurais dû avoir
pitié d'elle ; mais j'étais insensé, j'étais furieux, et je devais être ridicule jusqu'au
bout.

« Henri, ne me forcez pas à l'ouvrir, vous
vous fâcheriez contre moi ! » s'écria-t-elle en
sanglotant.

Pour le coup, c'en était trop. Je saisis son
poignet d'enfant et je fis un geste empreint
d'une telle fureur, qu'au comble de l'épouvante et fermant les yeux, elle mit la clef dans
la serrure. Je lui pressai fortement les doigts
pour la faire tourner ; le couvercle se souleva
et me précipitant avec rage sur l'intérieur du
coffret matelassé de satin blanc, j'y aperçus...
une poupée de cire, une poupée charmante
aux yeux d'émail, à la coiffure poudrée, élé-
gamment vêtue d'une robe de brocard à fleurs
d'or.

Et je me retournai vers Louise, humilié, re-
pentant, anéanti. Elle s'était jetée sur un fauteuil et cachait sa tête dans ses mains en sanglotant.

Je me précipitai à ses pieds et je lui saisis les
mains pour les couvrir de baisers et de larmes.

« Pardonnez moi, ma Louise, ma chérie, »
m'écriai-je, affligé et confus. « J'ai été stupide ;
mais si vous saviez comme j'étais malheureux !

— Comment ! vous ne m'en voulez pas, Henri ? » s'écria-t-elle en jetant ses deux bras autour
de mon cou. « Vous n'êtes ni honteux ni fâché
d'avoir une femme qui s'ennuie un peu parfois
et qui voudrait bien habiller sa poupée de temps
à autre, quand elle a fait ses confitures et répété
ses leçons ? Mais si cela ne vous fâche pas, pourquoi donc vous fâchiez-vous alors ? Croyiez-vous
que c'était de la mort aux rats que je cachais
là-dedans, et que j'aurais pu laisser tomber dans
mes crèmes, ou bien pensiez-vous que j'allais
brûler le château avec quelque miroir d'Ar....
d'Archimède dont vous m'avez raconté l'histoire l'autre jour ?

— Je ne croyais rien, je ne savais rien, lui

répondis-je. J'étais malheureux, j'étais fou,
j'étais atteint d'une méchante maladie que vous
ne connaîtrez jamais, Louise, et dont je suis
guéri pour toujours ! »

Alors elle m'a embrassé, elle m'a pardonné,
et nous avons... habillé la poupée ensemble.

10 mai 175...

Je sentais que j'avais des torts à réparer envers Paul, et je suis si heureux que je veux
que tout le monde le soit aussi. J'ai été à
Paris le retrouver, je lui ai offert mon amitié,
j'ai sollicité ses confidences. Il m'a appris que
la jeune fille qu'il aime est résolue à l'attendre ;
mais qu'il ne peut se présenter à ses parents
sans avoir obtenu un grade supérieur. Aussitôt, je l'ai recommandé à un ami de mon père,
qui occupe un poste élevé au ministère de la
marine, et j'ai eu la satisfaction d'apprendre que
Paul sera nommé enseigne sur un des vaisseaux
de Sa Majesté. Que les balles et les flots l'épar-
gnent, que la fortune lui sourie, et, grâce à
l'appui que je lui ai procuré, il pourra être dans
quelques années lieutenant de vaisseau, obtenir
la main de celle qu'il aime, et venir voir à

Nancré le couple heureux qui a failli être troublé par sa présence.

25 juillet 175...

Voici deux mois que je suis de retour à Nancré, que je vis tranquille, que j'aime encore
plus ma Louise. Nous travaillons comme des
bienheureux, nous raisonnons comme des sages, nous jouons comme des enfants. Nous
allons bientôt faire la moisson, nos foins sont
rentrés, et nous attendons les papas et la maman aux vendanges.

Il y a quelques jours, j'ai trouvé Louise dans
son boudoir, sa poupée sur ses genoux. Elle
l'avait complétement dépouillée de sa robe à
falbalas et de sa haute frisure, et lui essayait,
en ce moment, un simple petit bonnet de mousseline qu'elle venait de tailler et de border de
dentelle.

« Comme vous métamorphosez votre belle
dame, ma chère ! « lui dis-je en riant. » Elle
avait une toilette de duchesse et voici que
vous la costumez en enfant.

— C'est qu'il me faut apprendre, » répondit-
elle en rougissant et en me tapant sur la joue.

Vous ne comprenez jamais rien, cher nigaud,
qui savez si bien l'histoire ancienne ; et il faudra, pour vous mettre les points sur les *i*,
qu'une vraie petite bouche rose et deux beaux
yeux vous sourient un jour, dans ce petit bé-
guin.... »

Ici s'arrêtait le journal du baron de Nancré,
et voilà, cher lecteur, ce qui se passait en son
château, quelque temps avant la naissance de
mon père.

SUR UN ÉCUEIL.

Il y a une vingtaine d'années, un jeune
homme et une jeune fille se rencontrèrent sur
un sentier rocheux de la Cornouaille, au fond
de la baie de Penzance, sur la route de Newlyn. Ce chemin, ou plutôt cette terrasse, bordée
d'un côté par la base des collines superposées
au-dessus de la baie, de l'autre par la grève
au fin sable doré, battue par les flots cares-
sants, laissait la vue s'étendre au loin, sur les
étages verdoyants des monts, sur les vagues
de la baie égayée par les barques de pêche,
et même jusqu'à la pointe du Lizard, qui forme
à l'horizon comme une ceinture aux vagues.

Pourtant ni l'un ni l'autre des deux promeneurs n'avait l'air d'admirer beaucoup les
charmes et la majesté du paysage : le jeune
homme paraissait inquiet et agité, la jeune
fille, à demi rieuse et à demi troublée. Le teint
de cette dernière était un peu brun, mais uni

34

et légèrement doré ; elle avait les cheveux noirs, les traits fins, les yeux brillants comme le sont ceux des femmes de Cornouailles. Les grands yeux bleus du garçon, ses cheveux noirs, plats et lisses, son teint blanc et la régularité de ses traits, dénotaient chez lui une origine étrangère, irlandaise probablement, à en juger par une certaine largeur de la mâchoire inférieure, signe non équivoque de ténacité et de résolution.

Quoiqu'il marchât le long de la baie, le front courbé et les regards à terre, il releva la tête et parut s'animer en apercevant la jeune fille.

« Bonjour, Etty, » lui cria-t-il, en hâtant le pas pour la rejoindre plus vite.

« Bonjour, voisin Michaël. Où allez-vous à cette heure ?

— A Penzance, chercher de l'ouvrage. On m'a dit que l'armateur John Bardett va équiper trois barques nouvelles.

— Est-ce parce que vous allez chercher de l'ouvrage que vous marchez d'un air si triste et d'un pas si traînant ? Vous seriez plus gai sans doute s'il s'agissait d'aller au cabaret ou à la danse ?

— Non, Etty, vous le savez bien. Le travail ne me rebute pas, et la danse ne me réjouit plus ; je ne me sentirais du plaisir au cœur et de la joie dans les jambes que si je m'en allais droit à Newlyn porter un beau ruban blanc et un frais bouquet de fiançailles à une jolie fille brune qui s'appelle Etty Darnell.

— Oh ! quelle langue vous avez, vous autres, Irlandais ! Une jeune fille pourrait perdre son temps à vous écouter depuis le départ des barques jusqu'à leur rentrée au port, sans entendre autre chose de vous que des compliments bien tournés et de belles galanteries. Vous me diriez vraiment des douceurs charmantes, tandis qu'un autre ramasserait bien deux tonnes de *pilchards* (1).

— Un autre ! Et comment s'appelle-t-il donc cet autre ? » Michaël avait fait cette demande avec un certain dépit dans la voix.

« Oh ! il s'appelle comme vous le voudrez, » répondit Etty en riant, « Peter Flinte, Robert Deans, Georges Marove, par exemple...

---

(1) Poisson de la famille des harengs, dont la pêche fait la principale richesse des habitants des côtes de Cornouailles.

—Oui, oui, Georges Marove, c'est bien cela, n'est-ce pas, Etty? Georges Marove qui est jeune, Georges Marove qui est riche, Georges Marove qui est votre coreligionnaire, qui est votre compatriote, tandis que moi, pauvre étranger, je prie autrement que vous, je suis né ailleurs que vous, je suis seul, et je n'ai rien.

— Monsieur Michaël, si vous aviez l'intention de me rudoyer ainsi, vous pouviez bien passer votre chemin sans m'arrêter; je n'aurais pas regretté votre aimable compagnie, » répondit Etty légèrement irritée. Puis, au bout d'un instant, elle reprit : « Mais je ne sais vraiment pas ce qui peut vous contrarier ainsi, Michaël. Georges Marove vous vaut bien, et vous valez bien Georges Marove. Quant à ce qui est de la religion, vous avez raison peut-être, car, lorsque je serai mariée, j'aimerais bien aller écouter le pasteur avec mon mari à mon bras; mais si vous êtes étranger, qui s'en occupe? et si vous êtes pauvre, à qui la faute? Georges Marove travaille, voilà pourquoi il est riche; faites de même, et vous serez riche comme lui.

— A qui la faute? vous avez dit, Etty. Oh!

la mienne à coup sûr, mais celle du sort aussi, et peut-être un peu la vôtre. Je suis né sous un mauvais astre; il semble que rien ne me réussit. J'ai entendu conter dans mon pays, à la veillée, lorsque nous faisions cuire nos pommes de terre sur les morceaux de tourbe piochés dans les marais, qu'il y a des hommes protégés par les fées; elles les conseillent, elles les dirigent, elles leur envoient des rêves de gaieté dans leur sommeil, elles chassent le poisson dans leurs filets, et veillent à la sûreté de leur barque; elles leur apprennent les mots qui font trouver les trésors cachés, et les paroles qui font sourire les jeunes filles. Mais à moi, Etty, elles ne m'ont rien appris, et tout ce que j'ai dans le cœur et dans la tête, je l'ai trouvé en vous regardant.

— Oh! Michaël, mes yeux ne sont pourtant pas un livre, » dit la jolie fille avec une feinte humilité. « Et le ministre nous dit qu'entre jeunes gens et jeunes filles, il ne fait pas bon se regarder au visage, parce qu'on désapprend la modestie et qu'on ne pense plus qu'à la danse et à la gaieté. Pour devenir sage et savant, il nous conseille de ne regarder que la Bible.

— Votre ministre a raison dans un sens, Etty, mais c'est qu'en parlant ainsi, il pense à la folâtrerie et aux mauvaises intentions de la plupart des jeunes gens. Mais pour moi, Etty, ce n'est pas de cette manière-là que je vous regarde. Je me rappelle combien ma mère a aimé mon père Patrick Mullighan. Elle l'a consolé, elle l'a soigné, elle l'a réjoui. Jeunes, ils allaient ensemble à la danse; vieux, ils allaient ensemble à l'église, ou restaient ensemble au foyer. Elle lui filait ses sarraux en nous parlant de lui pendant qu'il faisait paître les troupeaux du Lord; après qu'il a été blessé dans une querelle avec les soldats rouges, elle l'a rapporté sous sa hutte dans ses bras, elle l'a soigné sur son pauvre lit; pour mourir, elle lui a appuyé la tête sur son sein, et ensuite elle l'a enseveli pour le cercueil, de ses mains courageuses. Et je suis sûr qu'à cause de cela mon père n'a senti ni la fatigue, ni la misère, ni la douleur, ni la mort, Etty. Et j'aurais été si heureux si vous aviez été pour moi ce que ma mère a été pour lui!

— Je vous dis, monsieur Michaël, » répliqua la jeune fille en s'essuyant les yeux du coin de son tablier, que vous avez vraiment une parole émerveillante. On se sent le cœur tout remué, on est tout près de sangloter en entendant ce que vous dites. Vous parlez de votre mère, de la tristesse, de la mort, de l'amour, à en tirer vraiment les larmes des yeux. Avec Georges Marove, convenez que c'est bien autre chose. Il descend sur le quai, et gambade comme un canot sur une lame, ses cheveux noirs ébouriffés par le vent, et sa cravate rouge flottant jusqu'à ses moustaches.

« — Bonjour, Etty, » me crie-t-il de loin. « Combien d'onces de laine filées aujourd'hui? — Et vous, Georges, combien de mannes de poisson? — Six, ma fille, grâce au bon vent, à la nuit noire, et à mes bras, qui n'ont pas envie de se lasser. — Une bonne chance, je lui réponds. Et toujours du cœur à l'ouvrage? — Je le crois bien, ma fille. Quand le filet s'emplit, on voit grossir la bourse, et la noce en vient plus tôt... »

— Il vous dit cela, » reprit Michaël avec tristesse, considérant la jeune fille, qui s'arrêta en rougissant, confuse d'avoir parlé trop vite.

« Eh! qu'importe qu'il me le dise! Georges

est un joyeux garçon qui vous a toujours des mots de bonne humeur. Mais sa parole n'est pas celle du ministre, j'espère ? Et je ne puis pas faire la moue à un honnête et joli garçon qui se propose de m'épouser.

— Oh ! il le peut; il le fera, certes, » répondit Michaël avec un éclair de colère dans les yeux. « Georges est heureux : tout lui réussit, c'est sans doute un protégé des fées. Est-il jamais rentré au quai les mains vides ? Son poisson ne se conserve-t-il pas le mieux, ne se vend-il pas au plus haut prix ? A-t-il jamais manqué d'acheteurs et de commandes ? Et vous lui appartiendrez sans doute, Etty, comme tout ce qui est bon et beau lui appartient. Est-ce que j'oserais, moi, vous demander à votre mère ? Moi, dont le père a été tué, dont la mère est morte de chagrin; moi qui ai été chassé de mon pays par la misère; et qui, même ici, au milieu de l'abondance, dois croire que je suis maudit, en voyant le poisson, en quelque sorte, s'enfuir de mes filets.

— Voyons, monsieur Michaël, » répliqua la raisonnable Etty, qui crut de son devoir de donner quelques encouragements à son préten-

dant malheureux, « parlons tranquillement, il
s'agit de nous entendre. Vous me faites la
cour, c'est certain, et Georges Marove me la
fait aussi : vous êtes tous les deux jeunes, bien
portants et bien faits; tous les deux, sincères et
honnêtes. Vous avez l'un et l'autre vos défauts
et vos qualités, qui se valent. Vous oubliez
quelquefois le chemin de la barque pour flâner
au grand soleil, et si Georges est le premier
au cabaret, il est aussi le premier à la pêche.
Vous parlez bien mieux que lui, mais il travaille
plus dur que vous. Aussi, je n'ai pas fait mon
choix encore.

— Est-ce bien vrai, Etty ? » demanda le
jeune homme avec un soupir.

« Tout à fait vrai. J'attends, je réfléchis,
et puis je consulte ma mère. Vous savez que
ma mère n'est pas seulement une des plus
riches poissonnières de la côte; elle en est
aussi une des plus sages et des mieux avisées :
« Tiens bien ton cœur à deux mains, Etty, me
« répète-t-elle toujours. Tu as encore bien le
« temps de le laisser apprendre à se trouver
« un maître. En tous cas, ma fille, ne te ma-
« rie pas avant la saison du pilchard. J'ai une

« petite dot pour toi , mais je ne la donnerai
« pas à l'épouseur qui se présenterait les mains
« vides. Pas de poisson dans le cellier, c'est pas
« de pain sur la planche , pas d'amour au lo-
« gis. » Et il me semble que ma mère a raison.

— C'est possible, » reprit Michaël en s'asseyant découragé sur un fragment tombé du
roc. « Il me semble qu'elle aurait pu vous dire
aussi : « J'ai un trésor en toi, Etty, et je ne le
« donnerai pas à celui qui se présentera le
« cœur froid, le cœur vide. » Mais enfin, chacun a sa raison.

— Bon Dieu! est-ce que l'un empêche l'autre? » répliqua la positive Etty, presque impatientée du sentimentalisme obstiné de son
amoureux. Si vous m'aimez comme vous le
dites, allez-y de tout votre cœur. Grimpez dans
votre barque, tendez vos filets d'un grand courage ; soyez prompt à ramasser le poisson, et
alors croyez-vous que ma mère me refusera à
celui qui aura gagné le plus, et qui m'aimera
le mieux?

— Vous avez raison, Etty, et je ferai comme
vous le dites. J'aurai du courage, puisque
vous m'encouragez. Mais, je vous le dis encore,

je ne réussirai pas, parce que je n'ai pas de bonheur.

— Oh! le bonheur! il est au bout de nos bras, » répliqua la joyeuse fille. « Nous ne croyons pas aux fées, ici, monsieur Michaël, nous ne croyons qu'aux chances de la mer et à la valeur du travail. Eh! le travail, je l'oublie pas mal en causant. Je vais chercher mon rouet à Penzance et je serai de deux heures en retard. Au revoir, Michaël, bonne chance!

— Au revoir, chère Etty, » dit le jeune homme, en se levant de sa pierre, et la suivant des yeux sur le chemin.

Et lorsqu'elle eut disparu au tournant d'un roc, Michaël, marchant rêveur sur le sentier, se trouva bientôt non loin du port de Newlyn, au moment où s'en approchaient les premières barques de pêche. Dans l'une des mieux chargées et des plus hardies, le jeune Irlandais aperçut son rival, George Marove, debout et triomphant à la poupe, ainsi que l'avait dépeint Etty, sa cravate rouge lâche et ses cheveux noirs agités par le vent. Il faisait des signes joyeux à ses amis restés sur le quai, et leur hélait, dans ses deux mains réunies en forme de porte-voix, un récit abrégé des succès et des incidents de la pêche. Toute sa personne respirait la santé, la force, le travail et la bonne humeur.

Michaël tressaillit en l'apercevant, et mordit ses lèvres devenues presque livides : « Je sens qu'il me portera malheur, murmura-t-il. Je sens que je le hais, que je le crains, et que je voudrais le voir m.... O mon Dieu ! pour parler ainsi, suis-je un homme, suis-je un chrétien ? » interrompit-il avec une angoisse amère. Et pour chasser la mauvaise pensée, il fit aussitôt le signe de la croix, ayant toujours devant les yeux, malgré cet acte de dévotion instinctive, la mine triomphante de son rival, et le joli visage raisonneur de la coquette Etty.

II.

Quelques jours plus tard, vers la fin d'août, les deux prétendants à la main d'Etty se rencontrèrent dans la maison de la veuve Darnell.

C'était la jeune fille elle-même, qui, en passant sur le quai, les avait l'un après l'autre appelés de sa voix douce, en leur disant que sa mère désirait leur parler. Michaël et Georges ne s'étaient pas fait prier pour la suivre, et ils étaient bientôt arrivés en silence, et se regardant du coin de l'œil, à la petite maison qu'habitait la jeune fille. Quoique à l'extérieur elle fût basse, irrégulièrement bâtie, couverte de chaume, et percée d'étroites fenêtres à petits carreaux verdâtres, elle était, à l'intérieur, toute reluisante de comfort et de propreté. Les murailles bien blanches, le pavé uni et sablé, le plafond peint en bleu, égayaient les yeux tout d'abord. Puis un dressoir de chêne, vitré et rempli de porcelaines et de faïences à dessins éclatants et à festons dorés, le tapis à grandes fleurs qui recouvrait la table; et sur lequel était posée la grosse Bible dorée sur tranche, les rideaux d'indienne à ramages cachant le lit de la veuve, annonçaient une grande aisance relative, dont la jolie Etty paraissait tout aussi fière peut-être que de ses joues rosées et de ses fins cheveux noirs.

La veuve Darnell, assise dans son fauteuil

35

de bois grossièrement sculpté, dans son costume traditionnel de poissonnière, avec son
grand chapeau rond en feutre noir, son corsage d'indienne à fleurs rouges, son jupon de
grosse bure grise et ses souliers à boucles,
avait à la fois un air de dignité, de calme et
de bonne humeur. Georges Marove était entré
le premier dans la chambre ; ce fut lui aussi
qu'elle salua le premier.

« Bonjour, Georges, mon garçon ; je suis
bien aise de vous voir, joyeuse même. Et vous,
Michaël, ajouta-t-elle en tendant la main à
l'Irlandais, qui l'avait suivi, avez-vous pris
une bonne résolution, mon brave ? Je vous
tiens quitte des longs saluts, mes enfants ;
seulement asseyez-vous, et parlons affaires. »

Les deux jeunes gens s'assirent sur les esca-
belles qu'elle leur avait indiquées, et la veuve
Darnell continua : « Vous voyez, mes amis,
que j'ai un joli brin de maison, mais n'êtes-
vous pas aussi d'avis que j'ai une belle fille ?

— Oui, mistriss Darnell, une fille leste et
pimpante comme une hirondelle de mer, »
répondit Georges.

« Une fille blanche et mignonne comme

une marguerite des prés, » ajouta Michaël.

« A merveille, mes garçons ; voilà de beaux compliments que je ne vous ai pas forcés de me dire. Mais il me semble que l'hirondelle de mer cherche au printemps un creux de rocher pour y faire son nid, et que la marguerite des prés a besoin d'un coin de gazon humide pour y pousser ses boutons et fleurir ; en d'autres mots, qu'une fille doit avoir un jour sa maison et son ménage. Pour cela, il lui faut un mari.

— Et un bon, ajouta Georges.

— Naturellement, » poursuivit mistriss Darnell. « Et comme Etty est gentille et sage, comme mon défunt John m'a laissé ma petite maison, une bonne barque et quelques guinées placées dans une maison de banque à Plymouth, vous comprenez que ma fille ne manque pas d'amoureux. Oh ! je pourrais vous les citer, tenez, poursuivit la mère avec un certain orgueil : Frank Matthew, John Keane, et tant d'autres. Mais, à vrai dire, il n'y a que vous deux qui m'ayez convenu, et c'est pour cela que je vous parle ainsi : vous,

Michaël, parce que vous êtes bon, et vous, Georges, parce que vous êtes brave.

— Nous vous convenons à vous peut-être, mistriss Darnell, » reprit Georges avec une certaine effronterie, « mais peut-on savoir si miss Etty a fait son choix?

— Miss Etty, que voilà, » répondit la veuve, en désignant du doigt la jeune fille entrée au commencement de la conversation, « miss Etty n'aura d'autre volonté que celle de sa mère. Elle peut vous dire elle-même, qu'entre vous deux elle n'a pas encore de préféré. »

Et mistriss Darnell interrogea du regard la jeune fille, qui, rouge et souriante, hocha la tête en signe d'assentiment, ce qui ne l'empêcha pas d'adresser un regard d'encouragement à Michaël et un sourire de consolation à Georges.

« Mais, de cette manière, mistriss Darnell, comment pourriez-vous choisir entre nous? » demanda Georges Marove.

« Mes amis, c'est vous qui déciderez vous-mêmes. On n'est heureux en ménage que dans un nid bien rembourré, et je veux que ma fille ait pour mari non-seulement un homme bon et prudent, mais encore un pêcheur habile et riche. Voulez-vous me dire, Georges Marove, ce que vous possédez?

— Pas grand' chose, mère Darnell. Il est vrai que je travaille ferme, et que j'ai gagné beaucoup, mais mon père a été malade long-temps, il est mort paralytique; aussi ma mère a dépensé pour lui tout ce que j'avais pu gagner. Aujourd'hui il ne me reste qu'une maison en ruine et une assez bonne barque.

— Et la satisfaction d'avoir agi en bon fils, Georges Marove. Ne vous désolez pas, une bonne pêche peut vous remettre à flot. Et vous, Michaël? » continua la veuve en se tournant vers le jeune étranger.

« Hélas! mistriss Darnell, vous allez me repousser certainement; je ne possède pas même une hutte de pierres, pas même une barque à moitié brisée, pas même un pied carré de filets. Pauvre et désolé, j'ai quitté mon pays après la mort de ma mère; depuis trois ans j'habite Newlyn et je gagne ma vie en servant les pêcheurs, mais je n'ai rien pu amasser encore à cause de la maladie que j'ai faite cet hiver.

35.

— Et que vous aviez gagnée en restant trop longtemps dans l'eau pour sauver l'équipage du cutter naufragé, » interrompit la veuve. « Ne regrettez pas votre courageuse action, Michaël ; elle a prouvé à chacun que vous avez un bon et brave cœur, qui est encore plus grand que vos forces. Et rappelez-vous que vous pourriez avoir de quoi payer une cabane rien qu'en un seul coup de filet. Ainsi ne faisons pas de plain- tes et parlons raison. Jusqu'ici la campagne a été mauvaise, le poisson a peu donné. Mais, de- puis deux jours, les oiseaux de proie s'assem- blent et tournoient à la pointe de l'île Saint-Clé- ment ; c'est sans doute que les bandes arrivent. Si vous voulez retrousser vos manches, mes garçons, prendre courage , et bien tendre vos filets, celui qui dans quatre à cinq jours, après la grande pêche, me rapportera la plus grande manne de poissons, aura mon Etty au prin- temps prochain, après qu'il aura travaillé l'hiver à s'arranger une cabane. Si la chose vous va , vous n'avez qu'à le dire ; sinon , re- tirez-vous avant de conclure le marché.

— Si elle me va ? je le crois bien , » répondit Georges en faisant un bond sur son escabelle.

« Vous verrez, mère Darnell, si je ne serai pas
le premier dans ma barque, et si je ne tirerai
pas de la mer un filet tout hérissé de têtes et
de queues, une vraie muraille d'argent, quoi,
c'est le cas de le dire ! » Et l'honnête Georges
se mit à rire lui-même de son calembour.

« Que Dieu m'assiste ! » dit Michaël. « Je n'ai
pas besoin de vous dire, mère, que je travaillerai de tout mon cœur, quand je travaillerai
pour Etty , mais que ferai-je? Tous les pêcheurs prendront la mer, et je n'ai pas même
un filet.

— Vous aurez le mien, Michaël, » répondit la
veuve avec vivacité. « Mon John m'a laissée
assez bien pourvue pour que je puisse me passer de ma récolte de poisson, même au premier
jour de pêche, » ajouta-t-elle avec une certaine
satisfaction vaniteuse.

« Oh ! mistriss Darnell, que vous êtes bonne ! »
s'écria le jeune homme avec effusion. « C'est
que vous êtes vraiment ma mère , et les filets
de ma mère me porteront bonheur.

— C'est ce que nous verrons, mon garçon, »
interrompit Georges Marove. « Vous êtes de ces
gens qui s'imaginent que le bonheur les va ve-

nir trouver pendant qu'ils flânent le dos au
soleil. Croyez-vous que ce sont les fées qui
pousseront le poisson du côté de votre barque?

Georges Marove, pas de querelle ici! » s'écria
mistriss Darnell, coupant la parole à Michaël,
qui allait répondre. « Jusqu'à présent, ce jeune
homme a les mêmes droits que vous, la même
valeur que vous, et il sera bien temps de le
plaisanter s'il me rapporte mes filets vides.
D'ici là, tâchez de vivre en paix et de trouver
une place favorable pour voir venir le poisson.
Allez, mes garçons, et dans trois jours, à l'ouvrage! »

Là-dessus, Georges sortit le premier, la tête
haute et la démarche triomphante; Michaël
venait ensuite, suivant des yeux, dans le petit jardin de la veuve, Etty, qui avait trouvé
moyen de lui murmurer à l'oreille : « J'attacherai moi-même les plombs au filet, pour
vous porter bonheur, Michaël. »

En quittant la demeure de la veuve, Michaël
sortit du village de Newlyn, en paraissant
s'engager sur la route de Penzance. Il suivit
d'abord le chemin qui surplombait la grève
et dont le chaud soleil d'août faisait étinceler

en ce moment les parcelles fines du gravier
doré ; puis, tournant à droite , il commença à
gravir, sur la colline verte, un sentier qui s'en-
roulait en spirales nombreuses , autour des
flancs d'une de ces élévations dernières de la
grande arête du système Devonien. Le soleil
était à peu près au zénith , et la chaleur était
déjà grande sur la montagne , dont les buissons bas et touffus ne donnaient guère d'ombre au sentier, mais Michaël ne paraissait pas
s'apercevoir de la chaleur et de la fatigue. Un
peu avant d'avoir atteint l'extrémité du pic, il
s'arrêta cependant. Ici le chemin s'étendait en
ligne droite, et après avoir fait un léger détour qui le ramena juste au-dessous de la
baie, en face de l'extrémité aiguë du promon-
toire , il se trouva auprès d'une petite
maison basse, dont la porte, assez grande,
était ouverte, et que surmontait une espèce
d'humble clocher. Là habitait depuis quelques années un vieux prêtre d'un couvent
d'Irlande, venu pour exercer son saint ministère auprès de quelques rares catholiques dis-
séminés dans la contrée. Le père Patrick O'Lory
avait beau compter soixante ans , il était leste

et agile encore dans sa petite taille un peu
ronde; malgré son isolement et les fatigues
que son dévouement lui imposait, on le voyait
toujours robuste, souriant et de bonne humeur.
La foi qui lui faisait l'âme si sereine et si courageuse encore, semblait en même temps donner à son corps la verdeur, la force et la santé.
On le voyait le dimanche matin, par les plus
rudes tempêtes d'hiver comme par les plus
cruelles chaleurs de l'été, descendre les hautes
collines de la baie, un bâton ferré à la main,
et s'acheminer vers Penzance, où il allait cé-
lébrer la messe dans une vieille grange abandonnée qu'on lui prêtait pour consommer le
saint sacrifice et pour rassembler son troupeau. Père et ami de ses fidèles, conseiller des
ménages et des paroisses d'alentour, respecté
et aimé des pêcheurs protestants eux-mêmes,
le père Patrick s'était en quelque sorte cons-
titué le gardien de la baie. Dès qu'un nuage
gros de tempêtes se déchaînait sur l'horizon,
dès que les vagues tumultueuses venaient s'a-
battre sur la grève en montagnes rebondissan-
tes, dès qu'un navire en détresse laissait apercevoir ses signaux ou que sa lunette d'approche

lui montrait une barque ballottée sur les vagues, le père Patrick faisait tinter la petite
cloche qui pendait au-dessus de l'humble
maison. Cette voix claire et sonore, distincte
même au milieu du fracas des lames heurtant
les rochers, du sifflement du vent hurlant sur
les vagues, disait aux pêcheurs de la côte qu'il
y avait là des hommes en danger qu'il fallait
aller secourir, et aux fidèles de l'intérieur qu'il
y avait là des âmes en péril, demandant un
souvenir et une prière.

Aussi le père Patrick, par sa bienveillance,
par son entrain, par sa charité, s'était-il con-
cilié l'affection générale, et c'était lui qu'en ce
moment Michaël allait consulter.

« Père, » lui dit-il, après avoir pris place
dans l'étroite chambre qui servait à la fois au
digne prêtre de salle de réception, de cuisine
et de salle à manger, « je viens vous prier de
me recommander tout particulièrement à la
Vierge, la patronne des marins et des pêcheurs.

— Je prie chaque jour pour vous, mon enfant, comme pour tous les fidèles de la paroisse, plus encore pour vous peut-être, parce

que vous êtes pauvre, seul et orphelin ; mais se présente-t-il une occasion où mes prières vous soient d'un plus haut prix ?

— Oui, mon père, » répondit Michaël en baissant la tête. « Vous savez peut-être que j'aime Etty Darnell. »

Le prêtre inclina la tête sans répondre ; le jeune homme rougit et continua : « Sa mère me l'a promise pour femme, si je fais bonne prise dans la pêche ces jours-ci. Mais j'ai peur de la mauvaise chance, je crains de ne pas réussir, et je voudrais demander à la Vierge de bénir mes filets, et de me donner Etty pour femme.

—Michaël Mullighan, » reprit le père Patrick après quelques instants de silence, d'un son de voix bas et affligé, « je prierai la Vierge pour vous, mais non pour ce que vous lui demandez, pauvre enfant que vous êtes ! Dieu sait mieux que les hommes ce qu'ils doivent attendre, ce qu'ils doivent espérer, et il n'est pas d'effort heureux de notre travail et de notre industrie qui vaille pour nous un immuable décret de sa providence éternelle. Il tient dans sa main toute-puissante vos succès, vos revers,

vos projets, vos travaux, tous les rêves et tous
les événements de votre vie, et il les laissera se
dérouler un à un, comme un chapelet immense et indestructible, qui commence là-
haut pour aboutir ici. Et si vous me parlez de
votre union avec Etty Darnell, je ne crois pas
que Dieu la favorise. Etty, tout aimable qu'elle
est, est d'une autre religion que vous, et cette
différence, au point de vue humain encore,
peut être pour vous la source de longs ennuis
et de pénibles désillusions. Mais je n'en prierai pas moins pour vous, afin que Dieu bénisse
votre mariage s'il l'a résolu, ou vous console
s'il le brise.

— Mon père, ne me découragez pas ! » s'é-
cria Michaël avec douleur. « J'ai toujours été
si malheureux !

— Je le sais, mon enfant ; et à cause de cela
j'espère que vous recevrez un jour quelque
consolation divine. Je n'en sais ni le jour ni
l'heure ; peut-être elle vous inondera d'une
joie imprévue ; peut-être vous devrez l'attendre encore pendant bien des jours amers, mais
elle vous arrivera, j'en suis certain, parce que
Dieu peut guérir toutes les blessures, et qu'il

36

ne refuse jamais son baume à ceux qui l'ont
demandé dans les pleurs.

— Mais vous prierez pour moi pendant ces
quatre jours? » insista le pêcheur avec inquiétude.

— Demain, à Penzance, je dirai la messe à
votre intention, » répondit le père Patrick.
« Mais, quoi qu'il arrive, montrez-vous homme
et chrétien. »

Et il bénit Michaël, qui bientôt après redes-
cendait vers Newlyn la tête chaude et le cœur
ému, et se répétant tout bas le mot fatal :

« Quoi qu'il arrive ! »

III.

Trois jours après, c'était par un ciel gris et
une soirée sombre que les pêcheurs de Newlyn
s'éloignaient du quai sur leurs barques, pour
tenter leur aventureuse expédition. Une nuit
obscure et un ciel voilé sont indispensables au
succès de cette pêche. Si l'azur n'avait pas de
nuages, si la lune envoyait ses flèches d'argent
sur les eaux, le pilchard apercevrait aisément

les mailles mortelles du filet perpendiculaire
qui, tendu par ses plombs, du fond des eaux
à leur sommet, reluirait aux yeux du poisson
voyageur comme un treillage de mailles lumineuses, comme une muraille d'argent, ainsi
que l'avait dit Georges Marove. Mais les pêcheurs de Newlyn devaient être contents ce
soir-là, car le soleil s'était de bonne heure caché sous l'horizon dans les replis d'un nuage
opaque, et de longues bouffées d'un vent tiède,
d'un vent lourd et orageux, roulaient dans
toutes les directions des nuées moutonneuses
et grisâtres, reflétant leur forme et leur couleur sur les vagues courtes et plombées.

Georges et Michaël étaient partis des premiers. Tous deux, sans se parler, les joues en
feu et le cœur ému, dirigeaient leurs barques
à une petite distance l'un de l'autre, se rapprochant de l'entrée de la baie. De ce côté, la
côte, découpée en anses étroites et profondes,
offrait des cavités nombreuses où il était pré-
sumable que le poisson viendrait s'embarrasser. Le plan des pêcheurs consistait donc
à tendre leurs filets à l'entrée d'une de ces
anses étroites, et à se tenir dans leur barque

tout auprès, en poste d'observation, afin
qu'une autre embarcation, arrivant à l'im-
proviste, n'entraînât pas avec elle les filets
fragiles et, avec eux, l'espoir du pêcheur.

Depuis longtemps, Michaël avait fait son
choix. Dirigeant sa barque en silence, il vint
se poster à l'entrée d'un de ces goulots étroits,
et après une pensée à son Etty bien-aimée,
après une chaleureuse invocation à la Vierge
et un fervent signe de croix, il souleva lentement son filet et le fit glisser dans l'eau en silence. Les plombs attachés à l'extrémité inférieure s'enfoncèrent dans l'eau en bouillon-
nant; le filet vacilla, ondula, puis se fixa en
une légère muraille de mailles souples et fines,
avec ses morceaux de liége flottant à la surface de l'eau. Une fois cette opération achevée,
Michaël, agenouillé dans sa barque, promena
son regard autour de lui sur les flots. Un grand
silence régnait sur la baie, troublé seulement
de temps à autre par les cris stridents des oiseaux de mer, se rassemblant pour avoir leur
part du festin. Tout était parfaitement calme
dans l'intérieur même des ondes, et on ne se
serait jamais douté qu'en ce moment des cen-

taines de mains y plongeaient des milliers de
réseaux perfides où allaient venir se prendre
les bandes de poissons argentés. Michaël ne
put apercevoir aucune barque voisine de la
sienne dans l'obscurité du ciel et des vagues ;
aucun bouillonnement ne se faisait entendre
encore, aucune trace phosphorescente ne commençait à sillonner les eaux : le poisson n'arrivait pas encore, Michaël croisa les bras et se
mit à rêver.

Chose étrange ! au milieu de cette nuit noire,
de ces vagues béantes, de ce silence infini et
morne, il se sentit pris d'espérance, il se prit
à rêver d'amour. Il rêva d'Etty, d'un triomphe
éclatant, d'une pêche miraculeuse, du sourire
gai et de la voix franche de mistriss Darnell qui
l'appellerait son fils et lui frapperait sur l'é-
paule. Il se vit, du produit de la pêche, bâtis-
sant un cottage au printemps, entourant son
petit enclos d'une haie d'églantiers et d'au-
bépines ; il se vit conduisant Etty à la grange
délabrée de Penzance, où le père Patrick en
fin surplis blanc et en belle étole incarnate,
les attendait pour les faire femme et mari. Il
se vit même, dans son cottage, faisant age-

36.

nouiller devant le crucifix une petite Etty à
tête blonde, et, tout épanoui de ces rêves, il
jeta les yeux sur la mer. Là, devant lui, tout
près de lui, à l'entrée de la baie, la mer
sombre était devenue une mer d'argent. Les
écailles miroitantes, les nageoires lumineuses,
les queues étincelantes, les yeux nacrés des
pilchards formaient une grande masse de lumière liquide qui flottait, palpitait, ondulait,
et s'avançait vers les filets, tumultueuse et
précipitée. Michaël palpitant, se pencha vers
la masse éblouissante en la dévorant des yeux.
C'était le pilchard qui arrivait: c'était la proie,
l'espoir, le triomphe... ou la désolation infinie.
Et Michaël aurait voulu bondir au milieu des
vagues, pour saisir dans ses bras fiévreux ces
milliers de nageoires phosphorescentes, pour
les pousser vers le filet, pour les garrotter de
ce réseau infranchissable.

Tout à coup, dans le silence et l'obscurité
de la baie, à quelques brassées de sa barque,
il entend un bruit sinistre; celui d'un corps
tombant à l'eau, suivi d'un bouillonnement
lugubre. Est-ce vraiment un corps humain?
Oui, ce qui le prouve, c'est le cri qui l'a suivi,

cri suprême, cri d'angoisse, à demi étouffé par
le flot entrant dans cette bouche agonisante..
Michaël se retourne avec horreur. Est-il possible qu'un homme succombe si près de lui?
N'essaiera-t-il pas du moins d'aller le secourir,
lui, le pêcheur courageux, le nageur intrépide?
Mais cette première chute a déjà pu effrayer
le poisson; une seconde le détournera sans retour. Et les filets de mistriss Darnell? Et la fortune, et Etty? N'importe! Michaël n'a pas oublié qu'il est avant tout homme et chrétien,
et le voilà plongeant dans les vagues.

Se dirigeant du côté d'où lui était parvenu le
bruit de la chute, il nagea longtemps entre
deux eaux, revenant parfois à la surface pour
respirer, puis replongeant avec précaution
pour ne pas s'embarrasser lui-même dans son
propre filet, ou dans ceux des barques voisines.
Mais ce fut en vain qu'il explora les flots :
nulle main mourante ne se cramponna à la
sienne dans une étreinte d'agonie; nulle masse
inerte, ballottée par les vagues, n'effleura son
épaule en passant; l'Océan était résolu à
garder sa proie et ses mystères, et bientôt Michaël, épuisé, attristé de l'inutilité de ses re-

.cherches, regagna sa barque à la faible lueur
des étoiles qui commençaint à vaciller sur la
mer.

Lorsqu'il y fut rentré et qu'il promena ses
regards autour de lui, la masse phosphorescente avait déjà atteint le cercle intérieur de
la baie. Désormais la pêche était faite, les poissons étaient venus, et son filet renfermait à
cette heure le butin que lui avait réservé le
sort. Dans quelques instants, son destin allait
lui être connu. Déjà les pêcheurs allumaient
leurs fanaux; les barques, balançant à la
poupe leur lanterne étoilée, se groupaient
les unes près des autres comme des feux fol-
lets errants.

Il était temps d'aller rejoindre ses camarades,
de leur montrer sa prise, de se réjouir ou de se
désespérer. Michaël dirigea sa barque vers le
point de réunion des autres pêcheurs, traînant
son filet après lui. Lorsqu'il fut arrivé dans le
cercle lumineux que faisaient sur l'eau les fanaux des barques groupées, la première chose
qu'il vit, ce fut Georges retirant son filet. Un
de ses amis l'aidait à le soulever de la mer, car
le poids en était considérable, et à mesure

qu'il sortait lentement de dessous les vagues, la lueur rougeâtre des torches faisait étinceler, comme un mur d'argent découpé en mille facettes, les nageoires, les têtes, les dos écailleux des pilchards prisonniers. Chaque maille retenait son captif, qui s'y tenait enfoncé et roide comme une flèche d'argent. Un cri d'admiration s'était élevé de la plupart des barques.

« Georges, vous aviez choisi une bonne place; vous êtes un gaillard heureux! » lui crièrent quelques amis.

« Oh! pour ce qui est de la place, voici Michaël qui en a eu encore une meilleure : il avait cinglé comme une mouette à l'entrée de la baie, pour me couper les vivres sous le nez; aussi, voyez comme il vient lentement! Son filet est tellement chargé, qu'il ne peut même pas faire avancer sa barque! »

Et, en prononçant ces derniers mots avec un rire ironique, Georges Marove, légèrement penché en avant, ses yeux noirs brillant d'un feu étrange, ses dents blanches et aiguës découvertes par son sourire, regardait la barque de Michaël s'avancer vers le cercle lumineux.

« Mais qu'avez-vous donc Georges? » lui demanda son aide, qui actuellement se croisait les bras. « Vos cheveux sont collés sur votre visage, et vos vêtements sont trempés. Avez-vous été chercher vos poissons vous-même, là-dessous?

— Chut, Antony, quelle grande affaire! » répliqua Georges avec humeur. « Mon filet ne tombait pas d'aplomb, voilà tout, et j'ai dû sauter dans l'eau pour le remettre. Je ne suis pas le favori des fées, moi! » s'écria-t-il d'une voix éclatante; « c'est de moi seul que j'attends mon bonheur. »

En ce moment, Michaël se penchait pour tirer à lui son filet. Ébloui par l'éclat des fanaux, attiré par la voix stridente et sardonique de son rival, par tous les regards curieux qu'il sentait attachés sur lui, venant le dernier de tous, à l'épreuve terrible, il attira à lui d'un seul effort fiévreux le large réseau des mailles, et puis retomba dans sa barque, foudroyé par ce qu'il vit.

Le filet de mistriss Darnell, si serré, si souple, si coquet quelques heures auparavant, n'était plus qu'un débris informe, un lambeau,

un haillon. En maint endroit, les mailles la-
cérées, mutilées, laissaient de grands espaces
béants auxquels s'étaient attachées de longues
traînées d'herbes marines. Les cordelettes coupées pendaient çà et là, ruisselantes de gouttes
d'eau diamantées par les torches, et à peine
quelques pilchards arrêtés par les mailles sub-
sistant encore, se débattaient dans les convul-
sions de l'agonie.

Michaël, les yeux fixes et sans vie, les regards
attachés sur les débris du filet, était accroupi
dans la barque, les mains pendantes, les dents
serrées, sans force et sans voix.

« Où diantre avez-vous été, camarade, pour
déchirer ainsi votre filet? » s'écria l'un des
pêcheurs.

« Ah! les fées lui en veulent peut-être, et
elles auront envoyé un lutin armé de ciseaux
pour découdre les mailles, » cria Georges en
ricanant.

« Taisez-vous, Georges, » lui crièrent ses
voisins; vous voyez bien que le pauvre garçon
est sur le point de pleurer comme une femme,
il aura été trop près des écueils, et il y a là

des pointes de rocs fines comme des aiguilles, et tranchantes comme des rasoirs.

— Près de l'écueil? non, je ne crois pas, » balbutia Michaël d'un air égaré. « C'est-à-dire... je ne sais si je me rappelle... il me semble... Oh! que va dire mistriss Darnell? C'est son filet, son filet !... Et Etty ! »

Et le jeune pêcheur, presque sans connaissance, s'affaissa dans le fond de la barque. Un camarade y sauta près de lui, lui fit boire quelques gouttes de *gin*, jeta son caban sur ses épaules ruisselantes, et ramena vers le quai la barque en deuil, qui revenait lente, triste, vide, sans cris de joie et sans fanal brillant.

Georges fut proclamé tout d'une voix vainqueur dans la pêche de cette nuit. Mistriss Darnell le reçut à bras ouverts, et Etty rougit et sourit avec complaisance en voyant l'énorme capture, la lourde « muraille d'argent » que le pêcheur déposa à ses pieds.

Au mois de mai, le ministre célébra à Penzance l'union de Etty Darnell et de Georges Marove, qui, du produit de sa pêche avait ré-

paré son cottage, et si Michaël, à cette dernière
épreuve, ne devint pas fou de douleur, c'est
qu'avant d'être amoureux, il était homme et
chrétien, et que, s'il croyait aux fées, il croyait
plus encore à l'Évangile.

IV

Si quelque secours humain aida Michaël
Mullighan à supporter l'amertume de la dé-
faite et de l'amour vaincu, ce fut sans contredit
l'amitié ingénieuse et éloquente de son compatriote et de son guide, le bon père Patrick
O'Lory. Ce fut lui qui, à la première nouvelle
du désastre qui affligeait le jeune pêcheur,
vint le trouver dans sa misérable cabane ; ce
fut lui qui le veilla pendant ses premiers
transports de fureur, qui le releva pendant ses
premiers jours d'accablement, et qui lui rendit
un peu de calme et de résignation, en lui représentant que la main divine qui afflige est
aussi la main qui console. Ce fut à lui, à lui
seul, que Michaël eut le courage de raconter
tous les incidents de cette nuit funest . Sa sta-

tion à l'entrée de la baie, la chute et le cri
qu'il avait entendus, les recherches qu'il avait
faites et qui n'avaient amené aucun résultat.

Le vieux père Patrick hocha la tête et parut
méditer profondément lorsque le jeune homme
lui fit ce récit. Caressant d'une main sa barbe
grise, de l'autre agitant machinalement les
pans de sa ceinture, il fixa ses yeux à terre et
resta longtemps plongé dans de profondes réflexions.

« Une chose m'étonne beaucoup, maintenant
que j'y réfléchis, mon père, reprit soudain Michaël, qui s'était aussi arrêté. Il me semble que
personne ne s'est perdu cette nuit-là, dans les
équipages de pêche.

— Personne; je l'aurais appris, » répondit le
prêtre d'un air sérieux.

« Il faut donc que ce soit un étranger, un
inconnu qui ait profité de cette nuit obscure
pour finir ses jours dans la mer. Oh! le malheureux, il s'est perdu pour jamais, et moi
avec lui! »

Et après un silence, Michaël continua :

« On n'a pas pourtant retrouvé son corps
dans la baie! » En disant ces mots, il con-

sidérait le père Patrick d'un air pénétrant.

« La mer ne rejette pas tous les cadavres, » répondit le prêtre en s'efforçant de reprendre sa contenance habituelle. Et comme vous n'avez parlé à personne de cet incident, et que vous étiez isolé à l'entrée de la baie, tout le monde l'ignore, et on n'a point fait de recherches par conséquent.

—Il me semble que la barque de... Georges... n'était pas fort loin de moi. Georges doit aussi avoir entendu le cri, et maintenant... il me semble... je me rappelle... que Georges était mouillé comme moi, et qu'un de ses amis lui en faisait l'observation lorsque j'ai rejoint les autres barques. Oh! cette nuit, cette nuit-là... qui pourra me l'expliquer? Lorsque j'y pense (et j'y pense presque toujours), il me semble que je deviens fou.

— Michaël, » lui dit le prêtre, « il est en effet fort dangereux pour vous de revenir sans cesse sur ce fait et d'en nourrir votre pensée. Vous vous forgerez mille chimères absurdes et malfaisantes, tandis que rien n'est plus facile que d'y trouver une simple explication. Georges aura comme vous entendu la chute; comme

vous, il se sera précipité à la recherche du malheureux, et, s'il n'en a pas parlé à ses amis
au retour, c'est qu'il était tout entier à la joie
de son triomphe. Depuis lors, vous l'avez évité ;
il vous est donc impossible de savoir ce qu'il
a fait alors.

— Et je l'éviterai toujours. Mon père, je ne
sais pourquoi, mais je ne pourrais pas lui
parler. Il me semble que, quand je l'apence-
vrai de loin, j'aurai une envie sauvage de m'é-
lancer sur lui, et que la fureur me serrera la
gorge.

— Vous ferez bien de l'éviter, Michaël, » lui
dit le prêtre avec tristesse. « Vous ne pouvez
point en vouloir à Georges d'avoir été plus heureux que vous ; Dieu vous ordonne par ma voix
de chasser loin de vous tout sentiment de haine
et de vengeance. Mais de là à renouer connaissance avec le mari d'Etty, il y a loin, et je vous
conseille, mon fils, au sujet de ces événements
que vous ne comprenez pas, non-seulement
de n'en demander aucune explication à Georges,
mais encore de ne les communiquer à personne :
vous passeriez pour un fou ou pour un rêveur.

— Mais les filets ! les filets brisés, coupés

comme avec une lame tranchante ! Croyez-vous,
mon père, que ce soit un noyé, en se débattant,
qui ait pu les mettre en cet état?

— Mais le vieux James m'a fort bien dit que,
pour un pareil dégât, les pointes de rochers suf-
fisent. Vous vous étiez placé dans une anse très-
étroite, près de l'écueil, comme me l'ont dit
les pêcheurs. En cet endroit, le fond est mauvais, et les roches aiguës. En tout cas, sans
vouloir approfondir les causes de votre malheur, résignez-vous, mon fils; telle a été la
volonté de Dieu. »

Le temps, en rendant plus de calme à Michaël, ne fit qu'accroître sa blessure intérieure,
et assombrir encore sa tristesse. Même après le
mariage d'Etty, il n'avait pu se décider à quitter
les environs de Newlyn et de Penzance. Dans
cette lutte avec le souvenir, avec la déception
passée, avec l'amertume présente, sa fraîcheur
avait disparu, et le feu de sa jeunesse s'était
éteint. Ses joues amaigries s'étaient revêtues
de teintes plombées, de grands cercles bistrés
entouraient ses yeux, et ses larges prunelles
claires lançaient des lueurs sinistres, pareilles
aux éclairs bleuâtres d'un orage en été. Tra-

vaillant consciencieusement pour le maître qui
l'employait, mais s'occupant sans ardeur et sans
but, il passait ses heures de repos, concentré,
muet, solitaire. Il avait complétement perdu
sa facilité d'élocution, son entrain de conteur,
sa belle faculté de narration irlandaise, et devenait de jour en jour plus taciturne, même
avec son ami, le père Patrick.

Aussi, quand les pêcheurs au repos le
voyaient marcher sur la grève, s'éloignant
d'eux à grands pas, la tête basse, les yeux fixes,
les bras croisés et la démarche languissante, ils
le suivaient longtemps du regard, et se di-
saient ensuite en hochant la tête : « Voilà un
« garçon qui a pris le chagrin trop à cœur. De
« deux choses l'une : ou il s'en ira bientôt à
« l'hôpital, ou il fera un mauvais coup. »

Quand le temps était trop orageux pour permettre aux barques de sortir, et que Michaël
avait à lui un jour de liberté, il suivait, pour
demeurer seul, la longue file de rochers jusqu'à
l'extrémité de la baie. L'écueil dont avait parlé
le vieux prêtre se dressait en cet endroit, non
loin du lieu où il avait fixé sa barque dans la
fatale nuit de la grande pêche. Ce fragment

de roc, précipité sans doute dans la mer par
quelque commotion diluvienne, dressait au-
dessus des flots son sommet âpre, anguleux,
chauve et lisse. Seulement quelques graines
chassées par le vent, avaient trouvé dans les replis de l'écueil un peu de terre végétale pour
y germer et y grandir. Le silence était toujours
grand dans ce lieu, car on y était éloigné de
tous les bruits du port et des villages, et le
vent s'y faisait entendre seul, en poussant les
lames sur les brisants. Souvent, à la marée
basse, Michaël pouvait atteindre l'écueil à pied
sec; d'autres fois, il y arrivait en nageant, et
là, assis sur un bloc de silex, les mains croisées
sur ses genoux, et laissant pendre sur ses yeux
sa chevelure humide, il fixait ses regards au
bas du rocher, sur les vagues, comme s'il eût
voulu en sonder les profondeurs. De longues
tiges de varechs sombres se balançaient sous
l'eau au mouvement de la mer, et Michaël se
demandait si elles cachaient dans leurs plis
le mystère de sa destinée. — « Le noyé dort-
il là ? » se disait-il. « Est-ce lui qui a brisé mon
filet, dans sa lutte contre la mort ? Est-ce le
roc, comme le dit le père Patrick ? Mais les

mailles étaient si nettement, si finement tran-
chées !... »

Pendant ce temps, tout souriait au ménage
heureux d'Etty et de Georges. La jeune femme
était, comme son mari, vaine, ambitieuse et
fière. Elle ne se contentait pas d'être la plus
jolie ménagère de Newlyn; elle voulait en être
la plus riche aussi. Sa dot avait promptement
été employée en meubles de chêne sculptés et
reluisants, en fines porcelaines, en belles ca-
misoles à fleurs, en fins mouchoirs ornés de
dentelle, en ustensiles de cuivre travaillés et
éblouissants. Je crois même qu'on avait dépensé
plus que la dot, et que les dettes étaient venues.
Aussi les jeunes époux, impatients de se libérer
et de briller encore davantage , travaillaient
avec une véritable fureur. Etty, pour vendre
avantageusement son poisson, faisait des tour-
nées longues et difficiles, et Georges, toujours
dans sa barque, ne s'accordait aucun repos, ne
craignant ni la fatigue, ni le froid, ni la tempête. Il apportait même à son travail une ardeur
fiévreuse, une excitation inaccoutumée, comme
s'il eût cherché dans le mouvement, le danger
et l'émotion de la pêche, une distraction à une

pensée cachée, à un malaise intérieur qu'il n'exprimait pas.

L'automne qui suivit le mariage de Georges et d'Etty Darnell fut fécond en coups de vent et en affreuses tempêtes. Cette année-là, bien des vaisseaux se perdirent sur les côtes d'Angleterre, et bien des croix noires, lugubres, allèrent perpétuer le souvenir de ces naufrages sur la carte de l'amirauté. Vers la fin d'octobre, par une journée froide et un ciel gros de tempête, Michaël venait, comme de coutume, s'asseoir et rêver sur son écueil. Toute la matinée, la mer avait furieusement battu les rivages, rejetant sur la grève, avec des épaves inconnues, des fragments de barques brisées, des débris de poissons, des gerbes d'algues et de varechs. La marée était basse, et Michaël, marchant sur le sable humide, se dirigea vers le sommet des brisants. A leur pied s'étendait une pierre plate et polie que la mer lavait incessamment. Les yeux de Michaël, qui s'y étaient machinalement fixés, y virent briller soudain un objet revêtu d'un éclat métallique. Il fit quelques pas, et se baissa pour le ramasser. Puis, saisi d'une émotion subite, d'un tremblement intense, il s'assit sur le roc, tenant toujours l'objet serré dans sa main.

C'était un couteau fermé à manche de cuivre, un couteau poignard, à lame fine, aiguë, horriblement tranchante, malgré la rouille qui en avait rongé l'un des bords. Sur le manche, qui avait en partie conservé tout son éclat et auquel pendait un fragment de chaînette brisée, étaient grossièrement gravées ces deux lettres : G. M.

« Georges Marove! » s'écria Michaël en se frappant le front. « Je sais tout, je comprends tout, maintenant... C'est lui, l'infâme, le lâche... qui a feint de tomber à l'eau, de périr... pour m'éloigner de ma barque... et qui, pendant que je cherchais dans l'eau... a traîtreusement rompu mon filet... Voilà l'instrument de sa lâcheté... que Dieu me montre enfin, et que la tempête m'apporte!... Oh! oh! que dira-t-il en le reconnaissant ?... »

Et Michaël, courant sur le rivage, laissait derrière lui l'écueil, les rochers, la grève, et se dirigeait vers Newlyn. Il allait haletant, furieux, poussé par la rage et la vengeance, et toujours le couteau dans sa main.

D'un bond, il s'élança dans le cottage d'Etty et vit travailler la jeune femme, en ce moment assise auprès de son feu.

« Où est votre mari, Etty Marove? » lui cria-t-il d'une voix tonnante.

« Que voulez-vous, Michaël Mullighan? » demanda mistriss Marove, sur le visage de laquelle on voyait des larmes. « Vous cherchez Georges; il n'est pas ici. Malgré le vent qui souffle, malgré la tempête qui vient, il est parti depuis hier soir avec sa barque, et il n'est pas encore revenu. Ma mère est fâchée contre nous parce que nous avons fait des dettes, et les créanciers nous pressaient. Georges veut faire tout son possible pour s'acquitter... Et voici maintenant les nuages qui se rassemblent, la mer qui bouillonne!... Seigneur, il mourra à la peine. Georges, mon pauvre Georges, je ne le verrai peut-être plus!... »

Et la jeune femme, les yeux fixés sur la mer, sanglotait, appuyée sur le bord de la fenêtre.

« Oh! oui, c'est Dieu qui me venge! » cria Michaël avec transport. « Aucun pêcheur n'est sorti aujourd'hui, et c'est lui, le traître, lui l'imprudent, qui va payer pour son crime. Regar-

dez, Etty, voilà son couteau, son couteau que la
mer m'a rendu : c'est avec cela qu'il a coupé le
filet de votre mère, avec cela qu'il m'a vaincu.
Mais je le sais maintenant, Etty, je suis content,
je me vengerai, et, si Georges doit périr dans
l'eau pour échapper à ma vengeance, je veux
au moins tâcher d'aller le voir mourir. »

Et Michaël, sans faire attention aux larmes et
aux reproches d'Etty, s'élança hors du cottage
et reprit la route qu'il avait parcourue quelques instants auparavant. Une demi-heure lui
suffit pour atteindre l'extrémité de la baie, et
en quelques élans vigoureux, il atteignit le rocher isolé duquel sa vue s'étendait au loin sur
les vagues.

Au delà de la pointe de rocs qui fermait
l'entrée de la baie, la mer bouillonnait et se
gonflait en vaste nappe d'écume. De moment en
moment, une lame énorme, solitaire, soulevée
par une force inconnue, se dressait de toute sa
hauteur sur cette mousse crépitante, et, roulant
lentement sur elle-même avec une implacable
majesté, venait déferler avec un bruit sourd
et retentissant sur la base de granit du pro-
montoire. Puis l'écho de cette secousse terrible

s'éteignait, pour ne plus laisser entendre que le
murmure confus des flots blanchissants. Mais
à chaque instant les grandes lames se succé-
daient, plus hautes, plus furieuses, plus pressées, commençant à se poursuivre, à se joindre,
à sauter les unes par-dessus les autres, comme
un troupeau de géants irrités.

Tout à coup, entre deux de ces grandes montagnes verdâtres, Michaël crut apercevoir une
voile blanche, frêle, haletante, mutilée comme
l'aile d'une mouette déchirée par l'ouragan. Ne
se trompait-il pas? Était-ce bien la barque
de Georges! Oui... c'était elle? Il ne s'était
point trompé! Elle tournoyait, elle bondissait
effarée, entre les pyramides d'écume, entre
les cataractes croulantes; tantôt dressée au sommet d'un de ces flots géants, tantôt tombant
comme une flèche dans un gouffre béant et
livide. Et bientôt elle fut assez près pour que
Michaël y pût distinguer une forme humaine
accroupie, effarée, qui n'avait plus la force de
manier la voile, ni le courage de s'asseoir au
gouvernail. Georges était perdu, Georges allait
mourir. Mourir, au lieu même où il avait
péché, où il avait vaincu; où il avait cru sa

38

victoire assurée et son crime en seveli pour jamais dans les mystères de la mer. Michaël
battait des mains et riait avec frénésie. Ah! il
avait fait le noyé jadis; il allait l'être réellement tout à l'heure. Il ne plongerait plus, furtif, résolu, intrépide, pour venir lâchement
briser le filet de son rival; il allait rouler au
fond des vagues, pâle, livide, effaré, et dormir
pour jamais sous les flots vengeurs, sur un lit
d'algues vertes. Ah! le beau fiancé, que dirait-
il de sa couche humide et solitaire? « Seigneur,
« ne le précipitez pas encore, que sa barque
« arrive jusqu'à moi! qu'elle vienne se briser
« sur le roc, à mes pieds, pour que Georges
« me voie en mourant, pour que je lui paraisse
« plus effrayant que la tempête, plus impi-
« toyable que la mort, et que je fasse briller à
« ses yeux défaillants le couteau qui a servi à
« son crime, et que je lui dise mon adieu:
« Meurs, lâche! meurs, infâme! meurs, assas-
« sin! »

Et le souhait de Michaël se réalisait, car la
petite barque, précipitée du haut d'une montagne d'écume, venait s'abattre en tournoyant
sur un des rochers de l'écueil, et les planches

disjointes, fracassées, s'écartaient déjà sur l'a-
bîme, laissant disparaître dans les vagues le
pêcheur à demi évanoui.

En ce moment, un son doux et prolongé passa
au-dessus de la baie, et se répéta sur l'écueil au
milieu des sifflements du vent et du mugis-
sement des lames. Cette vibration sonore et
pénétrante vint frapper les oreilles de Michaël triomphant : voix éloquente, plainte
douce au milieu de la tempête, qui parlait à
l'insensé du ciel, de la paix, de la grande énigme
de la mort et de ses devoirs de chrétien. C'était
la cloche du père Patrick, sonnant à cette heure
pour les marins en péril, pour les agonisants,
pour les trépassés : « Et peut-être pour les cou-
« pables aussi, pensa Michaël; pour ceux qui
« veulent voir dans le dessein de Dieu l'accom-
« plissement des vengeances humaines, et qui
« se réjouissent, et qui tuent, alors qu'il fau-
« drait pardonner..... » Pardonner! Était-ce
donc là ce que disait la cloche du père Patrick
qui, de plus en plus plaintive, de plus en plus
agitée, envoyait son appel sonore jusqu'aux
portes du ciel, jusqu'au cœur du chrétien ?

Elle avait parlé victorieusement, et Michaël

déjà plongeant dans les vagues, à la recherche
de son ennemi, entendait ces sons légers passer
au-dessus de sa tête comme le chant fugitif d'un
ange satisfait.

Quand il regagna le rocher, soutenant Georges qui respirait à peine, la cloche sonnait encore, mais il lui sembla qu'elle avait changé de
langage, et qu'elle lui envoyait maintenant de
loin, à travers les ombres, un salut de reconnaissance et d'amour.

Au bout de quelques instants, les deux pêcheurs, ayant repris leurs forces, purent facilement gagner à la nage le rivage le plus voisin.
Bientôt ils virent des lumières briller sur la
côte. Les plus courageux pêcheurs allaient mettre leurs barques en mer. De loin Georges héla
ses amis. Ils accoururent avec des torches, et,
au milieu d'eux, Etty, encore pâle de terreur
à demi et folle de joie.

« Femme, nous n'avons plus de barque et
c'est lui qui m'a sauvé, lui dit Georges en étendant sa main vers Michaël.

« O Michaël ! de vous deux, c'est assurément
vous qui êtes le plus heureux aujourd'hui ! »
s'écria la pauvre femme éperdue.

Alors Michaël, à la lueur des torches, fit quelques pas vers son ennemi, et lui présenta le couteau à manche de cuivre, sans toutefois accepter la main qui lui était offerte.

« Georges, » lui dit-il d'une voix troublée; « voici votre couteau, que vous aviez perdu au fond de l'écueil, la nuit même où mon filet a été rompu, coupé. Je l'y ai trouvé aujourd'hui, et je voulais vous voir mourir... Dieu a fait le reste. » Et sans entendre le cri de désespoir d'Etty, sans jeter un regard sur le visage pâle et contracté de Georges, il s'éloigna du groupe de pêcheurs et prit le chemin de la montagne.

Vingt ans se sont écoulés depuis cette époque de notre histoire. Georges et Etty élèvent maintenant une belle et nombreuse famille, et le pilchard vient encore chaque année apporter l'abondance aux pêcheurs de Newlyn. Comme le P. Patrick, touchant presque à sa quatre-vingtième année, n'était plus assez ingambe pour parcourir les sables et pour gravir les monts, il annonça un jour à ses fidèles qu'il aurait prochainement un aide et un successeur que lui enverrait son ancien couvent d'Irlande. Ce nouveau prêtre arriva bientôt en effet : c'était un homme de quarante-cinq ans environ, à la taille haute, au visage bronzé, à l'expression douce, grave et sereine. A la grande surprise de ses paroissiens, il les salua presque tous par leur nom, comme d'anciennes connaissances, et se plut à parcourir les collines, la grève, le village, en lieux qu'il aimait encore parce qu'il les avait aimés jadis.

Les caresses qu'il fit aux enfants d'Etty, et plusieurs questions qu'il adressa à ses anciens camarades, l'eurent vite fait reconnaître, et, dans le nouveau curé, on retrouva et on aima bientôt Michaël Mullighan.

C'est Michaël aujourd'hui qui, à Newlyn, console les affligés, secourt les pauvres, éclaire les faibles, et sonne, pour les naufragés, la cloche qu'il entendit jadis, sur l'écueil.

TABLE.

—

HISTOIRE D'UNE CORBEILLE DE NOCES.

LE CHEMIN DU BONHEUR.

A LA MÊME LIBRAIRIE

BIBLIOTHÈQUE

DES

MÈRES DE FAMILLE

PUBLIÉE SOUS LA DIRECTION

DE M⁰⁰ EMMELINE RAYMOND
Directrice de la Mode illustrée

OUVRAGES DÉJA PUBLIÉS :

Lettres d'une marraine à sa filleule:
2ᵉ édition, 1 vol. . . . . 3 fr

Journal d'une jeune fille pauvre: 2ᵉ édition, suivie des *Conseils d'un vieux Jardinier;*
1 vol . . . . 3 fr

Histoire d'une famille: 1 vol. . . . . 3 fr

Les Rêves dangereux: 1 vol. . . . . . 3 fr

Aide-toi, le ciel t'aidera: 1 vol. . . . 3 fr

Le Legs: 1 vol. . . . . 3 fr

La Civilité non puérile, mais honnête:
1 vol. 2ᵉ édition . . . . 4 fr

Le Secret des Parisiennes: 1 vol. . . . . . 3 fr.

Un succès sans précédent a déjà pleinement répondu à l'heureuse pensée qui nous avait guidés dans le choix de ces volumes, inspirés par une pensée véritablement chrétienne

Sous presse, du même auteur :

Une femme élégante: 1 vol.
La Bonne Ménagère: 1 vol.

Cette charmante collection devant composer une Bibliothèque homogène, tous ces ouvrages sont de même format et de même caractère

Typographie de H. Firmin Didot. — Mesnil (Eure)